Peter Pan
e o Feitiço Vermelho

GERALDINE McCAUGHREAN

Peter Pan e o Feitiço Vermelho

Tradução de
Carlos Grifo Babo

EDITORIAL PRESENÇA

Agradece-se ao Director da Escola de Música de Eton College a autorização para reprodução da letra de *Eton Boating Song*.

«Dedicatory Ode», excerto da obra *Complete Verse*, da autoria de Hilaire Belloc (copyright © The Estate of Hilaire Belloc 1970), reproduzido com autorização de PFD (www.pfd.co.uk), em nome de The Estate of Hilaire Belloc.

FICHA TÉCNICA

Título: *Peter Pan in Scarlet*
Autora: *Geraldine McCaughrean*

Edição publicada sob os auspícios do Great Ormond Street Hospital Children's Charity (Reg. No. 235825)

Tradução: *Carlos Grifo Babo*
Capa: *David Wyatt*
Composição, impressão e acabamento: *Multitipo — Artes Gráficas, Lda.*
1.ª edição, Lisboa, Dezembro, 2006
Depósito legal n.º 250 714/06

EDITORIAL PRESENÇA
Estrada das Palmeiras, 59
Queluz de Baixo
2730-132 BARCARENA
E-mail: info@presenca.pt
Internet: http://www.presenca.pt

«Muito me agrada estar
na companhia de exploradores.»

J. M. Barrie

Para todos os ousados exploradores
e, como é evidente, para Mr. Barrie.

De lares tranquilos e do primeiro passo
Até aos mais ignotos destinos,
Nada há que valha da conquista o cansaço,
Senão o riso e o afecto de amigos.

Hilaire Belloc

COMO NASCEU ESTE LIVRO

Começou por ser uma peça. Depois foi um livro. Durante os primeiros anos do século XX, a história de Peter Pan conheceu um êxito constante, tornando James Matthew Barrie o escritor mais famoso de Inglaterra.

Em 1929, Barrie fez uma notável doação à sua obra de caridade preferida. Cedeu todos os seus direitos sobre Peter Pan ao Great Ormond Street Hospital for Sick Children (Hospital de Great Ormond Street para Crianças Doentes). Significava isto que, sempre que alguém levava à cena uma produção da peça ou comprava um exemplar de *Peter Pan e Wendy*, seria o hospital a lucrar com isso e não Barrie. Ao longo dos anos, veio a revelar-se uma oferta bem mais valiosa do que ele alguma vez possa ter imaginado.

Em 2004, o Great Ormond Street Hospital decidiu autorizar, pela primeira vez, um seguimento ao livro *Peter Pan e Wendy*. Realizou-se um concurso para decidir, entre autores de todo o mundo, qual iria continuar as aventuras de Peter na Terra do Nunca. Com um plano geral do entrecho e um capítulo de amostragem, Geraldine McCaughrean foi a vencedora nesse concurso. *Peter Pan e o Feitiço Vermelho* é o livro que ela escreveu. E agora já o podem ler.

ÍNDICE

1

RAPAZES DA VELHA GUARDA

— Não vou para a cama — afirmou John, assarapantando a mulher. É que, se as crianças nunca estão prontas a ir para a cama, as pessoas crescidas, como John, anseiam geralmente pelas almofadas assim que acabam de jantar.

— Não, não vou para a cama! — repetiu John e com um ar tão feroz que a mulher viu logo que ele estava realmente muito assustado.

— Tens andado outra vez a sonhar, não tens? — perguntou-lhe ela carinhosamente. — Que tormento.

John esfregou os olhos com os nós dos dedos.

— Já te disse. Eu nunca sonho! Mas o que é que um homem tem de fazer para o acreditarem na sua própria casa?

A mulher afagou-lhe a calva brilhante e foi abrir a cama. E, precisamente no lado de John, havia alguma coisa que fazia volume debaixo da coberta. Não era um saco de água quente, nem um ursinho de pelúcia, nem um livro da biblioteca. A Sra. John levantou o lençol. Era um sabre de abordagem.

Soltando um suspiro, pendurou-o no cabide atrás da porta do quarto, onde já estavam a aljava com flechas e o roupão de

John. Tanto ela como o marido preferiam fingir que aquilo não estava a acontecer (porque é o que a gente crescida faz, quando se vê atrapalhada), mas, muito em segredo, sabiam bem o que era. John andava outra vez a sonhar com a Terra do Nunca. Depois de cada sonho, havia sempre alguma coisa que encontravam na cama na manhã seguinte, como caroços na beira de um prato depois de servida a fruta. Agora uma espada, logo uma candeia, um arco, um frasco de remédio, um chapéu alto... A seguir à noite em que sonhou com sereias, ficou um cheiro a peixe nas escadas durante todo o dia. O guarda-roupa estava a abarrotar com os despojos dos sonhos — um despertador, um toucado de penas de pele-vermelha, uma pala para um olho, um tricórnio de pirata. (As piores noites eram aquelas em que John sonhava com o Capitão Gancho.)

A Sra. John endireitou as almofadas com uma decidida palmada — e o ruído de um tiro repercutiu por toda a casa, acordando os vizinhos e aterrorizando o cão. A bala andou pelo quarto, fazendo ricochete na mesa-de-cabeceira e deixando uma jarra em estilhaços. Cautelosamente, apenas com dois dedos, a Sra. John retirou a pistola de debaixo da almofada e deixou-a cair para dentro do cesto dos papéis, como se se tratasse de um peixe já não muito fresco.

— São tão *reais*! — lamentou-se o marido surgindo na entrada. — Estes malditos sonhos são tão, mas tão *REAIS*!

Por toda a Londres e mesmo em lugares tão afastados como Fotheringdene e Grimswater, os Rapazes da Velha Guarda andavam a ter o mesmo género de sonhos. Não eram rapazes jovens, disparatados, mas rapazes crescidos. Rapazes animados, ajuizados, que trabalhavam em bancos, ou conduziam comboios, ou criavam morangos, ou escreviam peças de teatro, ou concorriam ao Parlamento. Sentindo-se bem em casa, rodeados por família e amigos, consideravam-se confortáveis e seguros... até começarem os sonhos. Agora, sonhavam todas as noites com a Terra do Nunca e acordavam para encontrar os vestígios nas suas camas — adagas ou rolos de corda, um monte de folhas ou um gancho.

E o que tinham eles de comum entre si, esses sonhadores? Uma única coisa. Todos tinham sido, em tempos, Rapazes na Terra do Nunca.

— Reuni-vos a todos, porque é preciso fazer alguma coisa! — dizia o Juiz Tootles[1], revirando o seu grande bigode. — Isto assim não está bem! Já foi longe de mais! Não, não dá! Bem basta o que basta! Temos de agir!

Estavam a comer sopa de rabo-de-boi, castanha, na Biblioteca do Clube dos Cavalheiros, numa rua que dava para Picadilly — uma sala castanha com retratos castanhos de cavalheiros envergando fatos castanhos. O fumo da lareira flutuava no ar, como um nevoeiro castanho. Em cima da mesa de jantar via-se um amontoado de armas, a sola de um sapato, um gorro, um par de ovos de alguma ave gigante. O Honourable Slightly[2] passou, pensativo, os dedos por tudo aquilo.

— Os destroços da Noite que deram à costa da Manhã! — murmurou ele (é preciso ver que o Honourable Slightly tocava clarinete num clube nocturno e tinha um certo pendor para escrever poesia).

— Contactem a Sra. Wendy! Ela há-de saber o que fazer! — propôs o Juiz Tootles. Mas claro que Wendy não fora convidada, porque não é permitida a entrada a senhoras no Clube dos Cavalheiros.

— Eu acho que devíamos deixar estar o que está — opinou o Sr. Nibs[3], mas ninguém ligou porque era sabido que, no Clube dos Cavalheiros, o que estava era para ficar.

---

[1] Tootles poderia traduzir-se por Fífias. Quando era um dos Rapazes Perdidos na Terra do Nunca, chegava sempre tarde de mais às aventuras. Da única vez que se adiantou aos outros, iludido pela fada Sininho, atingiu Wendy com uma seta. Nada mau como fífias. Mais adiante veremos se ainda merece o nome.

[2] Honourable não faz propriamente parte do nome deste personagem, sendo um título de cortesia que se dá em Inglaterra a nobres abaixo de marquês, traduzível por Sua (ou Vossa) Honra, e que cabe a este personagem por ser um baronete. Quanto a Slightly, como é vulgarmente tratado, poderíamos dar-lhe a tradução de Ligeiramente, a qual, lá bem mais para a frente, se vai revelar perfeita.

[3] Não sabemos bem qual das várias traduções possíveis de Nibs — «bicos de aparo», «cocos partidos» e também (em calão) «pessoa de classe elevada, em especial se for exigente e tirânica» — J. M. Barrie, o autor do primeiro

— O espírito sobre a matéria! — exclamou o Sr. John. — O que temos de fazer é *esforçarmo-nos mais* por não sonhar!

— Isso já nós tentámos — disseram tristemente os Gémeos[4]. — Ficámos acordados uma semana inteira.

— E o que aconteceu depois? — quis saber o Sr. John, intrigado.

— Adormecemos no autocarro para Londres, a caminho do trabalho, e dormimos todo o tempo até Putney. Quando saímos, vínhamos os dois com pinturas de guerra.

— Que coisa tão encantadora! — exclamou o Honourable Slightly.

— Na noite passada, sonhámos com a Lagoa — acrescentou o Segundo Gémeo.

Ouviu-se um murmúrio de suspiros sentidos. Todos e cada um dos Rapazes da Velha Guarda tinham sonhado recentemente com a Lagoa e acordado com o cabelo húmido e os olhos deslumbrados.

— Haverá cura, Curly[5]? — perguntou o Sr. Nibs. Mas o Dr. Curly não sabia de cura alguma para um ataque de sonhos indesejados.

— Devíamos escrever uma carta de protesto! — reboou a voz do Juiz Tootles. Mas ninguém sabia da existência de um Ministério dos Sonhos, nem se haveria um Secretário de Estado dos Pesadelos.

Por fim, sem nada resolvido nem qualquer plano de campanha, os Rapazes da Velha Guarda silenciaram e deixaram-se

---

Peter Pan, consideraria a que melhor se adapta a este personagem. Mas como o papel de Nibs é aqui bastante reduzido, não nos vamos preocupar com isso.

[4] Neste caso, traduzimos mesmo o termo inglês «Twins» por «Gémeos», porque é o que os dois rapazes realmente são, para além de serem assim tratados. Inclusivamente, para os distinguir, um é chamado «Primeiro Gémeo», o outro, «Segundo Gémeo». Mas será que nunca tiveram outro nome? Depois se verá.

[5] Esta é fácil, pois «Curly» significa «Caracóis» e tem tudo a ver com o cabelo do personagem, sobretudo quando jovem.

adormecer nas suas poltronas, com as chávenas de café a escorrer gotas castanhas sobre a carpete castanha. E todos tiveram o mesmo sonho.

Sonharam que andavam a jogar ao agarra com as sereias, enquanto os reflexos de arco-íris se contorciam ao redor e entre eles, como serpentes marinhas. Depois, de algum lugar mais profundo e escuro, veio um vulto enorme e escorregadio, que lhes raspou pelas solas dos pés com a sua pele protuberante, escamosa...

Quando acordaram, os fatos dos Rapazes da Velha Guarda estavam encharcados e, ali deitado de costas, no meio da Biblioteca dos Cavalheiros, estava um prodigioso crocodilo, às chicotadas com a cauda e fazendo estalar os maxilares, num esforço para se voltar e transformá-los em ceia.

O «Clube dos Cavalheiros» ficou vazio no tempo recorde de quarenta e três segundos e, no dia seguinte, todos os membros receberam uma carta da gerência.

Clube dos Cavalheiros
Rua Castanha, a Picadilly,
Londres W1

23 de Abril de 1926

Lamentamos informar que o Clube
estará fechado para redecoração,
a partir de 23 de Abril e até,
aproximadamente, 1999.

Sempre ao vosso dispor,
A Gerência

É claro que, no fim de contas, foi a Sra. Wendy que explicou as coisas.

— Há sonhos a derramar da Terra do Nunca — afirmou. — Deve haver qualquer coisa que não vai bem. Se querem que os sonhos parem, temos de descobrir o que é!

A Sra. Wendy era uma mulher adulta e mais sensata não podia haver. Tinha um espírito bem arrumado. Durante seis dias de qualquer semana, era totalmente contra sonhos a encherem-lhe a casa de lixo. Mas, no sétimo, já não tinha *tanta* certeza. Ultimamente, começara a apressar-se a ir para a cama, ansiosa por entrar naquele tremeluzir crepuscular que surge entre estar acordado e a dormir. Por detrás das pálpebras fechadas, ficava alerta à espera que um sonho viesse vogando até ela — tal como, em tempos, ficara alerta à janela do quarto, esperando contra toda a esperança que uma pequena figura viesse voando célere por entre as estrelas do céu londrino. De cada vez que era a altura de ir para a cama, o coração batia-lhe mais depressa, ao pensar que poderia voltar a ver a Lagoa, ou ouvir o grito do Pássaro do Nunca. Acima de tudo, ansiava por voltar a ver Peter, o amigo que deixara para trás, na Terra do Nunca, todos aqueles anos antes.

E agora a Terra do Nunca roçava-se contra o Aqui e o Agora, abrindo buracos no tecido entre uma coisa e outra. Gavinhas de sonho começavam a atravessar os furos. Nem tudo estava bem. Fosse como fosse, a Sra. Wendy sabia-o.

— Talvez os sonhos sejam mensagens — alvitrou um Gémeo.

— Ou talvez sejam avisos — opinou o outro.

— Talvez sejam sintomas — propôs o Dr. Curly, levando o estetoscópio à sua própria testa, para escutar os sonhos que iam lá por dentro.

— Tenho imenso medo de que sejam isso mesmo — respondeu Wendy. — Alguma coisa vai mal na Terra do Nunca, cavalheiros... e é por isso que temos de lá voltar.

2

PRIMEIRO ENCONTRAR A NOSSA FADA

— *Voltar?!*

Voltar à Terra do Nunca? Voltar à ilha misteriosa, com as suas sereias, piratas e peles-vermelhas? Os Rapazes da Velha Guarda fungaram e sopraram e acenaram que não com a cabeça até lhes abanarem as bochechas. Voltar à Terra do Nunca? Nunca!

— Absurdo!

— Ridículo!

— Tolice!

— Paspalheira!

— Eu sou um homem ocupado!

Na atmosfera rosada da sua sala de visitas, a Sra. Wendy serviu mais chá e ofereceu em redor sanduíches de pepino.

— Tal como vejo as coisas, temos três problemas — disse ela, ignorando os gritos de protesto. — Primeiro, crescemos todos de mais. Só uma criança pode voar até à Terra do Nunca.

— Exactamente! — apoiou o Juiz Tootles, baixando os olhos para os botões repuxados do colete. Com o passar dos anos, crescera realmente bastante, e em todas as direcções.

— Segundo, não conseguimos voar como nessa altura — prosseguiu a Sra. Wendy.

— Pois, ora aí está! — apoiou o Sr. John, recordando a noite em que um rapaz, envergando um fato feito de folhas, entrara voando na sua vida e o ensinara a voar também. Lembrou-se de como saltara da janela do quarto, aberta, e daquele momento em que, com um baque no peito, sentiu como a noite o acolhia na palma da mão. E de como mergulhara e se lançara através do céu negro, detectado pelo radar de morcegos, queimado pela geada, agarrado com toda a força ao seu chapéu-de-chuva... Ah, como ele era valente nesses tempos! E o Sr. John teve um sobressalto quando a Sra. Wendy lhe deixou cair um cubo de açúcar na chávena com uma pinça de prata. Os seus pensamentos tinham andado lá por cima, entre os raios de luar.

— E antes de podermos voar — estava a Sra. Wendy a dizer —, precisamos de pó-de-fada.

— Então é de todo em todo impossível.

O Honourable Slightly baixou os olhos para as migalhas que tinha nas calças e sentiu um nó na garganta. Lembrou-se do pó--de-fada. E de como lhe brilhava na pele semelhante a gotas de água. E da sensação de formigueiro que lhe percorria as veias. Mesmo depois de todos aqueles anos, ainda se lembrava.

— Parece-me que o melhor é não dizermos a ninguém que vamos — considerou a Sra. Wendy. — Podia afligir os nossos entes queridos. E também podia atrair a atenção dos jornalistas.

Ao que parecia, não havia que discutir com ela, de modo que os Rapazes da Velha Guarda escreveram o que ela ditou nas suas agendas, sob o cabeçalho Tarefas a cumprir:

— Tenho de não ser crescido.
— Tenho de me lembrar como se voa.
— Tenho de encontrar pó-de-fada.
— Tenho de pensar numa desculpa para dar à mulher.

— Julgo que o melhor seria de sábado a uma semana — propôs ainda a Sra. Wendy. — Vai haver lua cheia e não é preciso ir buscar as crianças à escola. Se tiver sorte, também vou estar melhor desta minha tremenda constipação. Portanto, cavalheiros, concordamos com 5 de Junho? Estou certa de que posso confiar em vocês para tratarem de tudo o que é preciso, não?

Os Rapazes da Velha Guarda escreveram nas suas agendas:

Sábado, 5 de Junho:
Ir para a Terra do Nunca.

Depois, mordiscando os lápis, ficaram à espera que a Sra. Wendy lhes dissesse o que haviam de fazer. A Wendy é que sabia. Pois se, mesmo constipada, nem precisava de agenda para se lembrar das tarefas que era preciso cumprir!

No dia seguinte, a constipação impediu a Sra. Wendy de sair, mas os Rapazes da Velha Guarda foram dar consigo nos Kensington Gardens[6], com redes de caçar borboletas e a passarinhar de um lado para o outro. Andavam à procura de fadas.

Soprava uma forte brisa. Qualquer coisa branca e macia aflorou o rosto do Sr. Nibs e ele soltou um grito.

— Cá está uma! Deu-me um beijo!

E todos aqueles cavalheiros se lançaram pesadamente atrás dela. O vento aumentava. Outros pedacinhos de brancura passaram rápidos por eles, até parecer que o ar estava todo cheio de flocos de neve, girando e dançando, leves como penas. Os Rapazes espezinharam a erva a correrem daqui para acolá, lan-

[6] Kensington Gardens, ou seja, os Jardins de Kensington, fazem parte, juntamente com o mais conhecido Hyde Park, de uma das grandes zonas verdes de Londres. Entre si, partilham um lago artificial, obra que data de 1730, o qual recebeu o nome de Long Water (Água Comprida) do lado de Kensington Gardens e de Serpentine (Serpentino no sentido de «serpenteante» ou «semelhante a serpente») do lado de Hyde Park. Ah! Em Kensington Gardens é possível admirar uma estátua de Peter Pan, criada pelo escultor inglês Sir George Frampton, em 1912.

çando as redes às fadas, às vezes malhando uns nos outros sem querer, soltando brados de animação:

— Apanhei uma!

— Também apa... AI!

— Cá está uma, vejam!

Mas quando espreitaram para dentro das suas redes de caçar borboletas, só encontraram a fofa lanugem das primeiras sementes estivais dos dentes-de-leão. E nem uma única fada no meio de toda aquela maciez.

Procuraram durante todo o dia. À medida que o Sol descia e os estorninhos se reuniam sobre a cidade luminosa, os Rapazes Perdidos esconderam-se entre os arbustos de Kensington Gardens. As primeiras estrelas aventuraram-se a surgir no céu, juncando com os seus reflexos o Serpentine. E de repente o ar ficou a tremeluzir de asas!

Encantados, os caçadores emboscados saltaram dos esconderijos e de novo se puseram a correr daqui para acolá, agitando as redes.

— Apanhei uma!

— Caramba!

— Não as magoem!

— Ui! O cavalheiro veja lá o que faz!

— Ó amigos, isto é muito divertido!

Mas, quando reviraram as redes, o que encontraram eles? Mosquitos e traças e efémeras.

— Tenho aqui uma! Absolutamente! Indiscutivelmente! — bradou o Sr. John enfiando o chapéu de coco na cabeça, para não deixar fugir a cativa que tinha lá dentro. Os outros rodearam-no, empurrando-se para espreitar. O chapéu voltou a sair com um suspiro de sucção e o Sr. John, com o polegar e o indicador, retirou alguma coisa do forro acetinado e levantou-a para que vissem — o púrpura iridiscente, o corpo brilhante, flexível, turquesa...

Uma simples libélula.

O Sr. John abriu os dedos e oito pares de olhos desapontados seguiram a maravilhosa criatura que, ziguezagueando, valsando, se dirigiu para o lago.

— Não acredito que haja uma única fada... — começou a dizer o Dr. Curly, mas os outros lançaram-no ao chão e taparam-lhe a boca com as mãos.

— *Não digas isso! Nunca digas isso!* — gritava o Sr. Nibs horrorizado. — Já te esqueceste? Cada vez que alguém diz que não há fadas, há nalgum lado uma fada que morre!

— Mas eu não disse que não acreditava nelas! — esclareceu o doutor, endireitando o fato amarrotado. — O que eu ia a dizer era que não acreditava que houvesse uma única fada *aqui. Esta noite. Neste parque.* Tenho lama nas calças, picadas de insectos nos tornozelos e ainda não jantei. Será que podemos desistir agora?

Os outros Rapazes olharam em volta para o parque envolto no crepúsculo, para os candeeiros cintilando na distância. Examinaram as solas dos sapatos, não se desse o caso de terem pisado alguma fada por engano... Olharam para a água do Serpentine, não fosse uma fada, nadando, alguma das estrelas reflectidas na superfície Nem fadas, nem pó-de-fada. Afinal, talvez não fossem voltar à Terra do Nunca.

— Tanto melhor. Que ideia mais absurda — resmungou o Sr. John. Mas ninguém respondeu.

O Honourable Slightly tirou do bolso uma bolha de película brilhante, com todas as cores do arco-íris.

— Na noite passada — confidenciou —, sonhei que estava a jogar pólo aquático com as sereias. Quando acordei, tinha isto na almofada.

A bolha rebentou e desapareceu.

Os portões do parque estavam fechados quando lá chegaram. Os Rapazes da Velha Guarda tiveram de os trepar e o Juiz Tootles rasgou o seu melhor casaco de *tweed.*

⋆ ⋆ ⋆

Claro que acabou por ser a Sra. Wendy a dar solução ao caso. No dia seguinte levou-os aos Kensington Gardens, envergando um casaco de linho e um esplêndido chapéu com uma pluma espetada.

— Mas nós já ontem procurámos aqui! — protestou o irmão. — Não havia uma fada sequer!

— Não viemos à procura de fadas — retorquiu a Sra. Wendy. — Viemos à procura de carrinhos de bebé!

Vinte anos antes, o parque estaria cheio com amas empurrando carradas de bebés de um lado para o outro, enchendo-os de saudável ar fresco. Mas agora as amas eram uma raça em extinção. Naquele dia, havia apenas três, empurrando carrinhos, alimentando patos, assoando narizes e apanhando rocas atiradas para a relva. Era um espectáculo que sempre perturbava os Rapazes da Velha Guarda...

Em tempos, Curly, Tootles, Nibs, Slightly e os Gémeos tinham todos sido bebés, como aqueles nos carrinhos. Em tempos, também eles tinham sido aconchegados, quentes e confortáveis, esbugalhando para os céus os seus recém-nascidos olhos azuis. Mas tinham caído dos seus carrinhos.

Tinham sido perdidos. Extraviados.

Foram entregues no serviço de Perdidos e Achados, arrumados na letra «B», de Bebés, entre o A de Aquários e o C de Caixas de Sapatos. Ninguém os viera reclamar e, passada uma semana ou perto disso, foram despachados via postal para a Terra do Nunca. Ali se tinham reunido aos outros Rapazes Perdidos, lá se arranjando sem mães nem maneiras, alimentando-se com refeições de inventar e levando com grandes doses de aventura, na companhia do seu capitão, Peter Pan.

Ao ver um carrinho passar por ele, o Sr. Nibs não pôde conter-se que não dissesse:

— Oh, *por favor*, tome bem conta desse bebé, minha jovem! Eu bem sei que não há assim nada de tão terrível num Rapaz Perdido, mas mesmo assim, tome *bem* conta não vá ele cair! Nem todos os Rapazes Perdidos têm tanta sorte como nós tivemos! Nem todos são adoptados pelo Sr. e a Sra. Darling e amados e cuidados e abençoados com tartes de leite-creme aos domingos e uma educação universitária!

— Olha que uma destas! — exclamou a ama. — Espero que não esteja a sugerir, cavalheiro, que eu possa *perder* um bebé a meu cargo! Como se eu pudesse! Como se eu alguma vez...

Mas, antes que ela conseguisse chegar a um verdadeiro ataque de cólera, o bebé que ia no carrinho começou a chorar.

A Sra. Wendy tinha estado debruçada sobre o carrinho, servindo-se da pena do chapéu para fazer cócegas ao bebé.

— O que está a fazer, minha senhora? — espavoriu-se a ama. — Essa criança não suporta penas!

— Oh, dianho — retorquiu a Sra. Wendy, irritada consigo mesma e, secretamente, também com o bebé. — Vá, Sr. Slightly, não fique aí especado. Cante!

E o Honourable Slightly (que, se bem se lembram, tocava clarinete num clube nocturno) compreendeu de súbito que o êxito de todo o plano dependia dele. Deitando as mãos ao bebé, pegou nele e pôs-se cantar.

«Orfeu, com seu alaúde, com seu alaúde criou árvores...»

Não serviu de nada. O bebé berrou ainda mais alto.

«Oh, aquele grande Duque de York, dez mil homens tinha ele...»

E o bebé sempre a gritar.

«Vem comigo ao jardim, Matilde,
Que a noite, morcego negro, já se foi!»

— Veja bem o que arranjou! — queixou-se a ama, franzindo o nariz perante a barulheira e olhando em volta em busca de um polícia.

O Sr. Slightly dobrou um joelho e insistiu:

«Mãezinha! Mãezinha!
Era capaz de andar um milhão de quilómetros por um sorriso teu, minha mãezinha!»

E de repente o bebé riu-se!

Era um som como o de água a sair da boca de um jarro e tão delicioso que até a ama bateu as palmas e se riu também.

— É a primeira gargalhada que dá, Deus o abençoe!

Num movimento único, os Rapazes da Velha Guarda ergueram os chapéus. Até a Sra. Wendy tirou o alfinete que prendia o dela. E logo, para grande pasmo da ama, largaram o bebé no carrinho e desataram a correr pelos Kensington Gardens fora, saltando, estendendo as mãos e agitando loucamente os seus chapéus de coco pretos ou castanhos.

— Uma destas! — comentou a ama. — Mas onde vai este mundo parar?

Foi entre canteiros de mostardeiras cor de laranja, ao lado do monumento aos mortos da guerra, que o apanharam — uma minúscula tracita, azulínea, com cabelo vermelho e olhos cor de mel — um ser que era uma fada, mas do sexo masculino! Estão a ver? É que, como um pisco saído do ovo, nascera daquela primeira gargalhada do bebé, como acontece com todas as fadas.

Os Rapazes da Velha Guarda estavam estafados e sem fôlego, mas triunfantes.

Por engano, a Sra. Wendy chamou ao diminuto ser Con Brio, ignorando que já vinham fornecidos de nome.

— *Eu sou Fogo-Alado!* — exclamou ele, indignado. — *E estou cheio de fome!*

Levaram-no pois até ao Salão de Chá do Serpentine e deram-lhe a comer gelado, migalhinhas de scones e chá frio, antes de o levarem para casa, alcandorado no coco do Sr. John, como um pequeno potentado oriental. Quando chegaram à casa da Rua Cadogan, o chapéu estava ligeiramente chamuscado, mas também meio cheio de pó-de-fada.

3

UMA MUDA DE ROUPA

— Conheces a Sininho? — perguntou o Sr. John.

— *Conheço tudo* — respondeu Fogo-Alado. — *O que é uma Sininho?*

A Wendy tinha feito, com um abajur, uma espécie de tenda de pele-vermelha para Fogo-Alado morar e agora ele estava atarefado a juntar provisões, não fosse o Inverno mau.

— Ainda só estamos em Junho — fez notar o Sr. Nibs.

— *Mas é que eu fico com* MUITA *fome* — ripostou logo Fogo--Alado. Disso já toda a gente se dera conta, pois ele arrancara todos os botões do sofá Chesterfield, as borrachas de três lápis, a borla do cordão da campainha e o lacinho do Sr. Slightly. Era como um pequeno esquilo, aos saltos por toda a sala, cheirando e lambendo, respigando comida.

— *O que é uma Sininho? Respondam!* — insistiu ele. — *As fadas morrem se as ignoram.*

Os Gémeos explicaram então como, anos antes, tinham vivido na Terra do Nunca, com Peter Pan e a sua fiel ajudante Sininho, a Fada. Descreveram como a Sininho fora valente, e maldosa, e traquina, e ciumenta, e bonita, e...

— *Não tão bonita como eu!* — interrompeu Fogo-Alado. — *Ninguém é tão bonito como eu... nem tão esfomeado!*

E roeu uma vela até ao pavio de tal maneira que a partiu ao meio.

— Não entendo lá muito bem como é que podias conhecer a Sininho, meu malandreco — comentou Slightly —, dado que ainda só nasceste ontem. Ai!

Fogo-Alado tinha-lhe dado uma dentada no polegar.

— *É que eu sou muito atrasado, é por isso! Por isso sei muitas coisas que aconteceram antes. Eu cá sou mais atrasado que um relógio sem corda!*

Slightly pôs-se a chuchar no polegar e comentou:

— Pois eu digo que, para um ser tão pequeno, dizes umas mentiras de todo o tamanho.

O serzinho de cabeça vermelha fez um sorriso encantado e uma profunda vénia, acompanhada de um elegante floreado de ambas as mãos. E, desse momento em diante, passou a dedicar grande devoção a Slightly, só por ele ter admitido a grandeza das suas mentiras.

Apesar de todos os avisos da Sra. Wendy para não tentarem voar antes de voltarem a ser pequenos, os Rapazes da Velha Guarda não resistiram a tentar. O Juiz Tootles chegou mesmo ao ponto de agarrar no pequeno Fogo-Alado e esfregar-se todo com ele, como se fosse um sabonete. Depois, abriu os braços e voou como uma ave!

Bem, para dizer a verdade, foi mais como uma grande avestruz. Ou uma daquelas emas todas despenteadas que nos tentam bicar o pescoço, no Jardim Zoológico. Foi pois assim que Tootles, pesadão, avançou uns cem metros a dar aos braços, até ficar sem fôlego e tão capaz de voar como o desaparecido pássaro dodó[7].

O Dr. Curly, magro como um apito e em boa forma, conseguiu realmente voar para cima de um candeeiro de rua, mas

[7] O dodó era uma ave de grande tamanho, não voadora, apresentando semelhanças com o cisne, que habitou várias ilhas no Sul do oceano Índico e cuja raça se extinguiu pelos finais do século XVI.

perdeu a coragem e tiveram de o tirar de lá com um escadote. A Sra. Wendy assegurou-lhes, enquanto guardava o escadote, que ele estaria bem lá para a noite, mas nem por isso ficaram muito seguros.

Viram passar os dias como quem vê passar comboios. Depois, de repente, ali estava o 5 de Junho e era altura de subir a bordo do dia e partir para a Terra do Nunca. Fogo-Alado dissera-lhes como fazer. E era imprescindível uma muda de roupa.

Por toda a Londres e mesmo tão longe como Fotheringdene e Grimswater, os Rapazes da Velha Guarda trouxeram velhas malas dos seus sótãos e reuniram toda a coragem que puderam. E foram aos seus bancos e levantaram toda a audácia que tinham andado a poupar ao longo dos anos. E pesquisaram em todas as algibeiras de todos os fatos, e até entre o assento e as costas do sofá, para juntar toda a bravura possível.

E mesmo assim não parecia que chegasse.

Compraram flores para as mulheres, brinquedos para os filhos e lavaram as janelas em favor dos vizinhos. Meteram licença no trabalho. Escreveram cartas aos seus próximos mais queridos, mas depois rasgaram-nas porque a palavra ADEUS é demasiado difícil de soletrar.

Chegou a hora do banho em casa do Primeiro Gémeo e, enquanto os seus filhos gémeos chapinhavam, ele pegou à socapa nalgumas das peças de roupa espalhadas pelo chão e desapareceu na noite.

Chegou a hora das orações na casa ao lado e o Segundo Gémeo, depois de dizer aos seus gémeos idênticos: «*Mãos juntas, olhos fechados!*», deitou a mão a um uniforme escolar e saiu dali nos bicos dos pés.

Em casa do médico em Fotheringdene, Curly estendia a mão para apanhar o equipamento de râguebi do filho... mas o cachorrinho novo, o Béu-Béu, passou-lhe à frente, mordendo a gola e agarrando-se a ela com toda a força. O bicho rosnou e gemeu, com as unhas a raspar ruidosamente no chão.

A criança acordou com um *«Quem está aí?»*, de modo que Curly teve de pegar na camisa juntamente com o cãozinho e fugir.

Chegou a hora de contar uma história em casa do Sr. John e o Sr. John leu-lhes uma até adormecerem, deitou-lhes um último olhar e por fim encaminhou-se em bicos dos pés para a porta, levando um fato à maruja roubado. No patamar teve um sobressalto, ao ver a Sra. John. Claro que ela sabia do que se tratava. O marido não lhe dissera uma palavra acerca da viagem, mas ela sabia na mesma. As mulheres são assim com os maridos. E ela presenteou-o com um embrulho do almoço, um par de meias lavadas e a escova dos dentes. Até lhe passou a ferro o fato à maruja, antes de ele o vestir.

— Toma cuidado, meu querido — aconselhou, ao mesmo tempo que o beijava com ternura e o acompanhava até à porta da rua. — Dá os meus melhores cumprimentos ao Peter Pan.

O Juiz Tootles lembrou-se, bastante tarde, de que só tinha filhas. Tal pensamento, por assim dizer, deitou-o um bocado abaixo das calças. Os seus dedos dirigiram-se para o seu farfalhudo bigode e acariciaram-no como a um animalzinho que, por mudarmos de casa, é forçoso deixar.

Nibs... Bem, o Sr. Nibs não conseguia simplesmente decidir-se. De pé junto aos beliches no quarto das traseiras, olhando os rostos adormecidos dos seus pequenos, não conseguia sequer imaginar ir para lado algum sem eles — nunca. E logo ali desistiu da viagem à Terra do Nunca. Diga-se de passagem que chegou mesmo a acordar os pequenotes para lhes perguntar:

— O que há na Terra do Nunca que *possa* ser melhor que vocês?

E o Honourable Slightly Darling? Bom, esse estava sozinho no seu elegante apartamento, com o clarinete no colo. Quando Fogo-Alado lhes dissera o segredo para voltarem a ser jovens, Slightly assentira com um aceno de cabeça, mas sem dizer palavra. Vira aproximar-se o dia marcado, teve sonhos com a Terra do Nunca, ainda sem dizer palavra. Vira os outros prepararem-se para a aventura, tirando diariamente o pó-de-

-fada mágico do abajur de Fogo-Alado... sempre sem dizer palavra. E agora ali estava, sentado no seu elegante apartamento, com o clarinete silencioso no colo.

Não era pessoa para estragar o prazer dos outros. Por isso se mantivera calado. E todos eles — os seus irmãos e irmã de adopção — tinham esquecido que Slightly era viúvo e não tinha filhos, ninguém cujas roupas pudesse levar de empréstimo, ninguém que o tornasse outra vez jovem.

Porque, claro, é assim que se faz. Toda a gente sabe que, quando vestimos roupas de disfarce, nos tornamos outra pessoa. De onde se conclui que, se vestirmos roupas dos nossos filhos, ficamos outra vez da idade deles.

Em guarda-fatos e esconços de vassouras, aos saltos por ruas iluminadas abaixo, enfiando a cabeça por pequenos colarinhos e os pés em minúsculas chuteiras, forçando costuras, tropeçando em cordões de roupão, deixando cair carteiras e canetas de tinta permanente e metendo cachorrinhos no bolso, os Rapazes da Velha Guarda enfiaram-se nas suas roupas de crianças. Podem perguntar como foi possível que o Juiz Tootles coubesse num vestido de festa e os seus pés numas sapatilhas de balé. Tudo o que posso dizer é que brilhava uma lua cheia, havia magia no ar e, fosse lá como fosse, todos os colchetes apertaram, todos os botões se abotoaram.

A cabeça encheu-se-lhes de imagens da Terra do Nunca e desejos de fugir. Engraçado que os seus pés, ao correrem, já não evitavam as poças de água, e preferiam até chapinhar lá dentro. Os seus dedos escolheram dedilhar os gradeamentos, os seus lábios assobiar, os seus olhos brilhar.

O Dr. Curly sentiu o bom senso a escorrer-lhe da cabeça, substituído por bichas de rabiar e foguetes de estrelas. Os Gémeos lembraram-se de repente das histórias de fadas preferidas um do outro. O Juiz Tootles descobriu que era capaz de ver sem óculos e que, ao deixar-se cair da armação metálica de trepar, no parque infantil, não sentia os dentes a vibrar. Por outro lado, sentia o lábio superior estranhamente nu, já que há tanto tempo ela (ou melhor, ele) usara ali um grande bigode revirado e sentia-lhe agora a falta, como se pode sentir a falta de um hámster.

Quando os Rapazes da Velha Guarda esfregaram pó-de-fada na nuca, os seus cortes de cabelo, curtos e ásperos, tornaram-se sedosos debaixo dos seus dedos... à excepção de Tootles, evidentemente, que verificou ter duas longas tranças louras e saber as posições de balé de um a cinco.

Mas o Honourable Slightly não tinha filhos. E por isso permanecia sentado no seu elegante apartamento, sentindo pesar-lhe nos ombros cada um dos seus trinta anos. Libertando o pescoço da gravata, foi cedo para a cama, esperando conseguir pelo menos *sonhar* com a Terra do Nunca.

Quanto à Sra. Wendy... Bem, ela escreveu uma carta dirigida a toda a gente da casa, explicando que ia visitar um amigo e em breve estaria de volta. Antes de vestir as roupas da sua filha Jane, remendou a saia de baixo da pequena, apagou-lhe os erros do dia com uma borracha, fez a croché um sonho feliz para lho pôr debaixo da almofada e organizou-lhe as orações por ordem alfabética. Depois guardou algumas coisas úteis num cesto de vime e lá se introduziu num pequeno e limpo vestido de verão, com motivos de girassóis e dois coelhos.

— Está sempre tão quente e abafadiço na Terra do Nunca — confidenciou à criança adormecida. — Que coisa extraordinária! Fica-me mesmo à medida.

Surpreendida pelo último espirro da sua constipação, pegou rapidamente no lenço que tinha na algibeira do vestido que deixara, meteu-o dobrado na manga de balão e depois saiu para a varanda.

Ao impregnar o cabelo com a sua parte de pó-de-fada, listas de compras e de dias de anos saíram-lhe da cabeça, juntamente com noções de política e textos dactilografados de poemas e receitas. Até o marido se tornou uma vaga recordação. Mas a filha Jane não, obviamente. Há lá mãe capaz de esquecer a filha. Em circunstância alguma. Nem por um minuto.

No céu acima de Kensington Park reuniu-se um bando de crianças, como aves no Outono, prontas a emigrar. Vogaram de costas, bateram os pés para avançar, subiram na corrente ascendente que vinha das chaminés da Avenida e encheram--se de fuligem. Uma tira do cediço nevoeiro que se desenrolava sobre o Tamisa fê-los tossir.

Mochos piscaram os olhos de espanto. Nelson, sobre a sua coluna, levou o óculo ao olho são. Estátuas de homens famosos apontaram-nos saltitando sobre um e outro pé. (Um deles, a cavalo, fez mesmo uma upa.) Agentes de polícia, nas suas rondas, ouviram risadas, mas foi em vão que procuraram alguém a quem prender.

— Onde está o Nibs? — perguntou Wendy

— *Não vem!* — respondeu Fogo-Alado.

— E onde está o Slightly? — quis saber John.

— *Não vem!* — bradou Fogo-Alado, brilhando de prazer.

— *Ah, isso é que venho!*

E Slightly veio sulcando o ar como um golfinho, as ondas do cabelo brilhantes de pó-de-fada. Envergava uma camisa de noite cuja bainha lhe chegava abaixo dos joelhos de nove anos e cujas mangas lhe adejavam para lá das pontas dos dedos. A sua mão estreitava um clarinete, como quem segura uma espada de duelo.

— É que, estão a ver, fui até aos pés da cama! Uma coisa que não fazia vai para vinte anos! Mesmo até aos pés e mais além! Lembrei-me, percebem? Podemos ir ter a *qualquer* lado, se tivermos coragem para ir até ao fim! E agora qual é o caminho, Fogo-Alado?

— *E como é que eu vou saber isso?* — disparou o ser mágico.

Mas toda a gente respondeu por ele:

— *Na segunda à direita e sempre em frente até de manhã!*

Quando a Lua se pôs, depois de eles terem partido, a chuva começou a cair como pontos de exclamação

Quanto mais para longe voavam, tanto mais se iam esquecendo de terem sido adultos e tanto melhor recordavam os seus dias passados na Terra do Nunca. Luz do Sol! Salto ao eixo! Piqueniques!... As cabeças encheram-se-lhes de devaneios e excitação. E todos os seus sentimentos lhes borbulhavam por dentro, e todos os seus músculos estavam tensos. Quase se esqueciam de lembrar por que motivo faziam aquela viagem.

— Se os Peles-Vermelhas estiverem na senda da guerra, vou com eles!

— Acham que a Sininho vai gostar de nos ver?

— *Ah, ela vai lá estar, então, essa Sininho?*

— Mal posso esperar para ver a cara do Peter quando eu lhe der as prendas!

— E eu mal posso esperar para ver as sereias!

— *Ei, eu perguntei se essa tal Sininho ia lá estar! Não sabem que as fadas morrem se as ignoram?*

— Só espero que haja novos vilões para combater!

— E vocês acham que também vai haver *novos* Rapazes Perdidos?

Perante esta ideia, fez-se um silêncio súbito. Claro que era perfeitamente possível! Há rapazes a cair dos seus carrinhos constantemente e sabe-se que as amas não têm jeito nenhum para dar por isso. Com toda a certeza, Peter Pan teria reunido um novo bando de seguidores depois dos tempos de Nibs, Curly, os Gémeos, Slightly e Tootles.

— E o abrigo subterrâneo será suficientemente grande para lá cabermos todos? — interrogou-se Curly, ansiosamente.

— E, pior, será que os outros nos irão deixar entrar? — segredaram os Gémeos.

— É melhor que deixem, senão deito a porta abaixo!

— Até pode haver Raparigas Perdidas — alvitrou Wendy, pouco à vontade. — As raparigas agora são muito mais tolas que quando eu era bebé.

Não lhe parecia que tivesse grande vontade de encontrar Raparigas Perdidas. É que, sem a educação certa, as raparigas podem ser tão... *domésticas*.

Fogo-Alado, ziguezagueando entre eles como uma brasa ardente, sugeriu todo contente:

— *Talvez Peter Pan faça uma selecção se forem de mais! É isso que os Peters fazem, não é?*

E perante isto os rapazes mais novos empalideceram de medo.

— Há sempre a Casa da Wendy — acalmou-os a própria.

— Se o abrigo estiver muito cheio, podemos viver lá.

— Tal e qual! E ninguém nos pode impedir! — declarou Tootles. — Fomos nós e muito nós que construímos aquela casa, para a Wendy! E ninguém pode impedir uma Wendy de viver na sua própria Casa da Wendy.

Um rebanho de nuvens atravessou balindo a estrada principal, provocando um engarrafamento. Fogo-Alado lançou-se por entre elas, picando e mordendo até as nuvens se porem a trotar. E quando o rebanho se tresmalhou, ali, por baixo deles, estava a...

TERRA DO NUNCA!

Um círculo sem perímetro, um quadrado sem cantos, uma ilha sem limites: Terra do Nunca. A imaginação arrancara-a do fundo do mar e trouxera-a à luz do dia. E agora os pesadelos tinham-nos chamado de novo até ali. Ao lugar onde as crianças nunca crescem!

Mal sabiam (e pouco se lhes dava) que nas suas várias casas, em mesas-de-cabeceira e peitoris de casas de banho, os seus relógios de pulso abandonados tinham parado naquele exacto momento. Porque, quando uma criança está na Terra do Nunca, o tempo deve parar.

O coração saltou-lhes no peito. Não havia sítio como aquele! Em todo o rotundo mundo nada existe que se compare à Terra do Nunca! E ela ali estava, estendendo-se abaixo deles, total, completa, tremenda e absolutamente...

...mudada.

4

AQUELA-E-ÚNICA-CRIANÇA

Embora voasse em direcção à claridade matinal, Wendy, no seu levíssimo vestido, teve um arrepio, porque a luz do Sol era mais fraca e pálida do que ela recordava. As sombras eram mais compridas — alguns pináculos rochosos e alguns pinheiros tinham três ou quatro sombras, estendendo-se em diferentes direcções. Wendy compreendeu que tinham feito bem em vir, que nem tudo ia bem na Terra do Nunca.

Ao sobrevoarem a Floresta do Nunca, um oceano de árvores douradas, cor de laranja e vermelhas agitou-se e ondulou abaixo deles, soltando, de vez em quando, uma chuva de folhas de Outono ressequidas. Os tótemes dos Peles-Vermelhas inclinavam-se em ângulos disparatados, derrubados pelo vento ou pela guerra, e encordoados em lianas e trepadeiras. Bolas gigantes de visco-branco rolavam sobre as copas das árvores, como lanternas de S. João. Era lindo... mas não se ouvia o canto dos pássaros.

As clareiras, onde em tempos a Liga dos Rapazes Perdidos acendera fogueiras ou reunira conselhos de guerra, tinham levado sumiço, fechando-se e desaparecendo tão seguramente como um buraco no mar. Se havia lobos de atalaia, não se viam. Se havia Peles-Vermelhas na senda de guerra, as sendas estavam todas fora da vista.

— Como é que vamos alguma vez encontrar o abrigo ou a Casa da Wendy? — vociferou John, dando voz aos receios de todos eles. Mas não precisavam de se ter preocupado, já que a próxima coisa que avistaram foi a pequena casa com as suas paredes amarelas e telhado verde musgoso. O fumo que saía da chaminé serpenteou por entre eles e desceram por ele abaixo, mão após mão.

A Casa da Wendy equilibrava-se num ramo de árvore, uma árvore que se erguia, acima de qualquer outra na floresta, o correspondente à altura de um campanário de igreja.

— Que coisa mais divertida! — comentou Slightly. — Dantes, tínhamos uma árvore dentro da nossa casa. Agora é a casa que está na árvore!

— Como é que pode haver uma árvore dentro de uma casa? — fungou John, trocista.

— Ah, mas é que havia! Não te lembras? Lá em baixo, no abrigo subterrâneo. A Árvore do Nunca! Todas as manhãs, serrávamo-la pela altura do chão e, à hora de jantar, tinha crescido precisamente o bastante para servir de mesa.

Da corda da roupa, esticada entre dois ramos, pendiam alguns farrapos de nuvens, juntamente com um avental meio rasgado, uma bandeira e uma meia desirmanada.

— Olha o meu avental! — exclamou Wendy.

Sempre voando, as crianças bateram à porta, sacudiram as janelas e fizeram um grande alarido ao redor da chaminé. Mas ninguém lhes veio abrir. Após toda uma noite a voar, começavam a ficar cansadas.

— Ele fechou-nos cá fora! — bradou Wendy. — Depois de tudo o que disse! Pois eu, eu nunca fechei a janela do meu quarto, nem de Verão nem de Inverno! Nunca mais depois da Terra do Nunca!

— Nem sequer com nevoeiro? — quis saber Curly.

Aí Wendy foi forçada a admitir.

— Bem, talvez com nevoeiro. Vocês sabem como o nevoeiro de Londres pode ser perigoso para os pulmões.

— É como inspirar cotão da cama — lembrou Slightly. E então concordaram em que o dono da casa devia ter fechado as janelas porque as nuvens não são muito diferentes de um nevoeiro londrino.

— Voa pela chaminé abaixo, Fogo-Alado, e vai abrir o ferrolho — indicou Tootles.

E o serzinho mágico mergulhou no chapéu da chaminé. (Longos anos antes, fora feito precisamente com o chapéu alto de John, com a copa tirada, expelindo fumo para o céu.) Esperaram e tornaram a esperar, até que Tootles limpou com a trança um pouco da sujidade acumulada que cobria as janelas e, espreitando, viu que Fogo-Alado se desviara da sua missão e estava pendurado num cabide a roer os botões de um casaco.

— Que criaturinha idiota — comentou ela.

Wendy compreendeu que teriam de entrar por outra via.

— Vocês, Rapazes Perdidos, é que construíram a Casa da Wendy — lembrou. — Têm todo o direito a deitá-la abaixo.

Assim sendo, e depois de baterem delicadamente à porta uma vez mais, deitaram os dedos aos suportes laterais e arrancaram a parede do fundo.

A enfrentá-los, estava um rapaz, de espada erguida, a cabeça inclinada para trás e uma careta feroz na cara.

— Agarrem-se bem, Pesadelos! Podem abrir brechas na parede do meu castelo, mas hei-de tapar o buraco com os vossos cadáveres!

Era Peter Pan e não era. A sua roupa feita de nervuras de folhas desaparecera e, no seu lugar, havia uma túnica de penas de gaio e de folhas de Outono vermelhas cor de sangue: vinha-virgem e ácer.

— Ora, ora, Peter — exclamou Wendy, atravessando a brecha. — Então isso são maneiras de receber velhos amigos?

— *Eu não tenho amigos velhos!* — bradou o rapaz da espada erguida. — Eu sou Rapaz e, se as coisas são grandes, corto-lhes o que está a mais!

Ao ver que Peter não a reconhecia, as lágrimas assomaram aos olhos de Wendy, mas também ela lançou a cabeça para trás.

— Não sejas parvo — disse severamente. — Tu és o Peter e eu sou a Wendy e nós viemos... — puxou pelos miolos a tentar lembrar-se — para o caso de estares com problemas.

Peter olhou-a, desconcertado.

— «Com problemas», quais? Dentro de uma panela e rodeado de canibais à espera para me comerem?

— Bem, talvez não seja exactamente...

— Caído de um navio num mar infestado de tubarões?

— Provavelmente não, mas...

— Levado pelos ares por uma águia gigante para ir servir de almoço aos filhos esfomeados que a esperam no ninho?

Estava-se mesmo a ver que Peter apreciava muito aquela ideia de estar com problemas. Tal como se via que nenhuma daquelas coisas lhe estava a acontecer. Wendy começou a sentir-se bastante ridícula, coisa que não lhe agradava nada.

— Tens rezado as tuas orações? — perguntou de repente (uma pergunta tão assustadora como uma espada agitada em frente do nosso nariz).

— Bem, lá as de outra pessoa é que não tenho rezado! — redarguiu Peter.

E foi então que, pela primeira vez, olhou para eles como deve ser. A ponta da espada oscilou e um grande sorriso lhe iluminou o rosto.

— Ah, com que então vocês voltaram, é isso? Julguei que os estava a sonhar. Ultimamente tenho-vos sonhado muito. — E, em tom acusador, acrescentou: — Vocês estavam *grandes de mais.*

Os Gémeos apressaram-se a repor a parede no lugar, provando assim que ainda não eram grandes de mais para caber na Casa da Wendy.

— Que sorte a tua, Peter! — comentaram. — Deve ser óptimo viver no alto das árvores! Foram as fadas que te trouxeram a casa aqui para cima?

— Nem pensar — respondeu Peter. — Iam lá fazer isso, as preguiçosas! Disseram a toda a gente que tinham sido elas, mas eu é que tive de fazer tudo! — (Verdade, verdade, e para esclarecer bem as coisas, a Árvore do Nunca é que tinha feito a proeza. Peter não estivera para continuar a cortar a Árvore do Nunca ao nível do chão todas as manhãs, de maneira que ela crescera, crescera, através de toda a altura do abrigo subterrâneo e em direcção à luz. Um dos seus ramos colhera a Casa da Wendy, ali perto, erguendo-a acima de qualquer outra árvore da floresta.) — Mas vocês disseram que tinham voltado para quê?

— Para a limpeza da Primavera, é evidente! — retorquiu a Wendy, o que era muito mais simples do que estar com explicações.

Descuidadamente, Peter atirou a espada para um canto e declarou:

— Se quiseres limpar os pesadelos, estás à vontade!

Wendy não sabia muito bem como poderiam ser os pesadelos de Peter, de modo que vasculhou as teias negras que pendiam dos cantos do tecto.

— Pronto! Já se foram todos — afirmou e, descontraída, acrescentou: — Nós também temos andado a ter pesadelos. Com a Terra do Nunca. Pensámos que podia andar alguma coisa a correr mal.

Mas ou Peter não sabia de nada, ou não se importava que os sonhos estivessem a pingar para fora da Terra do Nunca. A Terra do Nunca tinha sonhos para dar e vender.

— As coisas lá fora parecem muito... *diferentes* — adiantou Wendy cautelosamente.

Mas estava-se mesmo a ver que Peter gostava tanto da Terra do Nunca em vermelho e ouro, como no verde de Verão, de maneira que não achava nada de errado nisso. Wendy não insistiu. Afinal, talvez se tivesse enganado e não houvesse problema nenhum.

— Estás mesmo bem, Chefe? — perguntou Tootles ternamente, tomando o pulso de Peter e apalpando-lhe a testa para ver a temperatura. — Se não estás, podemos brincar aos médicos e às enfermeiras.

— Estou a morrer! — berrou Peter, tapando a cara com o braço.

Wendy soltou um grito de desespero:

— Ai, eu *sabia*! Eu *sabia* que havia alguma coisa a correr mal! Ah, quem dera que não estejas!

— Estou a morrer mas é de aborrecimento! — rosnou Peter. Depois mudou de ideias e pôs-se em pé de um salto. — Mas agora que vos imaginei aqui, podemos ter as melhores aventuras do mundo!

E cantou triunfalmente de galo, soltando um

«Có-que-ri-cóóóóóó!»

que era emocionante, arrepiante e ensurdecedor, tudo ao mesmo tempo.

E logo esqueceu que eles alguma vez tinham estado longe. Nem notou que Tootles passara a ser uma rapariga ou que Slightly sabia tocar clarinete. Ou que Nibs não viera.

Nem, já agora, Michael.

— Não há mais ninguém? — perguntou Wendy. — Nenhuns Rapazes Perdidos novos? Ou Raparigas?

— Mandei-os embora quando desobedeceram às Regras — respondeu Peter de imediato. — Ou matei-os.

Não era lá muito provável, mas dava-lhe um ar maravilhosamente feroz. Se algum Rapaz Perdido *tinha* dado com o caminho para o cimo da Árvore do Nunca, pelo menos agora já por ali não estavam. Durante anos, Peter Pan fora uma criança só — *a* criança só —, Aquela-e-Única-Criança na Terra do Nunca, sem ninguém para lhe fazer companhia, senão a sua sombra e os pássaros e as estrelas.

— Onde é que está a Sininho? — perguntou Curly, procurando por todas as gavetas. Peter limitou-se a encolher os ombros, afirmando que ela tinha fugido.

Um dos visitantes chamou-lhe a atenção. Viu a cabeça do Béu-Béu a sair da algibeira de Curly e disse:

— Ah, lavaste a Naná e ela encolheu!

Da última vez que ele tinha visto as crianças dos Darling com um cão, fora a Naná, uma gigantesca cadela terra-nova, que lhes servia de ama. O Béu-Béu teve a inteligência de não declarar que era, não neto, nem bisneto, nem trineto, mas tetraneto da extraordinária Naná. Limitou-se a ficar deitado nas palmas estendidas do Rapaz Maravilhoso, e lambeu tanto pó-de-fada, teve pensamentos tão felizes, que flutuou até ao tecto.

— Onde está a Sininho? — perguntaram por sua vez os Gémeos. Mas Peter limitou-se a encolher uma vez mais os ombros e afirmou que a transformara num moscardo por causa do seu mau feitio. Também ninguém acreditou nisso.

Peter estendeu para eles o punho da espada.

— Primeiro, vão ter todos de me jurar que não se vão pôr para aí a crescer.

E todos deram solenemente a sua palavra de honra. Então Peter declarou-os membros da Liga de Pan, acrescentando:

— Amanhã vamos fazer qualquer coisa com grandes perigos e estupendamente corajosa!

Tootles juntou as mãos debaixo do queixo e os olhos brilharam-lhe.

— Oh, sim, Peter! Vamos a isso! Vamos todos numa demanda! Podemos chamar-lhe a Demanda da Tootles e toda a gente vai em busca do que eu mais desejo, e combate um inimigo mortal, e um de vocês pode conquistar a minha mão!

Peter olhou-a fixamente. O plano teria os seus méritos, mas não era dele. Uma rigidez contraiu-lhe a boca pequena. No momento seguinte, os seus lábios franziram-se e ele soltou o apito agudo de um comboio prestes a partir, seguido de um:

— Toda a gente a bordo!

E de imediato a Casa da Wendy era uma carruagem do Expresso Transigobiano, lançada através de desertos e savanas, com uma carga de ursos e caixas de música, mais uma máquina de passar roupa patenteada, para a czarina. Balouçou ao longo de frágeis pontes sobre ravinas sem fundo. Mergulhou em túneis de montanha negros como breu. Foi atacado por salteadores e gente de má nota, uma vez inclusivamente por Barba Roxa, o corsário tímido. Ultrapassou mongóis e mogóis cavalgando mamutes. Parou numa estação cujo pessoal era constituído por espectros de uniformes púrpura, que tentaram comer a bagagem. Beberam *Bovril*[8] de um samovar e, quando John lançou uma linha de pesca para fora da janela, apanhou um salmão tão grande como um cavalo. Em qualquer emergência (e houve muitas), inclinavam-se para fora das janelas e puxavam a corda da roupa para fazer parar o comboio. Era a Fingir, é bem de ver, mas dava muito gozo!

O faz-de-conta teceu a sua magia, a Terra do Nunca lançou o seu feitiço. Os adultos que tinham partido de Londres cheios de boas intenções esqueceram de todo a razão por que tinham vindo. Eram de novo crianças e estavam a divertir-se de mais para se preocuparem com pesadelos ou apreensões ou Outono na Floresta do Nunca. Dormiram essa noite nos porta-bagagens do Expresso Transigobiano e as redes deixaram-lhes marcas quadriculadas nas bochechas.

Mas, por distracção, John deixou o travão desligado à hora de deitar e quando, horas mais tarde, o comboio foi embater contra os amortecedores na estação de Vladivostinopleburgo, a Árvore do Nunca estremeceu de tal maneira que ficou com a terra toda solta em volta das raízes.

Em Grimswater, uma travessa de ir à mesa caiu da prateleira. Em Fotheringdene, um bebé pôs-se a chorar.

O choque acordou Wendy e ela ficou durante algum tempo a observar Fogo-Alado ratando os atacadores dos seus próprios e minúsculos sapatos. Voltou a pensar na fada amiga de Peter, Sininho. Quanto tempo viveriam as fadas. Tanto como as tartarugas, ou tão pouco como as borboletas? Perderiam as asas no Outono para as recuperarem na Primavera? Ou far-se-iam em migalhas como os ninhos de vespas no Inverno? Isso com certeza que não. Com certeza que *não havia* Inverno na Terra do Nunca. Num murmúrio, fez a pergunta a Fogo-Alado:

— Quanto tempo vivem as fadas?

---

[8] *Bovril* era (julgamos que deixou de se fabricar) a marca de um extracto de carne com que se obtinha um caldo, diluindo-o em água quente, considerado um complemento alimentar e um reconstituinte.

E Fogo-Alado gritou, sem um momento para pensar e sem a sombra de uma dúvida:

— *Vivemos para sempre, está bem de ver!*

Acordou toda a gente.

— Ora, és um mentiroso de todo o tamanho! — engrolou Slightly, sonolento. E Fogo-Alado arreganhou os dentes num sorriso, inclinando-se numa vénia profundíssima.

Durante a noite, as nuvens penduradas na corda da roupa tanto tinham ondulado que se soltaram e voaram para longe. No seu lugar, pendiam agora negras nuvens de tempestade, a estralejar de coriscos. Abaixo da Casa da Wendy, a floresta agitava-se e marulhava, folhas passavam rodopiando pelas janelas.

Destemido, Peter pôs-se a saltar de tronco em tronco, a apanhar raminhos para o lume, preparou uma bela fogueira na grelha da lareira e acendeu-a sem usar mais que a centelha da Imaginação. Depois Wendy contou-lhes histórias passadas no mar, tão sensacionais que os Gémeos enjoaram e o leite que beberam ao meio-dia soube-lhes a rum. Lá fora, colónias inteiras de pássaros foram arrancadas pelo vento da copa das árvores, mas no cimo da Árvore do Nunca, sacudida pela tempestade, os Gémeos declararam-se «prontos a navegar entre ondas tão altas como casas!». Curly disse logo que ele navegaria entre ondas tão altas como um monte. John contrapôs que navegaria entre ondas tão altas como uma montanha. Depois toda a gente olhou para Peter. Ele ergueu um punho acima da cabeça.

— Pois eu navegaria entre ondas tão altas como a LUUUUUA! — bradou. — E depois até ao fundo do mar!

Palavras não eram ditas, ouviu-se um ruído como o do mastro grande de um navio a partir-se e toda a Casa da Wendy pendeu para um lado. A Liga deslizou pelo soalho e ficou feita num molho, juntamente com os restos da fogueira e também o Béu-Béu. Agarraram-se uns aos outros e tentaram pensar pensamentos felizes de modo a desafiar a gravidade. Mas era difícil quando, um por um, se estavam a dar conta de que toda a Árvore do Nunca estava a adernar, a vacilar, a desfalecer, a... CAIR.

Ao tombar, a árvore não segurou bem a Casa da Wendy, que saltou rodando pelo ar fora, com o chão por cima do tecto e das janelas. Ramos enfiaram-se pelas paredes, troncos apanharam-na para logo se partirem e a deixarem cair ainda mais, uma caixa rodopiante cheia de figuras em queda e mergulhando em direcção ao solo da floresta. John ainda teve a presença de espírito para puxar a corda de alarme...

Mas isso não os impediu de irem embater contra o solo.

5

A DEMANDA DE TOOTLES

Graças à tempestade, um milhão de folhas caíra no chão da floresta antes da Casa da Wendy. O barulho da queda soou como se fosse em água, mas na água teria sido mais violenta. Mergulharam e voltaram a mergulhar, mas logo ressaltaram no tapete esponjoso de ramitos, folhas e velhos ninhos de pássaros. Era impossível verificar os danos sofridos, porque ali em baixo, no meio da vegetação rasteira, não havia quase luz nenhuma. Só o cintilar de Fogo-Alado, precipitando-se furiosamente de um lado para o outro, aligeirava a tonelada de escuro que pesava sobre eles. A Liga de Pan pôs-se de pé a custo e tentou decidir o que fazer. Wendy chamou todos para junto de si e verificou se havia ferimentos. Mas só se encontraram alguns arranhões, nódoas negras e rasgões na roupa.

Pensou, ao tropeçar em Peter, que ele estivesse ferido com mais gravidade, porque estava a deitar sangue pelo nariz. Rapidamente, puxou do lenço que trazia na manga e tentou estancar a hemorragia, mas ele afastou a cabeça com uma sacudidela e olhou-a com ar carrancudo.

— Não me toques! Ninguém me deve tocar!

Foi quando Wendy percebeu que Peter estava tremendamente amuado.

— Vejam bem, vocês todos, o que fizeram! — prosseguiu ele. — Eu bem disse que estavam grandes de mais. Olhem pra isto! Deram cabo da minha casa! Quem me dera que nunca tivessem vindo!

— Mas foi a tempestade, Peter! — lembrou Wendy. Se bem que a queda não a tivesse magoado, doía-lhe agora o coração.

— Estava muito melhor sozinho — rezingou a Única Criança.

A Árvore do Nunca estava estendida por terra, com as raízes a sangrar gotas de terra. A tempestade continuava a rabujar. Em vários troncos de árvore, cartazes anunciavam:

CIRCO RAVELLO!
O MAIOR ESPECTÁCULO DA TERRA DO NUNCA!
FERAS, BRAVURA E GRANDE BALBÚRDIA!

Mas os cantos estavam a enrolar-se por causa da chuva que desfazia a cola. O Béu-Béu ladrava nalgum lado, só que o onde desse lugar parecia ser num outro lado qualquer. Aos seus assobios e gritos só responderam pios, rosnadelas e silvos vindos de debaixo do mato. Havia seres selvagens à caça na Terra do Nunca, e com olhos que viam melhor no escuro que os deles.

— Estou a ouvir o Béu-Béu! — afirmou um dos Gémeos.

— Está por aí, por baixo de nós!

— Acho que ele encontrou o nosso belo esconderijo de antigamente! — adiantou o outro.

— MEU! O MEU esconderijo! — regougou Peter. — Só que já não me sirvo dele.

Seguindo os sons lamentosos que o cãozito soltava, encontraram o caminho até ao círculo de cogumelos que assinalava o abrigo subterrâneo de Peter Pan e puseram-se por ali às voltas, tentando lembrar-se de como é que se lá chegava. Anos antes, cada um entrava escorregando pela sua própria árvore oca. Tootles descobriu a árvore *dela* mas descobriu também que já lá não cabia. A forma do seu corpo tinha-se tornado ligeiramente diferente de como era nos dias longínquos do Dantes. Os outros torceram-na e voltaram-na — *«Oh, cuidado com o meu vestido!»* — para um lado e para o outro — *«Ai, cuidado com as minhas tranças»* — tentando fazê-la deslizar pelo escorrega — *«Ui, cuidado com o meu bigode»*.

— Ó Tootles, mas tu *não tens* bigode!

Lá em baixo, os latidos do cachorrinho tornaram-se frenéticos. *Alguma coisa* fizera sua a casa debaixo do chão. Um texugo? Uma pitão? Uma trufa gigante? Fosse lá o que fosse, Béu-Béu tinha muito fraca opinião a seu respeito. O facto é que, enquanto Tootles se esforçava por descer, o cãozito tentava subir, de maneira que nem um nem outro avançava. E a Alguma Coisa começou a agitar-se e a mover-se lá por baixo.

— Então *por isso* é que tu já não vives no abrigo! — disse Slightly, recuando a medo, tremelicando na sua camisa de dormir e pernas nuas.

— Não estou para me incomodar! — retrucou Peter. — Podia matá-lo, se quisesse, mas estava a gostar de viver no cimo das árvores... até vocês todos aparecerem por aí e me partirem a casa!

O amuo de Peter lançou uma sombra de culpa sobre toda a gente. Puseram-se a arrastar os pés, a mirar os cartazes do circo colados nas árvores, a tentar aquecer as mãos pondo-as em volta de Fogo-Alado e a olhar para Wendy a pedir ajuda.

— Ei, podemos ir ao circo? — perguntou John.

— Oh, podemos Peter? Podemos? — pediram os Gémeos. — Assim não apanhávamos chuva!

— E talvez haja palhaços!

— Odeio palhaços — retorquiu Peter. — Não se consegue ver o que estão a pensar.

Ao redor deles, ouvia-se as árvores fincar as raízes na terra, fazer estalar os nós dos ramos. Também era impossível saber o que as árvores estavam a pensar.

— Logo que seja dia — afirmou Wendy —, vamos construir uma nova casa!

Imediatamente toda a gente se sentiu mais animada... exceptuando Aquela-e-Única-Criança. Talvez fosse a Aventura que o chamava. Ou talvez se tivesse habituado a tomar todas as decisões.

— Não, não vamos! — contrapôs, atirando para o lado o lenço de Wendy, manchado de sangue. — Ficar em casa para quê? Vamos todos partir numa Demanda!

E disse-o como se nunca ninguém em todo o mundo tivesse alguma vez pronunciado essas palavras, ou tido uma tão maravilhosa ideia.

— Oh, uma Demanda, sim! — clamou logo Tootles, maravilhada. — Que ideia estupendífera!

— Que é que eu hei-de fazer? Não tenho culpa de ser tão extraordinariamente esperto — explicou Peter. — Seja como for, o Demandante que traga à Princesa Tootles o coração de um dragão recebe a sua mão e um Foram Felizes para Nunca!

— Dragão? — exclamou Tootles, sobressaltada e coçando o lábio superior.

Wendy olhou severamente para Peter, pensando que já tinha havido perigo que chegasse para uma noite.

— Mas está a chover! — fez notar um Gémeo.

— Então ficamos molhados! — retorquiu Peter.

— E cheios de lama! — gritou Curly.

— E todos nojentos!

Não foi preciso mais nada. Aventuras e a oportunidade de se sujarem tinham um apelo demasiado forte para ser ignorado.

Os Gémeos disseram que iam demandar juntos e dividiam o prémio (já que Tootles tinha duas mãos). Slightly perguntou se não poderia ganhar meio reino em vez da mão de Tootles. Curly começou a dizer que não podia ganhar a mão de Tootles porque já era casado, mas interrompeu-se, pois aquilo era obviamente um disparate e nem podia imaginar o que lhe metera semelhante ideia na cabeça.

Fogo-Alado disse que tinha fome de mais para ir demandar fosse onde fosse e desatou a procurar castanhas-da-índia para comer. E quando, subitamente, a chaminé de chapéu alto se soltou do toldo de árvores e veio por ali abaixo, abrigou-se lá dentro para escapar à chuva. Quanto aos Demandantes, apanharam ramos caídos para lhes servir de espadas.

— Vão lá, então! — animou-os Tootles, deliciada. — Eu conto até vinte!

E, voltando-se para uma árvore, tapou os olhos. Os Demandantes que, emersos em folhas mortas até à cintura, caminhavam como se atravessassem um rio a vau, dividiram-se por todas as pontas da rosa-dos-ventos.

— Quando eu voltar — confidenciou Peter a Wendy em voz baixa —, vou construir uma paliçada e chamo-lhe Forte Pan. Aqueles não vão poder entrar, porque deram cabo da minha casa. Mas tu podes, se quiseres. — E disse isto com o tom de quem pouco se importa com o que a outra pessoa faça ou deixe de fazer. — Fica aqui com a Tootles enquanto eu vou demandar.

— Disparate! — exclamou Wendy. — Eu também quero ir demandar. Não que me interesse muito a mão da Tootles, mas é que nunca vi um dragão!

A Princesa Tootles, depois de contar até vinte ou perto disso, pegou no chapéu alto com Fogo-Alado lá dentro e, a custo, saiu da floresta. Abrigou-se da chuva na entrada de uma caverna, junto a uma praia, e fez o seu trono com algas, e a coroa com uns bonitos pedaços de metal que por ali encontrou.

— Nomeio-te Augusto Parlapatão Real! — declarou ela a Fogo-Alado, e este ficou tão orgulhoso que o seu corpito ardente pôs as algas a pipoc-poc-car.

A manhã surgiu e Tootles avistou o brilho movediço e oleoso da Lagoa. Na sua memória, recordava-a como um crescente resplandecente de água azul-turquesa sobre bancos de areia branca. Mas a Lagoa que via agora palpitava soturnamente, como os flancos macios de um cavalo, pretos e riscados de espuma. Uma crina de algas trazidas à praia estendia-se por entre os seixos, a palpitar de moscas. Ao longo de toda a linha da maré alta, viam-se estranhos recipientes alvacentos, como gaiolas de pássaros ou armadilhas para caranguejos. Vistos mais de perto, revelaram ser os ossos do peito de sereias, havendo ainda, aqui e ali, uma espinha dorsal ou uma madeixa de cabelo louro. Tootles olhou nervosamente em volta e voltou a correr para a caverna.

Entretanto, os Gémeos encontraram um Dragão da Floresta, com membros de madeira e uma juba aguçada, espinhosa, de galhos. Na realidade, era apenas um emaranhado de árvores derrubadas. Mataram-no com fogo.

Pelo meio da manhã, Slightly avistou um Dragão de Nuvem. Enchia o céu de um horizonte a outro... até que se levantou um vento que o fez em bocados.

Cerca do meio-dia, Curly chegou a uma praia e deparou com um Dragão de Água. De poucos em poucos segundos, o Dragão adiantava-se subitamente pela praia acima, informe e a cheirar a sal, para logo recuar de novo. Curly tentou matá-lo, mas a espada passava através dos seus flancos aquosos e ele ficou com as botas molhadas. De maneira que se sentou na praia e preferiu atirar-lhe pedras.

A meio da tarde, John avistou um Dragão de Rocha. Uma espinha nodosa de pedra calcária, a cabeça como um penedo e uma cauda em cascata de seixos. John deixou a espada de madeira a sair-lhe do pescoço. Um triunfo, disse para si próprio.

Entretanto, Wendy não fazia ideia de onde procurar um dragão. Com certeza que não vivem ao ar livre, pensou ela, senão as pessoas passavam o tempo a vê-los e a tirar-lhes fotografias. Depois teve um vislumbre dum — ou pelo menos do ombro dum —, uma coisa grande e bojuda da cor do sangue, que se erguia de detrás de uma colina. O coração tentou saltar-lhe pela boca fora mas foi impedido. Quis assobiar para chamar Peter, mas tinha os lábios demasiado secos. Wendy fechou os olhos com toda a força. Só ao aproximar-se, gatinhando sobre joelhos e mãos, é que se lembrou de não ter feito uma espada. O dragão matraqueava horrivelmente alto — era obviamente um monstro barrigudo, pançudo, com uma pele solta, adejante. E tão grande!

Quando finalmente se atreveu a abrir os olhos, Wendy desatou às gargalhadas. Não havia dragão nenhum. Era só uma grande tenda de circo, soprada pelo vento! Lia perfeitamente a palavra

RAVELLO

pintada em letras desbotadas sobre o tecto de lona. Cabos de navio amarravam-na ao chão. Em volta da tenda havia várias jaulas sobre rodas, algumas vazias, outras com avestruzes ou zebras dentro; um gorila, três tigres e um cotilhão; um puma, um ocapi e um palmerino. Nenhuma das portas das jaulas estava fechada. Póneis com plumas na testeira andavam por ali a tasquinhar na relva. De dentro da tenda vinham os sons de um piano. Intrigada, Wendy desceu a encosta para ver mais de perto.

Não era de modo algum um piano como deve ser, mas uma pianola que lia a música num rolo de papel. As teclas baixavam, embora não houvesse dedos a tocá-las, e uma figura esculpida em madeira dirigia a música com movimentos sacudidos, guinchando por falta de óleo. Wendy estava tão ansiosa por ver aquilo de perto que se introduziu na tenda. No ar havia uma aura amarela e o vento trovejava naquele vasto espaço vazio. Sentia-se um cheiro a rebuçados para a tosse e a carneiros molhados.

Ah, e uma leve sugestão de leão.

Wendy já chegara ao centro da arena coberta de serradura, antes de os ver. Estavam dispostos em redor do interior da tenda, como os números no mostrador de um relógio. Doze leões sentados em cima de grandes tinas viradas ao contrário.

— Ah! — disse uma voz atrás dela. — Uma espectadora.

Era uma voz baixa, suave, macia como veludo, com sibilantes tão marulhantes como as ondas da praia.

— Bem-vinda ao Circo Ravello[9]. Estava com tanta esperança que viesse! — prosseguiu a voz, enquanto os leões ribombavam como trovões. — Sou um seu devoto servidor, minha senhora. Por favor, deixe-se estar quieta, não vão os meus gatos julgar que é o almoço deles.

Contra a luminosidade da entrada, o dono da voz era uma mancha de negrume num halo de luz do dia. A sua silhueta era como que frisada. Wendy só conseguia distinguir uma prodigiosa peça de vestuário de não sabia que género, com as mangas a chegarem bem abaixo das pontas dos dedos, a bainha estendendo-se mesmo até ao cimo das botas sem brilho. Mil pontas soltas de lã, em rolos e torcidos, esborratavam os limites entre sombra e homem. Não era possível dizer onde acabava o seu cabelo e começava o casacão de lã com capuz. Também a cor de ambos se tinha confundido. Um carneiro enrolado em arame farpado ter-se-ia assemelhado bastante àquele rolo de humanidade. E no entanto movia-se com uma elegância felina, pondo um pé à frente do outro, como um equilibrista da corda bamba a atravessar uma ravina.

— Tinha tanta esperança que viesse — repetiu ele. — O meu coração regozija-se com a sua presença. As minhas criaturas e eu sentimo-nos honrados com a sua gentileza. — A voz escorria para dentro dela como mel dourado num pudim. Anéis de cabelo, cerrados e baços, e o capuz de lã invadiam-lhe o rosto, mas Wendy conseguia ver um par de grandes olhos cor de avelã que a observavam tão atentamente como os dos leões.

---

[9] O nome «Ravello» é baseado no verbo inglês «to ravel», que, entre outros, tem os significados (os que aqui nos interessam) de «embaraçar (fios)», «desfiar» e «tornar confuso». O «lo» acrescentado a «ravel» dá-lhe um tom italianizado que calha muito bem para um artista/dono de circo. Se quiséssemos encontrar-lhe um correspondente em português, talvez não ficasse mal «Sfiapatto».

— Venha — incitou ele, estendendo-lhe a mão lanzuda. — Caminhe devagar para mim e não faça movimentos bruscos. Os meus felinos ainda hoje não comeram. E acima de tudo, não, espero que perdoe a indelicadeza de um vulgar domador de animais, aconteça o que acontecer, não *sue*. É que o suor, percebe, entra tão penetrantemente nas narinas de um felino esfomeado...

A sua voz escorria como chocolate quente sobre gelado de baunilha. Até as orelhas dos leões rodavam para a captar. E patas armadas de garras deslocavam-se sobre doze grandes tinas, com um ruído como o de frigideiras a serem raspadas.

Wendy, à medida que se aproximava do domador de leões, via cada vez melhor como cada bainha e costura e raglã do informe casacão se estava a desfazer. O tecido tinha buracos de traça e, também em cada um destes, se começara a desfazer. O homem era um miasma lanudo de pontas soltas.

— Sou Miss Wendy Darling — anunciou ela, estendendo o braço para um aperto de mão, se bem que as mãos do homem estivessem completamente invisíveis. Se conseguisse estabelecer amizade com o dono, talvez os leões deixassem de a encarar como refeição.

Os claros olhos castanhos franziram-se como se tivesse bastado aquele nome para lhe provocar a maior alegria.

— E eu sou Ravello, proprietário desta tristemente humilde empresa. Estou certo de que irá conseguir uma vida melhor do que aquilo que eu fiz da minha. — Também ele estendeu o braço e Wendy viu-se com a mão cheia do punho a desfiar-se daquela manga tão demasiadamente comprida. — Diga-me, criança, o que é que vai querer ser quando for *crescida*?

— Eu... — mas, antes que pudesse responder, um grito de gelar o sangue nas veias baralhou-lhe as ideias e encheu-lhe de suor a palma estendida. — Tootles! É a Tootles! — ofegou. E, como uma flecha, passou pelo director de pista e saiu da tenda. O seu único pensamento era salvar Tootles do perigo. Atrás de si, ouviu o estrondo de doze grandes alguidares atirados de pantanas e a voz de Ravello, dura e alta, tentando aquietar os leões. Mas ela limitou-se a correr e correr sem parar.

Ao cimo de uma praia havia uma caverna e da boca da caverna saía a voz de Tootles, gritando:

— **DRAGÃÃÃÃÃÃO!**

Farta de esperar pelo regresso dos seus cavaleiros demandantes, Tootles começara a explorar a caverna. A escuridão pingava. Belas conchas cintilavam em poças de água no chão e as paredes estavam forradas de limos frios e verdes. Porém, mais para dentro, não havia cor nem brilho, só o pingolejar da água, lembrando a nota mais aguda de um piano tocada vezes sem conta. Um tecto baixo bateu-lhe na cabeça e deixou-a com a coroa a pender de uma orelha. Em breve se viu obrigada a explorar com os dedos, pois não havia luz nenhuma. E foi quando a sua mão estendida sentiu o couro nodoso, o focinho, a fila de dentes sinistros que parecia não acabar... Tootles soltou um grito gorgolejante:

— DRAGÃÃÃÃÃÃO! — e fugiu. O tecto baixo voltou a apanhar-lhe a cabeça e, desta vez, fez-lhe a coroa em pedaços.

Os ecos do seu grito perderam-se ao longe. *Ping ping* fazia desentoadamente a escuridão. Depois um punho agarrou-lhe o ombro e os seus joelhos dobraram-se de pavor, enquanto alguém a obrigava a voltar-se.

— Diz-me onde está e eu o ferirei de morte! — disse-lhe uma voz ao ouvido.

Era Peter, com um archote flamejante na mão. Um a um, os restantes membros da Liga de Pan surgiram atrás dele.

— Onde? — insistiu Peter. Ela apontou, sem dizer uma palavra, e a Liga passou pelo seu chefe, deixando Tootles presa ao chão, com os dedos a afagarem distraidamente o lábio superior. Wendy, a última a chegar, deu-lhe uma palmadinha carinhosa e galopou em frente para alcançar os rapazes.

E ali estava. A órbita de um olho, uma mandíbula pendente, uma fiada de dentes tão comprida como o braço de um homem.

— Para trás, homens! — bradou Peter. E lançou-se de espada em riste, bateu com ela no cimo do crânio, depois saltou de novo para trás, esperando que aquilo saísse para fora do seu covil, mandíbulas a abocanhar. À luz bruxuleante dos archotes, o monstro pareceu estremecer e rastejar... mas quando John lhe atirou uma pedra, esta só deitou abaixo uma série de dentes. Depois, Fogo-Alado entrou veloz por uma das órbitas e saiu logo pela outra, iluminando a macabra caveira.

— *Não há aqui nada!* — queixou-se ele, levantando os olhos para o crânio como um turista para a cúpula de uma catedral. O dragão estava morto.

Peter enfiou-lhe o braço pelas narinas e, todos juntos, arrastaram-no cá para fora. Era monstruosamente grande. Quando os Rapazes Perdidos se deitaram todos, pés com a cabeça, não eram tão compridos como o dragão morto do focinho à cauda. Viraram-no de costas e verificaram que a pele do estômago desaparecera por completo, deixando apenas uma escada de costelas e um vislumbre de espinha dorsal. Deitava um cheiro a peixe podre, sereia e, por estranho que pareça, pólvora.

— Ganhei! — afirmou Peter. — Fui eu que demandei o dragão!

— Extraordinário! — exclamou Tootles.

— *N'é dragão nenhum* — ripostou Fogo-Alado, ainda pousado no focinho. Peter atirou-lhe um pontapé mas o ser mágico evitou-o. — *Ah, não é não! Os dragões têm amígdalas à prova de fogo. Toda a gente sabe isso! Isto aqui é um xacaré.*

— Não é NADA um xacaré! — insistiu Tootles, que estava encantada por Peter ter conquistado a sua mão. — Não lhe liguem. Esse macho de fada está sempre a mentir.

— Xacaré ou não — opinou Curly, tapando o nariz —, mais morto não podia estar.

— Não é um xacaré — resmungou Tootles baixinho.

— Então, então, rapazes — apaziguou-os Wendy calmamente. — Não discutam. O que interessa é que...

— Não é um xacaré — atalhou Tootles amuada, repetindo o mesmo várias vezes.

Wendy reparou em qualquer coisa brilhante que pendia oscilando do cabelo de Tootles e pegou-lhe. Era uma mola de metal. Tootles explicou então que encontrara o material para fazer uma coroa dentro da caverna.

Wendy anuiu sagazmente.

— Desta vez — afirmou —, Fogo-Alado disse a verdade. Não é um xacaré...

— Eu bem disse! — exultou Peter. — É um dragão!

— *Eu nunca digo a verdade!* — protestou Fogo-Alado (o que, evidentemente, não era verdade).

— Nem um dragão! — prosseguiu Wendy, erguendo a mola. — É um crocodilo. Aliás, é o Crocodilo, com maiúscula! Aquele que devorou o nosso mais terrível inimigo. Aqui, queridos Rapazes, na coroa da Tootles, estão a ver tudo o que resta do despertador que ele trazia no estômago quando andava à caça pela Terra do Nunca, à espera de conseguir dar mais uma dentada no Capitão James Gancho!

A simples menção de Gancho fez-lhes correr um arrepio de emoção pela espinha. Curly sentiu os caracóis do seu cabelo encaracolado enrolarem-se mais. Porque, embora tivessem visto o fim com os seus próprios olhos, visto o pirata saltar para a morte nas fauces de um crocodilo gigante, o Capitão Jas. Gancho ainda era capaz de lhes assombrar os sonhos. Deitaram um olhar espaventado para a carcaça a seus pés, cujas mandíbulas arreganhavam presunçosamente os dentes para eles.

— E então? *Alguém* ganhou a minha mão? — lamentou-se a Princesa Tootles, determinada a que *alguém* a tivesse ganho.

— Eu encontrei um dragão de pedra! — lembrou John. — São os piores!

— E eu um dragão de nuvem — anunciou Slightly.

— Um dragão de água, eu — informou Curly, desatando os sapatos molhados.

— O nosso era feito de madeira — disseram os Gémeos — e matámo-lo com fogo.

— Eu encontrei doze leões — confessou Wendy suavemente —, mas se calhar isso não conta.

Peter limitou-se a dar um pontapé no Crocodilo. Uma articulação da face partiu-se e a mandíbula superior ergueu-se lentamente. Até pareceu que saíam rolos de fumo lá de dentro, mas era só a névoa vinda da Lagoa. Não havia dúvida de que o tempo estava estranho. É muito raro sermos encandeados por faíscas e envolvidos por nevoeiro tudo na mesma noite.

— Portaram-se todos muito bem — animou Wendy, sentindo que vinha lá zaragata. — E agora, gostavam que lhes falasse dos meus leões? E do Circo?

— Não podemos *partilhar* — disse Curly. — Não se pode *partilhar* uma princesa. Como é que a íamos dividir?

Peter passou o dedo pela sua adaga, perante o que Tootles ficou visivelmente pouco à vontade.

— Há uma data de dias diferentes numa semana — lembrou Wendy com animação. — Talvez a Tootles te pudesse dar a mão às quartas, Slightly, e a ti às quintas...

— De qualquer maneira, eu preferia metade de um reino — contrapôs Slightly.

— Pois não podes — ripostou John —, porque eu demandei melhor e matei um dragão de pedra e esses são os piores!

Vai daí, os Rapazes começaram aos encontrões uns aos outros. Até os Gémeos se puseram à bulha, cada um dizendo que ele é que tinha deitado fogo ao Dragão da Floresta.

— Vamos ouvir uma história — propôs Wendy à pressa.

Peter saltou para cima de um grande rochedo e gritou:

— Não! Vamos fazer uma GUERRA!

Aquela maravilhosa ideia pôs Fogo-Alado aos gritos e aos saltos, numa alegria doida.

— *Uma guerra, sim! Eu nunca vi uma guerra!*

E agarrou-se ao cabelo desgrenhado de Peter como fogo a um rastilho.

Os Gémeos deixaram de zaragatear. John sacudiu areia do seu fato à maruja.

— Não — disse Wendy —, não vamos.

— Não — disse Curly —, não vamos nada.

— Não — disse John. — Uma Guerra não.

Talvez fosse do toque pegajoso da névoa. Ou talvez o espectro de uma recordação. Talvez, na longínqua Fotheringdene, alguém se tivesse apoiado no monumento aos mortos da guerra, no largo da aldeia...

— Fiz Guerra — disse um Gémeo.

— Também eu — ecoou o outro.

— Michael não ia gostar disso — afirmou Slightly.

Danado, Peter bateu o pé.

— Mas *quem* é que vem a ser esse *Michael*?

John engoliu em seco. Wendy voltou as costas. Seria realmente possível que Peter tivesse esquecido o irmão deles? O maravilhoso irmão Michael? Durante muito tempo ninguém falou. Só se ouvia o ruído de Fogo-Alado crepitando e agitando-se ao redor das suas cabeças.

— Michael Darling foi-se embora, para a Grande Guerra — pronunciou Slightly. — Ele... perdeu-se.

Peter olhou para eles, para aqueles amotinados, com as suas caras brancas, cabelos molhados, olhos tristes. Depois saltou abaixo da rocha com um mortal descuidado.

— Ah! Um dos Rapazes Perdidos! Estão à espera que eu me lembre de todos? Eram tantos!

Ninguém tentou explicar. Sabiam que para Peter Pan (e para jovens criaturas tontas da família das fadas, como Fogo-Alado) era melhor que *não* soubessem da Guerra. Além disso, algo bem diferente lhes tirara essas lembranças da cabeça.

Cinco grandes ursos negros, de goelas escancaradas e a salivar, vinham aos saltos por cima das rochas, direitos a eles.

6

UM HOMEM A ESFIAPAR-SE

— *Hop, criadursas!* — soou uma voz grave, imperiosa.

Os ursos ergueram-se dando às ancas, rugindo, balouçando as cabeças negras nos grossos cepos do pescoço, salivando abundantemente e dançando ao compasso da valsa, um-dois--três, um-dois-três...

Peter Pan abriu muito os braços. Ia defender a sua Liga do perigo ou morrer tentando! Atrás dos ursos, destacando-se do remoinho de névoa, surgiu um sexto vulto, quase tão alto e quase tão felpudo como eles. Ouviu-se um estalido que pareceu um tiro.

— *Toca a molhar essas goelas, criadursas!* — disse o Grande Ravello, enrolando o seu comprido chicote de couro cru. Os ursos deixaram-se cair, as longas garras enterraram-se como ganchos de abordagem na areia macia e os animais desceram pesadamente até à água, para beber.

— Cavalheiros, minhas senhoras — prosseguiu o domador —, espero que os meus bichinhos não vos tenham assustado.

— O medo, para mim, é um desconhecido! — declarou Peter, de mãos nas ancas.

— Então encontraste dois desconhecidos no mesmo dia, Peter Pan — afirmou o director de pista. — O medo e eu próprio.

Peter ficara espantado.

— Sabes o meu nome?

Ravello chegou-se mais perto, arrastando a sua veste lanuda, apagando as suas próprias pegadas. A sua voz era ainda mais macia que a areia.

— Claro que te conheço, Peter Pan. Quem nunca terá ouvido falar do Rapaz Maravilha? O Rapaz dos Topos das Árvores! O Vingador Sem Medo! O Espanto da Terra do Nunca! O fogo da tua fama ilumina cada um dos meus dias cinzentos. Tu és a matéria de que se fazem as lendas!

A Liga de Pan soltou ruidosos vivas, à excepção de Wendy, pois pensou que tantos cumprimentos eram capazes de subir à cabeça de Peter. E razão tinha ela, já que o rapaz soltou um agudo

«Có-que-ri-cóóóóóó!»

Os ursos, na rebentação, endireitaram-se de chofre e balouçaram-se sobre um pé e outro, chocalhando as garras como facas de trinchar.

— Ah, tenho que vos precaver contra ruídos fortes — apressou-se a avisar o director de pista, num tom tão doce que os ursos, ao cheirarem o ar, sentiram o aroma do mel. — As minhas criadursas enervam-se com ruídos fortes. Podia dar-lhes uma fúria.

Curly, observando os ursos com um misto de terror e fascínio, perguntou se não lhes faria mal estarem a beber água da Lagoa.

— Acho que li isso em qualquer lado. Não é verdade que beber água do mar endoidece?

— Por favor, não se preocupe com eles, jovem cavalheiro. Doidos varridos já eles são. — E, vendo Wendy, o domador inclinou o tronco numa profunda vénia. — Mais uma vez nos encontramos, Miss Wendy. Um seu servidor, senhora. Um seu muito humilde servidor... — Depois, voltou a dirigir-se a Peter: — Já agora poderia perguntar se será bom para gente de tão tenra idade estar a pé tão tarde. Por favor, digam-me que vos esperam camas quentes e um jantar substancial!

Quando lhe responderam que não, convidou-os de imediato a acompanharem-no de volta ao Circo Ravello.

— Nestes tempos de penúria e fome, muitas das minhas jaulas estão vazias — prosseguiu ele. — Estão limpas e acolchoadas com feno fresco e macio. Consideraria uma grande honra se...

— Nós não acompanhamos com gente crescida — interrompeu Peter, arrastando o pé na areia.

— Ah, muito bem. Mas pelo menos vêm até ao Circo, não vêm? — insistiu Esfiapado. — Tenho bilhetes para todos. Vejam. Bilhetes para o circo? Toda a gente gosta de uma ida ao circo! Palhaços e acrobatas! Ursos, tigres e leões! Malabaristas! Mestres da evasão! Ilusionistas! Cavaleiros montando em pêlo! O trapézio voador...

E tirou não se sabe de onde um molho de bilhetes vermelhos, que abriu em leque, antes de os lançar bem alto, fazendo-os cair sobre as cabeças das crianças como folhas de Outono.

— Oh, sim, Peter, sim! Um circo! — E o rosto de Tootles não foi o único a iluminar-se perante a ideia.

— E também não somos de dormir em jaulas! — disse ainda Peter.

— ... mas, de qualquer maneira, obrigada! — apressou-se Wendy a acrescentar.

Ravello não apreceu ficar ofendido.

— Nunca sonhou... Nunca nenhum de vós sonhou juntar-se a um circo... fugir de casa para uma vida em cinco arenas, de sustos e risos e aplausos? Imaginem! Dançar com ciganas nómadas ao som do grasnar de trombones! O pulsar do coração ao compasso do bater surdo de cascos na serradura! O relampejar das lâmpadas sobre as lantejoulas nos fatos dos equilibristas!

Fez-se um silêncio pouco à vontade, que Ravello aproveitou para fitar as crianças uma a uma, com o seu estranho e ávido olhar.

O cachorrinho foi o único que se chegou a ele, e mesmo esse apenas para cheiricar o curioso frisado que envolvia o dono do circo dos pés à cabeça. Saltou para um novelo de lã desfiada e ficou de imediato emaranhado nele, de modo que Curly teve de ir a correr tentar libertá-lo. Mas também ele ficou com os dedos embaraçosamente imersos algures entre as botas sarapintadas, cheias de bossas, do homem. Ravello baixou pacientemente para ele uns olhos da cor de um mar inglês.

— Vejo em si um grande cuidado com os animais, meu jovem. Ver-se-á talvez como um veterinário, não? Um dia? Quando for mais crescido?

— Eu...

Mas, nesse instante, Béu-Béu deu uma dentada cruel ao domador, forçando-o a soltar um grito de dor. Isto assustou os ursos e levou-os a vir galopando praia acima, os narizes negros a gotejar, os negros olhos brilhando como contas. Um peixe morto pendia de uma boca, um caranguejo de outra. Ergueram-se a toda a altura, empurrando as crianças, dominando-as como torres, pelo menos duas vezes mais altos que elas, com os grandes panejamentos da sua pele brilhante a roçarem frágeis braços nus.

— Devagar, minhas pestes peludas — ordenou Ravello num sussurro. — Nada de danças esta noite. Parece que não sou bem-vindo aqui.

E, entrouxando ainda mais a roupa em seu redor, voltou-se para partir, com a cauda do seu chicote de couro cru a deixar um sulco na areia, como uma serpente. Os ursos puseram-se todos a quatro patas para trotarem atrás dele.

— Quem é você? — gritou-lhe Slightly, que era sensível a sentimentos feridos e os conseguia cheirar com tanta certeza como os leões o suor, ou os ursos o mel.

Ravello voltou-se para trás.

— Eu? Oh, apenas um viandante — respondeu. — Um simples viandante. Mas não vou impor-vos mais a minha presença, já que não sentem necessidade de mim ou dos meus. Agora tenho de ir. Para alimentar os meus animais e dominar o meu desapontamento. Tinha tido a *esperança* de ser útil ao Rapaz Maravilha. Porém, ai de mim, a Esperança mais não é que uma partida que os deuses nos pregam. Boa noite, cavalheiros... minhas senhoras.

A névoa cerrou-se atrás dele como as portas de uma catedral e o único som que restou foi a rebentação sibilante da maré que mudava.

Os Gémeos baixaram-se para apanhar os bilhetes, mas Peter deitou-lhes a mão e desfê-los em bocadinhos.

— Não precisamos de gente crescida! — lembrou. — Estamos muito bem assim!

E fez uma cara que não admitia discussão.

— *Talvez ele nos tivesse dado ovos estrelados com torradas para a ceia, aquele fioandante* — teve Fogo-Alado a infeliz ideia de dizer e, como quem enxota uma mosca, Peter atirou-o para uma poça de água.

— *Viandante* — corrigiu Wendy, retirando o pequeno ser da água e enxugando-o na saia do vestido. — Não é «fioandante».

— Talvez ele não seja uma pessoa crescida — sugeriu Tootles. — Não se conseguia ver bem, pois não? Talvez seja como nós, mas grande.

— Ou um casacão muito comprido — alvitrou John, abanando a cabeça.

Mas Peter recusou-se a ouvir. A ideia de dormir numa jaula, estivesse a palha seca ou não, lançava o horror na sua alma livre. E quase tão má como essa era a ideia de animais enjaulados. Consternava-o pensar em criaturas selvagens presas atrás de barras. Era quase como se estivessem presos dentro dele, todos aqueles ursos e tigres e leões, andando sem cessar de um lado para o outro, ou metendo os narizes por entre as barras que eram as suas próprias costelas, de maneira que ele só queria abrir o peito e libertá-los a todos... Um terrível agouro, que ele não compreendeu, se abateu sobre o seu coração. E, para Peter, não compreender era sempre doloroso.

— E então, onde é que *vamos* dormir esta noite? — lamuriou a Princesa Tootles.

— Peter, não te cheira a fumo? — perguntou Wendy.

Peter ergueu o rosto e abriu muito as narinas.

— Sinais de fogo... — alvitrou. — Ou fogueiras... Talvez as Tribos estejam a festejar.

Porém, acima do som do mar, marulhava um tipo diferente de ruído, como um gigante a gemer no seu sono e a virar-se sobre um colchão de palha quebradiça. Um estralejar. Havia também gritos de animais, de animais assustados, agitados. Não era possível distinguir se a névoa estava a ficar mais espessa ou simplesmente a misturar-se com fumo. Mas o certo é que havia fumo e era agora suficientemente espesso para fazer as crianças tossir.

— Voltando àquele vosso Dragão da Floresta, Gémeos... — começou Peter. — Como foi que disseram que o tinham morto?

— Com fogo. Porquê?... Oh. Oh!

E agora a Terra do Nunca começava a apresentar um clarão, mostrando os seus ossos, mostrando o inclinar, para aqui e para além, de árvores mortas. Algo monstruoso vinha avançando através dos bosques e, desta vez, não era um bando de ursos, nem um dragão, nem o Expresso Transigobiano.

Era Fogo.

Um vulto fantasmagórico, ondulante, destacou-se das copas das árvores e ergueu-se no céu nocturno, arrastando doze rastilhos acesos. Tinha um brilho laranja, porque estava cheio de fogo. E, claramente visível, tinha escrita a toda a largura a palavra

RAVELLO

A tenda do circo, com as espias em chamas, continuou a subir até que, amarfanhando-se numa bola de fogo, perdeu a forma e caiu para dentro do inferno geral.

— Ai, Gémeos! O que fizeram vocês? — sussurrou Tootles.

— Matámos um dragão e foi tudo! — protestaram os Gémeos.

Algures, dentro da floresta em chamas, estavam os destroços da Casa da Wendy, o Abrigo Subterrâneo, várias jaulas cheias de palha seca e limpa, e um director de pista envergando uma vestimenta de lã a desfiar-se. A Floresta do Nunca encheu-se com os gritos de linces e leões, zebras e gorilas, tigres e palmerinos. Fagulhas começaram a chover do céu, como se as estrelas estivessem a cair todas juntas.

— É altura de partir! — anunciou Peter logo que o calor chegou a eles, na praia, e a Lagoa começou a deitar vapor.

Mas partir para onde? Estavam encurralados, metidos entre a floresta em chamas e o mar. A Floresta do Nunca era uma fogueira. A caverna desaparecera-lhes da vista. Sem que o tivessem notado, a névoa fumarenta e o fumo enevoado tinham-se tornado tão espessos que mal se podiam ver uns aos outros.

Assim, todos se voltaram para a Lagoa. E da Lagoa, como se tivesse sido invocada por um toque de clarim, veio a mais extraordinária das visões. Os seus olhos irritados abriram-se até mais não poder. E os lábios de John deram forma às abençoadas palavras:

— Vela à vista!

7
UM CERTO CASACO

— Vela à vista! — gritou, com um salto exultante.

Por entre os rolos de fumo amarelo, destacou-se o gurupés de um navio, como o florete de um espadachim — *en garde!* Atrás dele, o bojo negro de um brigue, que se alimentara profusamente de aventuras, vinha abrindo para os lados as ondas negras de óleo. Um ruído húmido, drapejante, falava-lhes de velas negras pendentes, das pontas serpenteantes de cordas soltas. Com um ranger suave de areia e cascalho, a quilha tocou o fundo e o navio estremeceu da proa à popa, furioso por um mero pedaço de terra firme se ter metido de permeio no seu caminho. À deriva no meio do nevoeiro, ao *Jolly Roger* acabara-se-lhe simplesmente o mar. E agora ali estava, de proa erguida num ademane de orgulhoso desprezo, desafiando a que se atrevessem a aborrecê-lo as pequenas ondas que saltavam e latiam em volta dos seus flancos.

— Eu conheço este navio! — declarou Peter. Mas todos o conheciam. Porque mesmo aqueles cuja capacidade de leitura ainda não era suficiente para ler o nome inscrito no lado da proa, podiam muito bem distinguir o pavilhão da caveira com as tíbias cruzadas a ondular no mastro grande.

— É o navio DELE! — sussurrou Slightly.

Esperaram ouvir o estrépito dos canhões a serem levados às portinholas. Apuraram os ouvidos para o grito a soar no tombadilho: *«Alto aí, seus lambazes!»* Mas o navio varado na praia estava silencioso, com excepção do ranger do madeirame, rabujando: *Encalhado! Encalhado!*

Como era de esperar, Peter foi o primeiro a subir a bordo, trepando graças às cracas e às portinholas dos canhões, bradando aos outros que o seguissem.

— De que é que têm medo? O Gancho está morto e enterrado, não é? Além vimos o Crocodilo que o comeu.

Tootles e Slightly seguiram-no, mas os rapazes mais pequenos deixaram-se ficar, recordando como certa vez tinham sido prisioneiros a bordo daquele navio, amarrados ao mastro, sentenciados a caminhar na prancha. Mesmo com o fogo da floresta enraivecido atrás deles e nada a não ser fumo para respirar, foi preciso que Wendy os envergonhasse para os convencer a avançar. Ela trepou atrás de Peter, entoando, enquanto subia, uma cantiga em louvor do mar.

Tentou não dizer, mesmo para si própria, como era temível percorrer os conveses, subir as escadas, abrir portas de cabinas e espreitar lá para dentro. De vez em quando, um vulto sombrio destacava-se subitamente da escuridão sufocante, para bradar uma palavra, puxar por uma espada. Mas então a névoa ondulava e quem se via era Curly, ou John, ou Slightly, de cabeça espetada, a espreitar, tremendo de medo porque *eles* tinham acabado de ver o vulto sombrio *dela*. Curly caiu por cima de um canhão. Slightly foi de encontro ao sino de bordo que ressoou como um dobre a finados. Quando o fumo se dissipou por momentos e o luar se derramou sobre eles, o mastro pareceu tão alto que seria possível trepá-lo com um abafador de velas e apagar as estrelas todas. Tudo estava exactamente como na noite — oh, há tanto tempo passada — em que Peter Pan e o infame pirata Capitão Gancho tinham travado um combate de morte, para saber qual deles ficaria com Wendy como mãe. Desde então, as aranhas tinham tecido as suas teias entre as malaguetas da roda do leme. A ferrugem colara as balas de canhão às suas cremalheiras. Ratazanas tinham tido e criado ninhadas, e envelhecido, e ido gozar a reforma em celeiros do campo. As gaivotas tinham embranquecido as velas e a chuva voltara a pô-las pretas. Mas, em vinte anos, nem sapatos de sola de corda, nem botas de cano alto, haviam percorrido o tombadilho da popa. Nenhuma canção se ouvira no castelo da proa, nenhum apito silvara a acolher alguém a bordo do *Jolly Roger*. Aquele era um navio fantasma à deriva num sinistro oceano, frio e húmido e morto.

Mas para aventureiros sem casa, em extrema necessidade de abandonar aquela praia, cá fora a uma hora tardia e a precisar de sítio para dormir, era como um desejo tornado realidade. Ainda havia redes de dormir suspensas entre as anteparas. Havia biscoitos de bordo nos barris das bolachas e pudins de Natal nos barris de brande e chuva fresca nas pipas da água. Havia botas nas sapateiras e ainda vários sacos de viagem, rotulados ***Smee, Starkey, Cecco, Jukes***...

— Quanto tempo acham vocês que os piratas vivem? — perguntou Curly.

E havia uma mala de cabina.

Wendy arejou o castelo da proa tal como costumava arejar as ideias, durante o espaço de tempo certo, depois meteu os rapazes nas suas redes e pôs estas a balouçar.

Havia mapas na sala dos mapas, bandeiras de sinais e oleados, um telescópio para observar os arredores e uma bússola para por ela navegar. Havia uma chaleira e cacau, e algo branco nos barriletes de pólvora que se poderia usar como farinha... ou pó de talco, numa necessidade.

E havia a mala de cabina.

J. G. era o que se lia na tampa, que abria como a porta de um armário e tinha prateleiras dentro para meias, colarinhos de renda e medalhas. Havia um óculo de bronze, tão pesado como uma arma. Havia um outro instrumento de bronze, cheio de cursores, calibradores e botões serrilhados, de utilidade desconhecida. Havia uma sobrecasaca de brocado vermelho e, enrolada num canto como uma serpente pálida, uma gravata branca ou plastrão. Peter Pan vestiu a sobrecasaca, admirou o seu reflexo no manchado espelho da cabina, depois meteu o óculo ao bolso e subiu o mastro grande até ao cesto de gávea. Fazendo estalar a gravata como um chicote, deitou a cabeça para trás e cantou de galo tão alto que as estrelas piscaram.

«Có-que-ri-cóóóóóó!»

Vou ser o Capitão Peter Pan e navegar os sete oceanos! — bradou, pondo em fuga um albatroz que se empoleirara no mastro da mezena.

Regressado ao convés, Wendy teve de lhe fazer o nó da gravata, já que ele nunca usara uma gravata de homem à volta do pescoço. Enquanto o fazia, Wendy comentou:

— Creio que vais descobrir que há sete mares, mas apenas cinco oceanos.

Peter mergulhou as mãos nos profundos bolsos da sobrecasaca de brocado vermelho. Havia buracos no forro por onde podiam facilmente escapar-se as piastras de um pirata. Aquela devia ser a sobrecasaca número dois de Gancho. E claro que era! A melhor deslizara, juntamente com o dono, pela goela do Crocodilo abaixo.

— Vê lá se estás quieto e não te agitas — aconselhou Wendy firmemente. É que isto de fazer o nó da gravata a um cavalheiro pede tempo e perícia.

Mas Peter tinha encontrado qualquer coisa no bolso, além dos buracos. Entre os dedos, sentiu a suavidade quebradiça do mais fino papel velino[10] para mapas.

— Olha para isto! Olha o que eu encontrei! — bradou ele, acenando com o mapa acima da cabeça. — Um mapa de tesouro! E aqui foi onde o Gancho escondeu o dele!

Numa planície de velino creme erguiam-se florestas e colinas, faróis e montanhas. E ali, com toda a evidência, como a

[10] Dá-se o nome de velino a um papel especialmente tratado para apresentar um aspecto semelhante ao do pergaminho.

emenda irritada de um professor num ponto, um grande **X** preto fora riscado sobre a montanha mais alta de todas. **«Cume do Nunca»** dizia a legenda por baixo, a tinta e à mão.

— Girem os cabrestantes e subam às vergas! — gritou Peter. — Preparem-se e façam-se ao mar!

E se ficou espantado por encontrar na sua boca palavras tão salgadas pelo oceano, não o deu a entender.

Surgiram cabeças em todas as escotilhas.

— O quê? Porquê? Onde é que vamos?

— Sim, sim — rabujou Wendy —, onde é que vamos? Vai haver tanta coisa para limpar e arranjar depois do fogo...

— Partimos numa viagem de descoberta! — bradou Peter. — Vamos em busca de um tesouro!

— Uma caça ao tesouro! — O grito ecoou em todas as bocas. — Uma caça ao tesouro!

Uma caça ao tesouro, por águas inexploradas, ao redor da ilha e de regresso a terra em territórios desconhecidos, ao longo dos caminhos ainda por pisar da Terra do Nunca e ao encontro dos inimagináveis perigos da Terra do Nunca Lá Estivemos! Todos os pensamentos menos estes, todos os planos menos este, se evaporaram das mentes dos camaradas de Pan.

Até o oceano sentiu aquela vaga de excitação — TESOURO! — pois logo se lançou para dentro da baía. A maré subiu muito mais depressa do que costuma fazer nos dias que nada têm de notável. Pôs de novo a flutuar o *Jolly Roger* e fê-lo girar de modo a que o gurupés apontasse agora para fora, para o mar — *en garde!* A fiel tripulação de Peter enxameou o cordame, na esperança de, lá de cima, poder ver para além do horizonte. Fagulhas da floresta em chamas voaram-lhes em redor das cabeças e roçaram a lona das velas. Foi mesmo a tempo que deixaram para trás a Baía dos Dragões e zarparam noite adentro. Ao passarem a barra, com uma espuma salgada a molhar-lhes os rostos, até o navio pareceu tomado pelo esplendor da empresa pois, à meia-noite, o sino de bordo tocou oito vezes.

E não havia ninguém perto dele.

8

TODOS NO MAR

O *Jolly Roger*, depois de tanto tempo sem tripulação, respondia avidamente ao mínimo movimento da roda do leme. Peter fazia um tal figurão na sobrecasaca vermelha (depois de as mangas terem sido encurtadas) que a Liga de Pan teria caminhado sobre a água para lhe agradar. Aqui e além, ao longo da costa, levou-os a terra para apanharem fruta-pão, bem como nozes de manteiga[11] e favos de mel para a barrarem. Montou toldos com velas, para se abrigarem quando chovia. Deu-lhes postos: Almirante de Retaguarda, Almirante de Vanguarda, Primeiro Lorde do Mar, Outro Lorde do Mar, Grande Imediato, Mestre de Convés, Mestre de Mastro e Chanceler do Cesto da Gávea. Disse-lhes:

— Estarei sempre do vosso lado e pronto a dar a minha vida por vós, se entrardes na minha Companhia de Exploradores!

---

[11] Aqui, traduzimos à letra a palavra «butternuts», que, de outro modo e no seu verdadeiro significado, «noz da nogueira americana», não faria sentido no texto.

E eles teriam jurado sobre os punhos das espadas, se dispusessem de espadas a sério.

Por vezes a ferocidade das suas ordens apanhava-os desprevenidos, mas valia a pena só para fazer parte de uma tripulação tão feliz. A sua perícia para manobrar um navio espantava-os. Os nomes de cordas obscuras e partes do velame vinham-lhe à mente num instante. Até sabia praguejar como um marinheiro.

— Já ouvimos que *chegue* dessas coisas, muito obrigada — abespinhou-se Wendy.

Passava horas sentado à mesa dos mapas, na cabina privada de Gancho, à popa do navio, a escrever o diário de bordo com uma pena de corvo, molhando-a num frasco de tinta de um vermelho cor de sangue. Como nunca tinha aprendido a ler nem a escrever, enchia as páginas com desenhos, registando os acontecimentos do dia.

Depois voltava a estudar o mapa do tesouro de Gancho, perguntando-se o que teria levado o bandido até tão longe do mar, carregando uma pesada arca do tesouro, e qual seria o saque que tanto trabalho dera a Gancho para esconder. E que dificuldades enfrentariam os exploradores que fossem em sua busca?

Evidentemente, mudou o nome do navio — para *Jolly Peter* — e recusou-se a navegar sob a bandeira dos piratas.

— Não sou nenhum salteador miserável para arvorar a caveira e as tíbias! — disse ele a Wendy. — Faz-me uma bandeira, rapariga!

— O que é que se diz para nos fazerem as coisas que queremos? — perguntou Wendy, que levava as boas maneiras muito a peito.

Peter puxou pela cabeça. Como não tivera mãe que lhe ensinasse tais maneiras, não fazia ideia do que fosse.

— Botão? — sugeriu. — Dedal? Bandeira?

Wendy sorriu, beijou-o levemente na bochecha e foi fazer uma bandeira com o seu vestido de verão, e um vestido com a bandeira dos piratas. Foi pois sob o emblema do girassol-e-dois-coelhos que o *Jolly Peter* navegou pelos Canais de Ziguezague e pelos Estreitos de Vailargo e até ao Mar das Mil Ilhas. Peixes voadores saltavam por cima do navio e mergulhões passavam por baixo, emergindo com os bicos cheios de peixe miúdo.

As Mil Ilhas eram de todos os tamanhos e feitios. Havia rochedos que só dariam para abandonar um marinheiro; ilhas desertas com uma palmeira enfeitada com alguns cocos; ilhas de margens lodosas, ruidosas com a algaraviada de papagaios; arquipélagos de coral vermelho e arqui-relvados salpicados de belos prados verdes. Havia atóis vulcânicos extintos e ilhas nada extintas, cujos vulcões fumegavam e roncavam e lançavam pedaços de rocha fundida para muito longe no mar. Havia ilhas com o feitio de tartarugas e outras simplesmente com o feitio de ilhas mas a formigar de tartarugas. Tudo isto encontrou Peter marcado nos mapas, juntamente com faróis e promontórios, redemoinhos e estuários. Nas áreas sombreadas rotuladas de **«Campos de Pesca»**, um íman lançado pela borda podia trazer uma lata de enguias-da-areia ou de sardinhas. Havia navios afundados e cidades afogadas, cujos sinos das igrejas tocavam quando o mar estava encapelado...

Uma coisa que irritou Peter foi o facto de as ilhas que passavam pelas janelas da sua cabina não se parecerem nada com as que estavam indicadas nos mapas. Estupidamente, os cartógrafos tinham desenhado tudo como se estivessem a olhar de cima. Tudo bem quando se viaja de balão, mas muito confuso para o capitão de um navio. Deviam ter era mostrado qual o aspecto das ilhas quando vistas de lado e através de um óculo de bronze.

Sabia, é claro, que o esperavam outras coisas, coisas que não vinham apontadas nos mapas, como correntes de maré, baleias e trombas-d'água, perigos de morte. Mas tudo isso estava certo. A exploração devia ser território de heróis. Peter passou os dedos pela gravata branca em volta do pescoço e fechou os olhos, doridos de examinar tanto mapa. Pontos de cor abriram-se-lhe dentro das pálpebras, transformando-se em estranhas visões e panoramas. Vastos relvados verdes, remadores num rio iluminado pelo sol, um edifício de cor creme que parecia um palácio, com altas e estreitas janelas de vitral... Não havia lugares assim na Terra do Nunca, pelo menos nenhum que ele tivesse visto. Extraordinário, pois, que houvesse aquelas imagens na sua cabeça!

— *Vela à vista!*

Peter atirou com a pena e tinta vermelha esparrinhou sobre o Mar das Mil Ilhas. Peter correu para o convés.

— *Vela à vista!* — voltou a gritar Curly lá de cima, do cesto da gávea.

— Dificilmente terá *velas*, amigo — pronunciou-se Slightly. — É um barco a vapor.

Espreitando pelo óculo de bronze de Gancho, Peter avistou um cúter a vapor, de um aço tão cinzento como um cavaleiro de armadura. Cheio de ferrugem semelhante a sangue seco, vinha estrondeando, vibrando e chocalhando direito a eles, debaixo de um toldo de fumo sujo que lhe saía da chaminé negra. Uma fiada de dentes tinha sido pintada na proa, de maneira que parecia ir a mastigar a água no seu progresso. Usando o alfabeto homográfico, Wendy compôs uma mensagem:

«A-M-I-G-O O-U I-N-I-M-I-G-O?»

Os Rapazes admiraram Wendy, que movia os braços estendidos como se fossem os ponteiros de um relógio. Infelizmente, na tripulação do cúter ninguém sabia ler aquele alfabeto. Continuaram a aproximar-se, a todo o vapor. A velocidade não era lá muito grande, mas como o *SS Shark*[12] seguia uma rota que o levaria a abalroar o *Jolly Peter* a meio, não havia

[12] «SS» designa um «steamship» = «barco a vapor», que, no caso, se chamaria «Shark» = «Tubarão». Mas será?

tempo a perder. Nem tempo para carregar o canhão com pólvora (ou farinha). Nem tempo para andar pelo navio à cata de mosquetes.

— *Bolinar a estibordo!* — gritou Peter.

A tripulação piscou os olhos para ele. Tinham ficado muito impressionados, mas não faziam ideia do que aquilo queria dizer. Peter devia ter encontrado algum livro com frases próprias da vida do mar na arca de Gancho.

— *Virem o barco para aquele lado, seus marinheiros de água doce!* — berrou ele.

John fez girar a roda do leme. O *Jolly Peter* inclinou-se para um lado. O sino de bordo soou. As velas bateram e ondearam. Os cabos retesaram-se com um *tang*. O cachorrito deslizou de uma ponta a outra do convés. A proa do *Jolly Peter* rodou até estar virada praticamente na mesma direcção que a do *Shark*. Em vez de serem cortados ao meio por chapas de aço, talvez conseguissem sair-lhe do curso ou mesmo batê-lo em corrida.

Esperança vã. As velas esvaziaram-se de vento e o *Jolly Peter* abrandou e ficou a ondular. E o *SS Shark* ia-se aproximando cada vez mais, já tão perto que as crianças conseguiam ver a bandeira dos piratas no topo do mastro e os piratas preparando-se para os abordar. Era um espectáculo enervante porque aqueles piratas, embora não lhes chegassem à cintura, ostentavam pinturas de guerra e estavam armados com machetes, arcos e flechas, e facas de mato.

— Os Peles-Vermelhas do Starkey! — sussurrou Peter.

A proa de aço com a sua fieira pintada de dentes não abriu o casco do *Jolly Peter.* Atingiu-o nas instalações da ré, rebentando as janelas da sala de comando de Peter e sacudindo o navio da proa à popa. Incapaz de resistir, o brigue foi empurrado através da água à frentre do cúter, como um carrinho de bebé empurrado por uma ama. O Comandante do cúter foi trazido da ponte de comando numa cadeira de capitão giratória, de couro, por quatro guerreiros-crianças. E quem havia de ser senão Starkey, primeiro imediato do Capitão Jas. Gancho nos longínquos dias antes da grande vitória de Pan sobre o pirata e a sua desprezível tripulação?

— E agora o qu'é que se diz, rapazes? — perguntou Starkey. — Apresentem-se a estes senhores tão simpáticos.

Não eram todos rapazes, nem de longe. Metade eram raparigas, com cabelo sedoso e comprido, e túnicas de pele de gamo mais limpas. Mas todos estavam armados. Esticando ao máximo as cordas dos arcos, fizeram uma vénia (os rapazes pela cintura, as raparigas flectindo os joelhos), piscaram os grandes olhos escuros para a tripulação do *Jolly Peter* e gritaram:

— Olá. Muitíssimo obrigado. Como estão. Encantados de os conhecer. É favor enviar a vossa carga na nossa direcção e depois deitarem-se de barriga para baixo no convés senão, com grande pena nossa, teremos de vos abrir as panças e dar-vos de comer aos peixes. Lamentamos imenso. Agradecemos que não peçam misericórdia pois a nossa recusa ser-vos-ia ofensiva. Muitíssimo obrigado. Tem feito um tempo muito agradável.

O Capitão Starkey aprovou com um aceno de cabeça e deu uma reviravolta na cadeira.

— Muito bem, meus gamozinhos, mas esqueceram-se do escalpar. Têm de s'alimbrar sempre do escalpar.

De repente, pareceu reconhecer o navio pelo que ele era. Depois, o seu olhar caiu sobre Peter — ou melhor, sobre a sobrecasaca de Peter — e o bronzeado de toda uma vida não pôde ocultar o empalidecer do seu rosto.

Entretanto, o cúter empurrava o *Jolly Peter* pelo mar fora como se fosse um carrinho de mão. Viam agora que o nome pintalgado na proa não era de modo algum *«SS Shark»* mas *«SS Starkey»*. O casco de madeira rangia e roncava. Balas de canhão caíram do seu suporte e rolaram pelo convés, obrigando tanto a tripulação como o Béu-Béu a saírem-lhes do caminho com um salto. As bochechas de Peter ardiam de indignação.

— Agora estás armado em Capitão, é, Starkey? — troçou ele. — Nunca passaste de um esfregão para limpar o convés do Jas. Gancho!

Um ou dois dos Exploradores tinham-se deitado de bruços. Mas voltaram a levantar-se, ao ouvirem Peter rir-se na cara do atacante.

— Ouvi dizer que tinhas sido capturado pelos Peles-Vermelhas, Starkey! Depois de vos termos derrotado na Grande Batalha? E também que eles te tinham posto a *tomar conta dos seus* papooses[13]! Que destino terrível para um homem que se considerava um pirata!

E Peter ia carregando as palavras de desprezo tal como teria carregado de balas um mosquete.

O Capitão Starkey deu duas voltas na cadeira. A cor tinha-lhe voltado às faces.

— Macacos me mordam se não é o coquericó! Por um bocado inda pinsei que fosse... Ora bem, coisa boa qu'é a vingança, não? Destino tarrível? Pois! Um destino pior qu'à morte, foi o qu'eu julguei na altura. Obrigado a tomar conta duma data de bebés! Uma vergonha e um dasdouro pr'um home da minha laia! Mas fiz o melhor que podia, 'tás a ver? Virei as coisas a meu favor. E olha lá que belo trabalho qu'eu fiz co'eles, c'as minhas *squaws* e os meus bravos! Não encontras melhores maneiras na corte do Rei de Inglaterra. E inda lhes ensinei uma profissão, qu'é mais do que se pode dizer da maior parte dos mestres-escolas. Ensinei-lhes tudo o que sabia. Fiz de todos eles piratas, de cada Manel e de cada Maria. E temos aí uns belos talentos, que te digo eu! São o orgulho do meu coração, esses piquenos corta-goelas! O orgulho do meu coração. Então e que carga trazes tu, coquericó? Porqu'agora é minha!

Como Peter se recusasse a responder, Starkey ordenou a uma dúzia dos seus pequenos corta-goelas que subissem a bordo do *Jolly Peter* e o saqueassem.

— E tragam-me o meu saco de bordo do castelo da proa! — acrescentou. — Aquele que tem o meu nome escrito em letras bem grandes.

Quando a Liga brandiu corajosamente as suas espadas de pau para defender o navio, Starkey riu tanto que ia caindo da cadeira abaixo.

---

[13] «Papoose» designa as crianças índias norte-americanas e provém da língua dos índios Narragansett.

— O quê? Então as vossas mãezinhas não os deixaram brincar com lâminas de verdade?

Nem Peter, que trazia sempre uma adaga de verdade no cinto, podia desafiar as vinte pontas de seta que lhe estavam apontadas à testa.

Os piratas sarapintados com pinturas de guerra saltaram agilmente para bordo no sítio em que a proa do *Starkey* estava mergulhada como uma cunha na popa estilhaçada do *Jolly Peter*. Não encontrando senão teias de aranha e bolachas de marinheiro no porão, rodearam os Darlings e encafuaram-nos nos velhos e mal-cheirosos sacos de bordo dos piratas, que trouxeram do castelo da proa, atando-lhes os cordões com toda a força à volta do pescoço.

— Poss'arranjar uma boa maquia com escravos! — vangloriou-se Starkey.

Os guerreiros eram muito bem educados e tinham as mãos macias e bem lavadas. Mas roubaram o guarda-chuva e o canivete de John e, enquanto trabalhavam, iam discutindo se Béu-Béu seria melhor cozinhado em molho de gengibre, choco ou piri-piri. Nenhum deles tentou pôr as mãos em Peter Pan que, com ar de desafio, segurava o punho da sua adaga. Mas iam fazendo o que queriam em volta dele, ignorando as suas pragas de gelar o sangue e a sua ameaça de «fazer o Starkey pagar».

Enquanto tudo isto se passava, o barco a vapor continuava a bufar e a chocalhar e a vibrar por ali fora, empurrando o *Jolly Peter* à sua frente como um carrinho de servir a merenda numa casa de chá. Pelos ruídos que fazia, dir-se-ia que o brigue podia morrer de vergonha a qualquer momento, fazer-se em pedaços e mergulhar até ao fundo do mar. Depois de Curly ter sido arrancado do cesto da gávea e enfiado num saco de bordo, não havia ninguém para dar sinal de quaisquer recifes ou redemoinhos. Sem os seus mapas em frente dos olhos, Peter não fazia ideia do que lhes poderia surgir pelo caminho. A qualquer momento, podiam encalhar... ou alcançar o horizonte e cair da beira do mundo! O único pensamento que lhe dava alguma consolação era que o *Jolly Peter* arrastaria consigo o *SS Starkey* para a destruição.

— Volta as algibeiras do avesso! — ordenou Starkey a Peter.

(E pôr o mapa do tesouro de Gancho nas patas ambiciosas de um pirata vulgar?)

— Nunca!

— Volta as algibeiras, coquericocó, ou mando os meus corta-goelas encher-te o corpo de setas e depois eu próprio dou uma vista d'olhos.

Wendy viu como o rapaz vestido de penas de gaio e com a sobrecasaca vermelha deitava uma olhadela à amurada do navio. Percebeu de imediato que ele preferia saltar para a morte a entregar o mapa do tesouro a Starkey.

— Não faças isso, Peter! — gritou.

Starkey pousou a mão paternal no ombro de uma jovem *squaw*, cujo arco estava retesado.

— Quand'eu mandar, gamazinha... acerta-lhe na coxa — ordenou ele. E a *squaw* fez pontaria cuidadosamente. — Vamos a ver se uma seta chega p'ra lhe furar a prosápia.

Ora, se Peter *tivesse* os mapas à sua frente naquele preciso momento, teria visto que o Mar das Mil Ilhas acabara de obter uns salpicos extra. Cinco pequenas ilhas haviam surgido a estibordo e, coisa bem pouco habitual nas ilhas, pareciam estar a *aproximar-se* deles. E o que é mais, iam subindo e descendo na ondulação, cavalgando as ondas, viajando contra a corrente. Quando Starkey também as avistou, a visão deixou-o petrificado. A temível ordem «Atira» ficou-lhe empoleirada no lábio enquanto ele observava a flotilha de pequenas ilhas deslizando, cada vez mais perto.

Nesse mesmo instante, os velhos motores do cúter, esforçando-se para empurrar o *Jolly Peter*, deram de si e rebentaram. A chaminé tossiu uma fuligem negra e deixou de fumegar. A nauseante corrida em frente abrandou e ambas as embarcações ficaram a pairar. As cinco ilhas alcançaram-nas, anichando-se perto. Árvores, luzerna e erva das pampas cobriam-nas como uma lã e, ao que parecia, estavam ligadas umas às outras por extensões de cordas puídas. Teriam habitantes, aqueles pedaços flutuantes de terra firme?

Olá se tinham!

Ganchos de abordagem voaram por sobre a amurada do navio como garras gigantes. Depois vieram... bem... garras gigantes. O que os Peles-Vermelhas viram primeiro foram os tigres. As panteras foram as mais rápidas a subir a bordo, mas a sua pelagem era tão negra que se tornavam quase invisíveis. Os ursos moviam-se devagar mas também eram imparáveis, rolando as barrigas peludas por cima da amurada, antes de se esbarrondarem no convés como sacas de açúcar amarelo. Os babuínos voaram através do cordame, agarrando-se com pés, mãos e caudas. Os cascos dos palmerinos faziam uma barulheira ecoante nas pranchas do convés.

Sem dúvida que os guerreiros de Starkey eram, no curso normal das coisas, extraordinários a atirar ao arco e a cortar goelas. Mas, ao verem-se frente a frente com matilhas de panteras, uma ostentosa participação de leões, equipas de abordagem de macacos e uma canhonada de ursos, as suas mãozinhas macias tremeram e os arcos escorregaram-lhes de entre os dedos suados. Fugiram para as entranhas do cúter. Os da equipa de busca que estava a bordo do brigue regressaram com um salto em conjunto à proa do *SS Starkey*, despejando o seu capitão-ama-seca para fora da cadeira giratória e para dentro do paiol da tinta. Tentaram afastar-se, mas a proa do barco a vapor estava demasiado enterrada na popa do *Jolly Peter*.

Cinco ilhas embateram suavemente com as suas defensas de árvores de borracha contra o *Jolly Peter*. Espécies exóticas de animais saltaram para bordo vindo de quatro das ilhas. A quinta apenas proporcionou uma única espécie de animal. Uma solitária criatura de duas pernas.

— Dificuldades, senhor? Que sorte eu ter vindo a passar por aqui! — exclamou o Grande Ravello.

9

PARTILHAS JUSTAS

Peter Pan puxou da adaga e cortou os cordões das bocas de sete sacos de bordo. A Liga de Pan foi-se contorcendo até se libertar. A primeira ideia de todos era afastarem-se o mais possível dos animais ferozes que deambulavam pelo navio, rugindo, saltando e largando saliva no convés.

— Oh, por favor! — rogou Ravello. — Não se preocupem com os meus mordentes e arranhantes. Conhecem muito bem o seu lugar e é raro comerem entre as refeições!

Fez estalar o seu chicote de director de pista. As feras vacilaram, largaram o que estavam a fazer, saltaram borda fora e regressaram a nado às suas respectivas ilhas flutuantes. À excepção dos ursos. Esses passaram para bordo do *SS Starkey* e sentaram-se ao redor da escotilha aberta do castelo da proa, metendo lá as patorras enormes como se tentassem apanhar peixe por um buraco no gelo. Ouvia-se os pequenos Peles-Vermelhas a gritar, a gemer, a chamar pelas mães. Peter Pan manteve o punho cerrado no cabo da adaga.

— Obrigada, Sr. Ravello! — disse Wendy. — O senhor salvou-nos!

— Um prazer, m'sora — retorquiu Ravello com rasgada mesura. Viam-se agora marcas de queimado na sua larga veste e todo ele exalava um cheiro a lã chamuscada. — Era meu grande desejo que os nossos caminhos voltassem a cruzar-se.

Peter, mínimo em comparação com o director de pista, estremeceu.

— Porquê?

— Houve um incêndio na Floresta do Nunca. Devem ter dado por isso quando zarparam de lá, não? — (Os Gémeos taparam a boca com as mãos num horror culpado. Iria Ravello fazê-los pagar por terem feito arder o seu circo? Teria vindo atrás deles a pensar em vingança ou castigo?) — O meu ganha-pão ficou totalmente destruído naquele incêndio. Foi-se tudo. Tenda, jaulas, pessoal... E assim me vejo sem profissão, sem os meios para me sustentar. — (Os Gémeos miaram de pânico e amargo arrependimento, e tentaram deslizar para debaixo do encerado que cobria um escaler para se esconderem. Mas o Grande Ravello interceptou-os, rodeando cada um dos rapazes com uma manga esfiapada, apertando-lhes a cabeça contra o seu corpo.) — Portanto, ando em busca de emprego. Uma pessoa tem de trabalhar para pagar o bilhete da sua viagem por esta Vida, não concordam?

Peter, que não concordava, contrapôs:

— O trabalho é para gente crescida!

Ravello acenou com um punho de manga esfarrapado e deixou passar.

— Ah, sim, claro. Já me esquecia. Vós todos fizestes da Infância a vossa profissão. Infelizmente, acho que *perdi o barco* no que se refere a ser um rapazinho. *Ergo*, tenho de me dedicar a qualquer outro tipo de trabalho. — Dentro da sombra lanuda do capuz do casacão, os olhos castanhos claros de Ravello fecharam-se por um instante. — Espero pois, atrever-me-ei a esperar?, que me seja permitido servir, de uma qualquer humilde maneira, o maravilhoso Peter Pan.

Peter ficou genuinamente surpreendido.

— A mim?

Ravello inclinou-se, varrendo as biqueiras das botas de Peter com os fiapos do punho do casacão.

— O vosso mordomo, talvez! Ou criado de quarto? Ou serviçal? Não peço ordenado, *sir*! Só o meu sustento, *sir*! A honra de vos servir seria paga suficiente. Ser-me simplesmente permitido ser útil, *sir*! Por favor, dizei que me perdoais o pecado de ter crescido. — Os seus ombros vergaram-se para a frente, a cabeça pendeu. Uma ovelha morta teria parecido arrogante em comparação com o Grande Ravello, ao cair sobre um joelho em frente de Peter Pan. — Deixai que vos sirva de qualquer forma que me seja possível!

Por um momento, Pan não soube o que responder.

— E como é que eu o vou tratar? Por Grande ou por Senhor? — acabou por perguntar, desajeitadamente.

— Não são necessárias tais formalidades, *sir* — retorquiu o Homem Desfiado. — E como poderia eu merecer o título de Grande, estando ao vosso lado? A minha mãe chamou-me... — Levou-lhe um bom pedaço a lembrar-se do seu nome próprio. Talvez já não o usasse há muito. — A minha mãe deu-me o nome de Crichton, mas, como a maior parte das coisas que as mães dão, não vale a pena tê-lo. Ravello servirá perfeitamente, *sir*.

— Belo — concordou Pan. — Mas, não sei se sabe, andamos em exploração. Devo avisá-lo que pode tornar-se perigoso. A coragem é tudo.

— Tirastes-me as palavras do coração! — exclamou o Homem Esfiapado, e com tal intensidade que o mercúrio no barómetro de bordo subiu em flecha. — A coragem é realmente *tudo*.

Nesse momento, Starkey conseguiu sair do paiol das tintas e espreitou nervosamente por cima da amurada. Ao vê-lo, Peter Pan bradou cortantemente:

— Que carga trazes tu, Starkey? Porqu'agora é minha!

O pirata fungou desafiadoramente.

— Na'digo! Na'quero d'zer! — Mas ao ver Peter avançar para ele, adaga em punho, o cobarde agitou os dedos tatuados à frente do peito e confessou: — Peles-de-prata, é o que é! Na'me mates, Pan! São peles-de-prata!

Peles-de-prata. Uma palavra macia, cintilante. Uma palavra cheia de romance. Peter acenou solenemente e inclinou a cabeça um quase nada na direcção de Wendy. Wendy inclinou a cabeça para John, John segredou por trás da palma da mão para Slightly: — *O que é uma pele-de-prata?*

Slightly pensou que pudesse ser a pele de um arminho. John imaginou que fosse a casca de uma noz-moscada prateada. Wendy pensou em barracudas, o peixe mais prateado do mar. Os Gémeos presumiram que fosse um termo usado por piratas para designar alguma moeda. Tootles idealizou um raio de luar ceifado com uma foice. Curly supôs que fossem fadas escravas.

— Sois *realmente* rico, *sir* — comentou Ravello, com os olhos a enrugarem-se de satisfação. — Com que então, peles-de-prata, hem? — De maneira que ninguém confessou não saber o que era, porque não queriam fazer figura de idiotas em frente de uma pessoa crescida, e especialmente de um mordomo. — A questão, *sir*, é como ireis *dividir o espólio*? Tradicionalmente, creio eu, o capitão fica com metade e divide o resto entre os membros da sua tripulação.

E foi assim que aquilo começou. A Guerra das Peles-de-Prata, a Contenda das Partilhas Justas. Antes de Ravello aparecer, teriam dividido tudo igualmente. Era assim que funcionava a Liga de Pan. Partes iguais. Mas agora Ravello tinha-lhes dito como se faziam essas coisas.

E agora Peter queria metade.

Tootles disse que, sendo ela uma Princesa, devia ter também direito a metade.

Wendy fez notar que, se iam começar a estabelecer comparações, ela era a mais velha, portanto também com direito a metade.

Ravello pronunciou-se mais uma vez:

— Claro que a outra forma de dividir os ganhos é de acordo com o posto.

Nessa altura, o Primeiro Lorde do Mar disse que devia receber duas vezes mais que o Outro Lorde do Mar, e o Mestre do Mastro desdenhou do Mestre do Convés e um deles levou um pontapé nos tornozelos. O cachorrinho mordeu o Grande Imediato.

Fogo-Alado disse que ia ali ao lado contar as peles-de-prata.

John disse que o melhor era atirar uma moeda ao ar e quando a moeda caiu com «caras» para cima ele gritou «Caras!» e afirmou que tinha ganho as tais peles todas.

Tootles lembrou que os Gémeos só contavam como um membro da tripulação porque não tinham nomes individuais. E teriam de partilhar a sua parte.

Os Gémeos responderam que Tootles podia ir dar uma volta ao mastro grande.

Curly decidiu que, rigorosamente falando, Peter não era o capitão do *Jolly Peter*, pois se limitara a assenhorear-se do título e das instalações do capitão.

Ao que Peter retorquiu que, se lançassem Curly borda fora, isso representaria mais peles-de-prata para todos.

Resumindo, disseram-se coisas que nunca se deveriam ter pronunciado, coisas terríveis. Wendy disse a Peter que ele era um bebé egoísta e não tinha salvo o navio coisa nenhuma. Peter disse a Wendy que as raparigas não contavam como tripulação, porque não serviam para nada. Tootles tentou dar um murro no nariz de Peter por causa disso, mas falhou. Peter assumiu então um ar pomposo e declarou:

— Só eu é que decido como se vão dividir as peles-de-prata!

Slightly afirmou que Peter era tão estúpido que nem sabia como dividir uma bolacha entre dois ratos.

Em poucos minutos, estavam todos de relações cortadas. Cada um amouxara num canto do navio, irado, amuado e a sentir-se enganado. John, fazendo pontaria para Peter, pôs uma bala de canhão a rolar pelo convés, mas ela passou por cima de uma das mãos de Slightly, o que o magoou bastante. Curly recusou-se a voltar para o seu posto de vigia no cesto da gávea, dizendo que, assim que virasse costas, lhe iriam roubar a sua justa parte. Peter disse que, nesse caso, Curly seria enforcado na ponta da verga por amotinação. Os insultos iam-

-se tornando cada vez piores. Ravello foi chamado a arbitrar a questão. Mas ele ronronou, à sua suave maneira felina, que isso «não lhe cabia a ele», acrescentando, com um certo tom de divertimento, que podiam sempre devolver a presa a Starkey.

Pan, sufocando de raiva, puxou pela gravata branca universitária que lhe apertava desconfortavelmente, as veias inchadas do pescoço. Chamou idiota a Ravello. Apelidou a Liga de «seita amotinada» e «corja de canalhas», «larápios», «carteiristas» e «arrombadores», «cações desprezíveis» e «a escumalha dos mares». Afirmou que havia de abandonar Tootles e Curly no primeiro rochedo que encontrasse, ou dá-los a comer aos tubarões. A verdade é que lhe saiu da boca um tal chorrilho de insultos que teve de fechar os olhos com medo que lhe saltassem das órbitas. E, quando voltou a abri-los, estava toda a gente a olhar para ele. De onde poderia ter saído aquela explosão? Quem o teria carregado com uma tal fusilaria de palavras?

Foi nessa altura que Starkey tentou safar-se, descendo pela corrente da âncora.

Ravello trouxe-o de volta, puxando-o para bordo pela parte de trás da gola da camisa. (Era evidente que as mãos ocultas pelas mangas pendentes tinham uma firmeza de aço.)

— Abre as escotilhas e entrega a tua presa! — rugiu Peter na cara de Starkey.

Depois de anos passados a ensinar boas maneiras aos pequenos Peles-Vermelhas, Starkey disse, sem pensar:

— Então, então, meu filho. O qu'é que se diz pra nos fazerem as coisas que queremos?

Outra vez aquela pergunta infernal! Peter esquadrinhou a cabeça à procura daquela expressão mágica. Mas só encontrou caixas e mais caixas de mau humor.

— *Sei lá! Será «Chicote»? Ou «Prancha»? Ou «Deixo-te numa ilha deserta»?*

Starkey ficou tão assustado que rebentou a escotilha do porão da carga com as mãos nuas. E de lá saiu Fogo-Alado (que tinha conseguido entrar facilmente mas tivera muito mais problemas para sair). O serzinho mágico estava tão cheio de comida que caiu aos pés de Peter com um som cavo, como uma bola de ténis.

— Então, meu fiel espiãozinho? O que *são* peles-de-prata?

Fogo-Alado arrotou.

— *Cebolas!* — informou. — *Cebolas de Primavera!*

— *Cebolas?!*

Fogo-Alado voltou a arrotar.

— *Havia sete mil duzentas e oitenta e quatro. Contei-as* — afirmou orgulhosamente —, *enquanto as comia.*

— Metam-me essa fada-macho no porão! — ordenou Peter. — Comeu a nossa presa de guerra!

E, ao dizer isto, os seus lábios enrolaram-se para trás dos seus dentes brancos de leite, num arreganho que teria envergonhado qualquer tubarão.

10

O ROCHEDO DE MAGNETITE

O Homem Esfiapado só comia ovos. Comia-os crus, sorvendo-os da casca, ou, a maior parte das vezes, engolindo--os inteiros. Entre as criaturas das ilhas flutuantes, havia lagartos, serpentes e tartarugas que punham uns ovos macios como borracha, e Esfiapado trazia sempre alguns consigo, escondidos nos forros lanudos dos seus lanudos bolsos. Essa presença, quer no vestuário quer no hálito, dava ao homem o seu odor especial.

Conseguia tornar-se extremamente útil por toda a parte do navio, cozinhando refeições, prevendo o tempo, carteando rumos, polindo os metais. Obrigou os Peles-Vermelhas a coser os seus cobertores, transformando-os em casacos quentes para os membros da Liga. Sabia jogos de cartas e como dar nós, e as mais sangrentas histórias de piratas de que há memória. Tirou o badalo ao sino de bordo para não os incomodar durante os quartos de vigia nocturna (o que ele continuava a fazer de seu moto próprio). E, à hora da sesta, embalava-os nas suas redes até adormecerem. O próprio Ravello parecia não dormir nunca, nem de noite nem de dia.

As suas maiores atenções eram para com Peter Pan, engraxando-lhe as botas, limpando o pó à cabina — e até penteando o cabelo do rapaz, de maneira que, em cada dia, ia ficando ligeiramente mais comprido, ligeiramente mais escuro. Era óptimo, aí não havia dúvidas, dizer: «Traz-me isto, Ravello! Traz-me aquilo, Ravello, e vê se te despachas!»

O, sob todos os aspectos, óptimo Ravello ofereceu-se para largar o *SS Starkey* à deriva, mas era a primeira presa que Peter fizera em combate e queria ficar com ela. Assim, mesmo depois de o cúter se soltar, rebocaram-no preso a uma corrente de aço, enquanto o Capitão Starkey e a sua tripulação eram encerrados no castelo da proa, com ursos a guardá-los. As ilhas flutuantes subiam e desciam no mar de névoa, umas vezes visíveis, outras totalmente esquecidas.

— Que vais tu fazer com o Inimigo, Peter? — perguntou Wendy. — É que, se não os vais soltar, tenho mesmo de lhes arranjar um chá.

— Vamos vendê-los como escravos ou assamo-los para a ceia!

Ninguém o acreditou, mas era maravilhoso como soava a uma decisão firme. Fosse como fosse, fazia uma tal figura com o chapéu de três bicos e as botas de cano alto que encontrara no fundo da arca de Gancho, que todos achavam correcto que ele falasse como um pirata, já que era o que parecia ser.

É certo que, de vez em quando, tirava o casaco vermelho. Por exemplo, ao saltar borda fora, mergulhando para travar duelos com os peixes-espada e conquistar-lhes as espadas, a fim de que a sua Companhia nunca mais voltasse a ser apanhada sem armas. Também lutava com os peixes-cães, tirando-lhes ossos da boca para dar ao Béu-Béu. Felizmente, o seu mau humor parecia dissolver-se no mar.

Com todas as peles-de-prata comidas, não havia motivo para continuarem a discutir. As coisas desagradáveis que tinham sido ditas não podiam apagar-se, mas era possível dobrá-las até ficarem muito pequenas e escondê-las assim nos bolsos.

Peter desenrolou o mapa do tesouro para que todos o pudessem ver e todos se juntaram em volta para estudar o mapa da Terra do Nunca. Para o interior, indo da Costa Longínqua e da Charneca Púrpura, passando o Labirinto dos Lamentos, o Cemitério dos Elefantes e o Deserto Sequioso, havia um vasto espaço vazio rotulado «TERRITÓRIO DESCONHECIDO». No centro, ficava o Pico do Nunca, com nuvens de banda desenhada ao redor do cume. Mas, dentro do Território Desconhecido, todas as pistas e estradas e correntes se extinguiam. Não havia registo de quaisquer pontos de referência. Nada.

— Iremos fazendo o mapa, à medida que caminharmos! — decidiu Peter.

— E vamos descobrir a fonte do Rio Neva!

— Encontrar novos animais!

— Recolher amostras de pedras!

— Talvez vos agrade também baptizar montanhas e lagos, *sir*! — sugeriu Ravello, pondo a mesa para a merenda.

Os Exploradores ficaram tão encantados com esta ideia que começaram imediatamente a pô-la em prática, antes mesmo de terem sido descobertos os lugares em questão.

— A primeira montanha vai ser Bags I!

— As Cataratas John Darling!

— Golfo Slightly!

— Montes Gémeos!

— Se me é permitido, *sir* — ronronou Ravello, segurando o casaco vermelho para Peter enfiar os braços molhados —, é um erro essa área estar marcada como «Desconhecida». Esse Capitão Sancho de quem vos tenho ouvido falar...

— Gancho — emendou Peter. — Jas. Gancho.

— Peço perdão. Esse Capitão Gancho deve ter lá *estado* para deixar a arca do tesouro. Então não deveria ser «Território de Gancho»?

— *De Peter Pan!* — bradou Aquela-e-Única-Criança, pondo um círculo em volta de toda a Terra do Nunca com a sua pena de corvo. — *É MINHA! E o tesouro também!*

Tinta vermelha espirrou para cima da melhor camisa de Slightly.

Fez-se um silêncio embaraçoso.

— *Nossa.* Julgo que o Capitão terá querido dizer *«nossa»* — sugeriu Wendy. — Não foi isso, Peter?

Peter repuxou a gravata branca que lhe cingia o pescoço e tossiu. Tinha manchas de um vermelho vivo nas faces.

— Serve-me um cálice de água-de-fogo — ordenou. — O fumo daquela nojenta barca pirata do Starkey deu-me volta ao estômago.

— O que é que se diz para nos fazerem as coisas que queremos? — perguntou Tootles sem pensar.

Mas Peter abriu-lhe uns tais olhos, ao mesmo tempo que regougava:

— *Sêmola! Ruibarbo! Tapioca! Quero lá saber o que é que se diz?* —, que ela se foi dali de imediato a preparar um bule de chá.

O chá nunca chegou a ser servido. Mal Tootles tinha enchido o bule, o *Jolly Peter* balouçou da proa à popa, guinou e começou a oscilar de um lado para o outro. O cúter a vapor começara a arrastá-lo pelo mar fora, embora não houvesse ninguém na ponte de comando, nem fogo nas caldeiras, nem fumo nas chaminés!

A verdade é que o *SS Starkey* estava também a ser arrastado através da água. Não por um outro navio, mas por uma qualquer força invisível que lhe agarrara a quilha. Ultrapassou o *Jolly Peter* e desandou para norte, de popa para a frente, arrastando consigo o brigue de velas viradas ao contrário. Tudo o que as crianças puderam fazer foi agarrar-se ao que calhava, fazendo loucas conjecturas:

— São as sereias!

— É uma baleia!

— É uma maldade das fadas!

O Homem Esfiapado desceu ligeiramente os degraus sobre os calcanhares e abriu caminho à força de ombros pela cabina de Peter até à mesa dos mapas. Os punhos de lã suja deixaram manchas circulares no velino enquanto buscava informação. Depois caíram pesadamente sobre uma zona sombreada onde se lia «ÁREA PERIGOSA».

— O Rochedo de Magnetite! — declarou. — Está a puxá-lo para terra!

— Magia? — perguntou Slightly.

— Magnetismo — retorquiu Ravello.

Em breve o podiam avistar pelo óculo de bronze — o Rochedo de Magnetite, um pináculo ferroso de rocha vermelha, como um campanário de igreja. E o casco de ferro do cúter dirigia-se para ele cada vez mais depressa, como uma traça atraída por uma chama. A cadeia entre os dois barcos estava tão tensa que nem se podia pensar em soltá-la.

— *Criadursas, hop!*

Era outra vez a voz do director de pista, forte e cheia de autoridade. Os ursos saltaram por cima da amurada. Os Peles-Vermelhas invadiram o convés, chorando e gritando e debatendo-se para se meterem em coletes salva-vidas de cortiça. Já não era preciso óculo. O Rochedo de Magnetite erguia-se enorme no caminho que seguiam, com a espuma do mar a ferver-lhe em volta. Os cascos roçaram por uma rocha tão áspera que arrancou todas as cracas e lapas que tinham agarradas. A Liga de Pan agarrava-se firmemente à amurada do navio, à excepção de Curly que foi catapultado do cesto da gávea para dentro do mar.

— Lancem a linha de barca! — gritou Peter Pan. E toda a gente ficou a olhar para ele sem perceber, menos Ravello que lançou uma corda com vários nós a Curly que se estava a afogar na esteira espumejante do brigue. Curly agarrou-a e foi levado a reboque, gastando as solas dos sapatos nas rochas, afiadas como navalhas, abaixo dele.

O *SS Starkey* embateu no rochedo com o ruído de uma charanga a cair de um eléctrico. O brigue, que vinha a ser arrastado atrás dele, foi apanhado no turbilhão de correntes em volta do rochedo e sacudido de tal maneira que o cabo de reboque metálico se partiu como uma serpentina de Carnaval.

— Agora estamos safos e a flutuar! — declarou John. — O *Jolly Peter* é de madeira e só o metal é que é magnético!

Não havia dúvida. O *Jolly Peter* era de madeira. Por conseguinte, que poder teria sobre ele a força magnética do Rochedo de Magnetite?

Em breve o descobriram.

Os pregos, de ferro, que prendiam cada peça da ossada à quilha, cada prancha a cada peça, cada verga a cada mastro, foram arrancados da madeira pela força magnética. Como ferrões de vespa chupados da pele, cada prego e cada cunho saltou do madeirame e o elegante brigue começou a desintegrar-se em volta deles.

— *Está perdido!* — clamou Ravello, caindo de joelhos, ferido de medo ou dor.

— *Voem!* — gritou Peter.

John deitou a mão ao chapéu alto de Fogo-Alado, contendo a sua caspa de pó-de-fada, onde logo a Liga de Pan mergulhou as mãos. Mas para o pó actuar precisavam também de ter pensamentos felizes, e era difícil pensar em coisas felizes enquanto os mastros caíam — um!, dois! — e o casco se descascava como uma laranja.

— *Pensem no tesouro!* — lembrou-lhes Peter. E, fosse lá como fosse, conseguiram encher os espíritos com a ideia do Pico do Nunca e, um por um, ergueram-se desajeitadamente no ar.

Peter, como é evidente, subia em flecha e mergulhava com a facilidade de uma andorinha na Primavera. Rasou o cimo das ondas até onde Curly se estava a afundar e, misturando uma mão cheia de pó de fada no cabelo encaracolado e encharcado, arrancou-o da água segurando-o pelo colarinho da sua camiseta de râguebi. Curly e o cachorrinho que se lhe aninhara no bolso ficaram tão felizes por já não se estarem a afogar, que rapidamente tomaram altura e se juntaram aos outros, no céu acima do Rochedo de Magnetite.

Por baixo deles, o *Jolly Peter* ia-se desfazendo, deixando apenas um aglomerado de tábuas a flutuar nas ondas. A alta figura de Ravello, equilibrando-se sobre os restos do naufrágio, saltava agilmente de madeiro para madeiro, de barrica para verga. Por fim, estendeu-se ao comprido sobre uma mala de cabina que veio boiar como uma rolha à superfície. Com água a borbulhar, cheia de espuma, e os borrifos vindos do Rochedo de Magnetite, a sua forma envolvida em lã, ficou em breve completamente encharcada, dando-lhe o aspecto de um grande amontoado de algas apanhadas na tampa da mala que se balouçava nas vagas. Ravello, porque era uma pessoa crescida (ou um casacão de lã muito comprido), evidentemente que não podia voar.

Um súbito soluço sacudiu Wendy, quando outra pessoa lhe veio à ideia. Fogo-Alado, preso por causa da sua glutonice, ao devorar as cebolas de Primavera, fora ao fundo com o navio!

11

O RECIFE DO PESAR E O LABIRINTO DAS BRUXAS

Fogo-Alado voltou à superfície como uma bóia salva-vidas, com o seu cabelo laranja mais vivo que o vermelho de ferro da Magnetite. Ainda tinha a barriguita inchada de cebolas da Primavera e os dedos hirtos de frio. Vocês e eu teríamos ficado mais azuis que ele se mergulhássemos num mar tão frio, mas Fogo-Alado, depois de Peter o tirar da água, também parecia um bocado pendurado, como uma peúga que tivesse ido a lavar demasiadas vezes. Porém, o seu temperamento estava tão esbraseado como sempre e o seu pó-de-fada voltou a secar sobre ele como uma camada de açúcar cristalizado. Pôs-se a voar em arranques explosivos, paragens bruscas e ziguezagues, até que Peter ameaçou:

— Pára de te exibires ou ainda te bato!

O Sol e a Lua estavam ambos no céu, com um acompanhamento de estrelas vindas antes de tempo e uma salada de nuvens brancas. Vital para encontrar terra firme. Mas para que lado haviam de voar? A rosa-dos-ventos na Terra do Nunca tem tantas pontas como um ouriço assustado tem picos.

— Ainda tem o mapa, Capitão? — perguntou John.

Peter ergueu o rolo de velino, mas quando tentou abri-lo no ar, o vento quase lho arrancava das mãos. De modo que se limitaram a ir voando e, à medida que pensamentos ansiosos tomavam o lugar dos felizes, foram baixando, baixando, baixando no ar. A espuma da crista das ondas começou a molhar-lhes a cara e a levar o pó de fada. Quando as coisas pareciam mais pretas para a Companhia de Exploradores, foi precisamente quando avistaram terra.

Tratava-se de um longo e rochoso promontório que apontava para o mar como o dedo de uma bruxa, acabando num amontoado de pedras e um recife onde as ondas vinham rebentar. Em cada fenda da rocha cresciam cravos-romanos e um bando de corvos-marinhos ergueu-se nos ares a gritar, quando os exploradores vieram flutuando até aterrarem. Coisa estranha, a linha da rebentação estava juncada com os restos enferrujados de carrinhos e cadeirinhas de bebé. Atracado como um barco a remos no extremo do promontório, via-se uma velha mala de cabina com as letras **J. G.** gravadas na tampa. Ah, sim, e cinco pequenas ilhas flutuavam, ancoradas, ao largo da costa.

Um vulto alto erguia-se sobre o recife, em silhueta contra o céu. Um halo de fios serpenteantes dispunha-se em círculos a toda a volta do vulto, retorcendo-se com o vento. Podia ser a Górgona Medusa, à espera de transformar alguém em pedra com o olhar. Mas não era.

— Bem-vindo ao Recife do Pesar, *sir* — pronunciou o vulto.

Peter estava de novo a lutar com o mapa e as rajadas de vento.

— Segura-me neste mapa direito, Ravello — ordenou ele, o mais calmo possível, tal e qual como se sempre tivesse sabido que o seu servidor iria estar ali à sua espera. E Ravello apressou-se a obedecer, abrindo o velino com uma sacudidela do pulso.

Foi Ravello quem lhes explicou o mistério dos carrinhos.

— Estas carcaças enferrujadas e bolorentas que vêem perante vós são tudo o que resta de uma centena de tristes histórias. Estes são os carrinhos e as cadeirinhas em tempos empurrados por parques e veredas e ruas das cidades por amas encarregadas de cuidar de rapazinhos ainda bebés. São estes os carrinhos que essas amas arrumaram à sombra de árvores enquanto passavam pelo sono. Ou que deixaram sem ninguém que os vigiasse enquanto iam comprar um selo. Ou para irem namorar com os seus apaixonados. Estes são os carrinhos que ficaram fora de controlo porque o travão foi deixado solto e soltos desceram por encostas íngremes. Resumindo, são estes os carrinhos de que os rapazes caíram para não mais serem vistos. Estes são os carrinhos que transformaram rapazinhos bebés em Rapazes Perdidos e os iniciaram na sua longa viagem até à Terra do Nunca.

— Como sabe tudo isso? — perguntou Wendy.

O mordomo teve um encolher de ombros filamentoso.

— Eu sou um viajante, *miss*. E quem viaja anda por aí. Ouve coisas. Boatos. Histórias. Permite-me que continue? Estes são pois os carrinhos que as amas freneticamente revistaram, ao verificarem que os rapazes tinham desaparecido, atirando ao chão roupas e brinquedos e rocas e botinhas, a arfar e a fazer «oh!» e «oh, não!». Estes carrinhos vazios são tudo com que as desgraçadas ficaram depois de os pais furiosos as terem despedido e mandado embora sem uma carta de recomendação, sem uma palavra de perdão. Estes são os carrinhos que as amas transformaram em pequenos barcos, remando neles para o mar alto, decididas a procurar por todo o mundo até encontrarem os bebés. Ouvindo dizer que os Rapazes Perdidos eram enviados para a Terra do Nunca, aqui arribaram depois de atravessarem cinco oceanos e, a seu pesar, vieram dar ao Recife do Pesar.

No final da narrativa, uma única pergunta ficara suspensa no ar, muda. Cinco Rapazes Perdidos sentiram uma vontade terrível de a fazer, mas nenhum se atreveu. Wendy fê-la por eles.

— E algum dos Rapazes Perdidos foi alguma vez *encontrado* por uma dessas amas que os procuravam, Sr. Ravello?

— Devemos esperar que não, *miss*! Devemos mesmo esperar que não! Porque imagine a cólera azeda que ia no coração dessas mulheres! Despedidas! Postas porta fora, sem esperança de arranjar outra colocação! Na ruína total! E porquê? Pelo pequeno erro de perder uma criança! Não, não! Essas senhoras não vinham na intenção de *salvar* as crianças que tinham perdido. Que ideia! Lançavam era a responsabilidade dos seus males e sofrimentos sobre os bebés. Toda a doçura da sua natureza fora levada pela água do mar salgado. Estavam meio loucas de beberem água desse mar... e só pensavam... só pensam... na *vingança.*

Os Rapazes Perdidos engoliram em seco e empalideceram, mas Peter fez um gesto com as mãos de quem põe os problemas para trás das costas.

— Ora! Elas eram pessoas crescidas, não eram? Portanto não podiam entrar na Terra do Nunca, pois não?

E toda a gente se sentiu logo tão bem-disposta que foi tomada a decisão unânime de esquecer todos os piratas, Peles-Vermelhas e directores de pista que eram gente crescida e se sabia habitarem na Terra do Nunca.

Avançando aos tropeções pelo estreito promontório, escorregando em algas limosas e assustando um par de focas, a Companhia de Exploradores dirigiu-se para o continente e para as charnecas púrpura que iam vendo cada vez melhor. Lá muito ao longe, conseguiam distinguir a diminuta silhueta do Pico do Nunca, objectivo da viagem. O engenhoso Ravello, desde que chegara ao Recife a cavalo na mala de cabina, não perdera o seu tempo. Enquanto esperava pela chegada das crianças, arrancara as rodas a um par de cadeirinhas e adaptara-as ao baú, de modo que o podia agora rebocar atrás de si, aos saltos e aos solavancos. Serviu-se dele para transportar coisas úteis, como fósforos, um baralho de cartas, chá, pena e tinta, e pedaços de cordel. Embora as ilhas flutuantes ficassem deixadas para trás na baía, bem como os animais do Circo Ravello, parecia que nunca lhe faltavam os ovos de casca borrachosa que comia à noite e de manhã.

As crianças jantaram, como sempre, dos alimentos que a imaginação de Peter fazia aparecer (se bem que Ravello tenha apresentado um saleiro de prata embaciado para temperarem o jantar). Surpreendentemente, os pensamentos de Peter pareciam estar todos virados para coisas do mar, de modo que comeram lagosta e pregado, enguias em geleia e pasta de caranguejo, tudo imaginário. (Tootles teve até uma brotoeja imaginária por ser alérgica a búzios.)

O chão macio da charneca púrpura, que a princípio se afundava um pouco debaixo dos pés, foi-se tornando mais seco a cada milha que percorriam. Em vez de musgo e urzes, em breve nada mais havia senão terra seca cravejada de cactos eriçados de espinhos e atravessada por sarças e silvas rastejantes. Era impossível sentarem-se para descansar e muito menos estenderem-se no chão e dormir. Teria sido o mesmo que deitarem-se numa caixa de agulhas e alfinetes. Fizeram turnos para cavalgar a tampa curva da mala de cabina.

Pendentes dos espinhos e a balouçar em cada silva havia farrapos de tecido, sarja azul ou algodão às riscas, organdi desbotado ou renda branca da bainha de uma saia de baixo. Pouco tempo levaram os exploradores a descobrir porquê. Porque chegaram ao Labirinto.

Uma vastidão de arenito, raiada com todos os tons de azul e cinzento e um triste verde-cipreste, fora escavada por vento e chuva até se tornar numa espécie de favo labiríntico de corredores e passagens. Aberto para o céu, estendia-se em espirais e volutas até onde os olhos conseguiam avistar, cruzando-se e entrecruzando-se, de tal maneira que uma pessoa podia caminhar para trás e para diante e nunca encontrar mais nada senão outro corredor para seguir, outra ravina para descer. E ali dentro, por entre aqueles cones, arcadas e canais listrados como chupa-chupas, inúmeras mulheres corriam de um lado para o outro, chamando, chamando:

— *Henry!*

— *George!*

— *Ignatius!*

— *Jack!*

As suas mãos ansiosas apertavam lenços ou pequenos brinquedos ou cantos de cobertor. Talvez, ao fim e ao cabo, não tivessem sido o vento e a chuva a escavar a rocha macia, mas o agitado pisar das botinas abotoadas ou dos sapatos rasos daquelas mulheres, o roçar das suas longas saias fora de moda, ao caminharem ao acaso pelo Labirinto das...

— *Bruxas!* Tenham cuidado! — sibilou Peter e todos eles se agacharam.

— Mas elas não parecem bruxas — fez notar Tootles, duvidosa. — Onde é que estão os chapéus em bico?

— Gente crescida na Terra do Nunca? O que é que podem ser senão bruxas? — ripostou Pan.

— Temo que Sua Senhoria tenha razão — segredou Ravello. — Este é o Labirinto das Bruxas. Não deixem, de maneira nenhuma, que elas vos vejam ou toquem ou deitem os seus feitiços nos vossos ouvidos. Aquelas são as mulheres de quem vos falei.

— As amas?

— Precisamente. Foi aqui que as suas deambulações as trouxeram. A derrota e a raiva envenenaram-lhes os espíritos e transformaram-nas em bruxas. Foi assim que, por magia, conseguiram entrar na Terra do Nunca. Mas agora, se virem uma criança, qualquer criança, apanham-na e lavam-na; mudam-lhe as meias e dão-lhe a comer papa; obrigam-na a aprender a tabuada e a ir para a cama quando ainda é dia. Inclusive, provavelmente, até são capazes de a *beijar.*

Os rapazes contorceram-se e fizeram caretas, meteram a cabeça entre os ombros e arrepiaram-se.

Como a compor o ramalhete, Ravello acrescentou:

— Depois assam a criança e comem-na.

— Tinham um nome diferente no mapa, creio eu — cogitou Wendy. — O Labirinto das... dos... outra coisa qualquer.

Mas Peter (ainda todo inchado por lhe terem chamado «Sua Senhoria») desenrolou o mapa para verificar e assegurou-lhe que sim senhor, era isso mesmo, o Labirinto das Bruxas. (Mas agradeço que se lembrem de que ele não sabia ler.)

— *Edgar!*

— *Edmund!*

— *Paul!*

— *Jamie!*

As bruxas continuavam com o seu sinistro grito de caça. Entre os apelos, era possível ouvi-las fungando — fungando muito audivelmente — como que a tentar apanhar o rasto da presa.

Avançando a rastejar sobre as barrigas, raspando os joelhos e os pulsos no arenito áspero, os Exploradores prosseguiram, milímetro a milímetro. Dentro de poucos minutos estavam irremediavelmente perdidos. Já não sabiam de que lado tinham vindo nem por onde podiam sair. Algumas das passagens eram becos sem saída. Outras estreitavam tanto que os ombros mais encolhidos não conseguiriam passar. Outras ainda contorciam-se e viravam para os lados ou para trás tantas vezes que as crianças acabavam por perder qualquer sentido de direcção. John riscou um J na pedra com a ponta da sua espada de espadarte e, durante a hora seguinte, passaram pela marca quatro vezes. As rodas de carrinho de bebé adaptadas à mala, por olear, chiavam e o conteúdo resvalava e matraqueava à medida que ia sacolejando atrás deles. Mas as bruxas faziam tal barulho...

— *Chindji!*

— *Pierre!*

— *Ivan!*

— *Ali!*

... que não havia a mínima possibilidade de ouvirem. Vindos de trás e da frente, de cima e de baixo, da direita e da esquerda, soavam os gritos das bruxas à caça das crianças:

— *Percival!*

— *Richard!*

— *Billy!*

— *Rudyard!*

As pedras libertavam também um estranho odor, que trazia consigo a dor das lágrimas. Foi Slightly o primeiro a começar a chorar, com grandes lágrimas a caírem-lhe nas mãos enquanto ele continuava a rastejar. O Labirinto ressumava tristeza e a tristeza era tão contagiosa como a gripe.

— *Florizel?*

Mesmo no caminho, surgiu-lhes uma das bruxas, com a bainha da saia esfarrapada, sapatilhas de balé todas gastas, mas com um colar brilhando ainda em volta do pescoço. Uma velha pena de avestruz caía-lhe sobre o rosto e ela desviou-a para os ver melhor.

— És tu, Florry? És tu?

Peter tentou rastejar para trás mas foi de encontro a Curly. A bruxa gritou o nome repetidamente, tão alto que John tapou os ouvidos com as mãos. Depois, outras bruxas foram atraídas pelo barulho.

— *Crianças? Há crianças?*

— *Crianças!*

Vieram às dezenas, empurrando-se para deitar uma olhadela, deixaram os sapatos para trás sem dar por isso, largaram brinquedos e rocas na sua pressa. Aquele seu lamento fúnebre ecoava por todos os lados. Estendiam os braços, com as mãos em concha, e voltavam os rostos para o céu, implorando:

— *Por favor! Por favor permiti que seja ele!*

Os Exploradores puseram-se em pé de um salto e desataram a correr, escapando-se para aqui e para ali, de cabeça baixa, escorregando por ravinas e saltando de crista em crista. Levada a reboque por Ravello, a mala de cabina saltava, ora em frente, ora para o alto, deitando bruxas ao chão, arrancando-lhes biberões e chupetas das mãos. Mas essas mesmas mãos agarraram-se ao mordomo, segurando e prendendo a sua lanuda vestimenta, como se quisessem fazê-lo em pedaços.

— *Wilfred?*

— *Matela?*

— *François?*

— *Roald?*

Cego pelas lágrimas, Slightly esbarrou contra uma outra bruxa, uma mulher que, com os seus olhos profundos, era de tal beleza que foi como se o sangue se lhe transformasse em música de *blues* e o seu coração em dor. Por um momento, ela segurou-lhe o rosto entre as mãos e ficaram a olhar um para o outro. Havia também um labirinto na íris verde dos olhos dela... Depois Slightly libertou-se e fugiu, correndo como um gamo.

No bolso da sobrecasaca vermelha, a bússola batia contra a perna de Peter. Puxou por ela e (por muito que tivesse mais pontas que um ouriço assustado) determinou para onde devia correr. Só que havia demasiadas bruxas. Da frente e de trás, da direita e da esquerda, de cima e de baixo, iam fechando o cerco.

— *Klaus!*

— *Johan!*

— *Ai De!*

— *Pedro!*

Slightly parou de correr. Encostou-se a uma parede de rocha rosada, iluminada pelo sol, engolindo ar, engolindo o medo. Depois, com as bruxas a avançarem para ele numa multidão ululante, puxou do clarinete e começou a tocar.

As notas soluçaram ao longo do Labirinto. Que triste e obsessiva era a melodia... mas também podia ter sido metralha disparada de um canhão à queima-roupa. Porque as bruxas pararam a meio dos seus passos, levando as mãos ao coração. E Slightly continuou a tocar, a mesma melodia uma e outra vez. De entre as filas de mulheres, apenas uma voz, de sotaque escocês, lembrou as palavras:

Não queres tu voltar outra vez?
Não queres tu voltar outra vez?
Mais amado não poderás ser.
Não queres tu voltar outra vez?

Atrevo-me a afirmar que nenhum de vós chora, nem tentou alguma vez fazê-lo, enquanto toca clarinete, de maneira que vou dizer como é: os lábios não conseguem manter a posição e o nariz não pára de pingar. Era difícil tocar, como nunca fora. Mesmo assim, Slightly conseguiu chegar a dezasseis versos, enquanto as bruxas oscilavam e se agitavam em frente dele, como salgueiros chorões, e as palavras ecoavam em redor. Como Horácio defendendo a ponte[14], como Rolando

[14] Refere-se a Horácio Cocles, soldado romano que, com os seus companheiros, defendeu contra uma invasão etrusca a ponte Sublícia, sobre o rio Tibre, em 508 a. C.

em Roncesvalles[15], Slightly tocou clarinete enquanto os seus amigos fugiam para sítio seguro. Só quando os olhos de todas as mulheres estavam fechados num êxtase de dor, e os exploradores seus companheiros se tinham afastado o suficiente, é que ele se lançou em **corrida!**

E toda a Companhia correu, até que o arenito macio e listrado debaixo dos seus pés deu lugar a erva e, mesmo então, continuaram a correr. Correram até encontrar árvores e essas árvores ergueram os ramos numa rendição: *Alto!* Correram até ficarem com os pulmões pendendo dentro deles como morcegos numa caverna. Então, ofegando, arquejando, agarrados aos joelhos e surdos com o bater dos seus corações, esperaram que Slightly os alcançasse.

— Foste incrível! — aplaudiram-no.

— E tão esperto!

— Maravilhoso!

— É muito difícil de aprender?

E a Companhia de Exploradores juntou-se ao redor de Slightly para o louvar e felicitar. (Fogo-Alado teve tanta inveja que mordeu o Béu-Béu.)

— Muito bem, sem dúvida — concordou Ravello, tirando o necessário para o chá da tarde da mala de cabina. — Merece ser cumprimentado, jovem cavalheiro, pelo seu génio musical.

Slightly foi ficando cada vez mais corado.

— Elas pareceram-me mais tristes do que zangadas — comentou ele (pois era sensível aos sentimentos das outras pessoas). — Aquelas senhoras... Tem a certeza de que elas nos queriam comer?

— Algumas poderão ser vegetarianas — apressou-se Ravello a responder. Depois chamou Slightly de parte para lhe

[15] Em *A Canção de Rolando*, poema épico francês escrito, na versão mais antiga, por volta de 1110, o herói, comandando a retaguarda do exército de Carlos Magno, é o último a morrer sob o ataque de forças muçulmanas muito superiores às suas em número, só nessa altura soprando a sua trompa, Olifante, a pedir auxílio.

dar um aperto de mão. (O que significa que Slightly se viu com a palma da mão cheia de lã frisada.) — Foi totalmente graças a vós que conseguimos escapar! Uma tal perícia, uma tão grande arte! Um maestro em potência! Presumo que seja o que quer vir a ser, não? Quando for grande? Um músico?

Slightly ainda tinha as orelhas a arder de tanto cumprimento.

— Eu? — disse ele, tentando ver o bastante da cara de Ravello para decidir se ele estava a brincar. Mas os olhos castanhos pálidos fitos nos seus eram sinceros e intensos, enquanto a manga se desfiava e voltava a desfiar. Rolos inteiros de lã enchiam as mãos de Slightly.

E de repente viu uma figura na sua cabeça, como reflexos numa Casa dos Espelhos. Era ele próprio como homem adulto, com mil melodias arrumadas na cabeça como pombas no chapéu de um ilusionista, a tocar clarinete sem uma única nota errada, um mar de rostos sorrindo de prazer enquanto ele, de lábios franzidos e olhos fechados, soprava música para o mundo como quem sopra bolas de sabão.

— Ah, sim! — respondeu Slightly. — Bem *gostaria* de ser um desses quando for grande!

— Então quem é que o pode impedir? — perguntou o Homem Esfiapado. E os seus olhos brilharam de puro prazer, antes de lhe virar as costas.

12
QUINHÕES IGUAIS

Ele nunca dormia. Wendy, que aconchegava todos os outros à noite e lhes ouvia os sonhos de manhã, não podia deixar de notar. O Homem Esfiapado não dormia de todo e ficava a pé toda a noite, remendando a sua indumentária esfarrapada. Era muito hábil com agulha e linha e até capaz de coser só com uma das mãos. E, entretanto, os seus olhos perscrutavam a escuridão e a sua cabeça inclinava-se para um lado e para o outro, como se estivesse à escuta... de quê? De algum perigo? Sim, devia estar a guardá-los do perigo, mas Wendy preferia não perguntar de que género.

Os Exploradores viram uma série de coisas espantosas nos dias que se seguiram. Viram colinas que subiam e desciam, como se respirassem. Viram rios que corriam para cima nas encostas, flores que abriam as suas corolas e cantavam, árvores que apanhavam pássaros no ar e os comiam, seixos que flutuavam como rolhas. John pisou uma miragem e afundou-se até à cintura, ao passo que Tootles conseguiu atravessar um rio usando apenas os peixes como poldras. Certa vez até choveram castanhas-da-índia sem haver uma única árvore à vista.

— O que aconteceu ao Verão? — perguntou Slightly, recordando vagamente tempos mais ensoalhados.

Mas Peter Pan limitou-se a encolher os ombros, como se não tivesse dado por nada.

— Se calhar, perdeu-se — alvitrou.

Para passar o tempo, conversaram acerca do que iriam encontrar, quando chegassem finalmente ao Pico do Nunca e à arca do tesouro lá escondida. Os Gémeos sugeriram dobrões de ouro e pesos de prata espanhóis. Mas, na Terra do Nunca, os arco-íris erguem-se com as duas pontas no chão de maneira que, quando o tempo está de feição, podemos ir facilmente até uma das pontas do arco-íris e desenterrar um pote de ouro, se estivermos para aí virados. Resulta daí que não há nada de muito maravilhoso em moedas de ouro (a não ser que sejam de chocolate por dentro).

Tootles pensou que haveria coroas e tiaras, colares de diamantes e relógios de bolso dourados.

— É o tipo de coisas que o Gancho roubaria às pobres e indefesas princesas e sultanas que caíssem nas suas mãos impiedosas! — explicou.

Fogo-Alado pensou em sorvete de limão. Béu-Béu punha as esperanças em costeletas de carneiro. Wendy lembrou-se de peças de seda indiana, livros de gravuras pintadas à mão e ovos Fabergé[16] da Rússia.

— Os Fabergês não põem ovos! — declarou Peter com uma fungadela de desprezo, embora não dissesse qual o tesouro que *ele* esperava encontrar na arca. Ravello, correndo o pente com lentidão pelo cabelo de Peter, enrolando os caracóis brilhantes em volta de um lápis, não disse nada.

— E o senhor o que desejaria, Sr. Ravello? — perguntou Wendy.

O pente estacou. As sobrancelhas uniram-se de tal modo que só podiam sugerir uma terrível dor de cabeça por trás dos olhos do mordomo.

---

[16] Carl Fabergé, ourives russo, criou em 1884, para o czar Alexandre III, o seu primeiro «ovo de Páscoa», uma peça de joalharia de grande fantasia e riqueza, a que se seguiram muitos outros que o czar e depois o filho e sucessor deste, Nicolau II, passaram a oferecer às esposas todas as Páscoas.

— Eu não posso desejar, *miss* — retorquiu Ravello. — Tal como não posso sonhar. Para qualquer das coisas, um homem tem de dormir. E eu não durmo, está a ver?

— Tudo depende daquilo que o Gancho mais apreciava no mundo — argumentou Slightly que prosseguia ao longo da sua privativa linha de pensamento. — Porque é isso que um tesouro é, não é? A coisa que mais se deseja do mundo inteiro e que queremos guardar e que seja sempre nossa!

Ao que Fogo-Alado guinchou:

— *Os olhos dos seus inimigos!* —, dando origem a que toda a gente lhe atirasse coisas.

— *Mas o que foi?* — protestou ele.

— *Parece-me que os piratas hão-de comer olhos em vez de sorvete de limão! O que é que há para a ceia?*

Ravello puxou pela toalha de mesa e estendeu-a no chão com o sal no meio. Sentaram-se todos em volta, com as pernas cruzadas, e Peter começou a imaginar qualquer coisa para comerem.

— Qual é a ementa, Capitão? — perguntou John, alisando o tecido branco.

Uma ruga sulcou de alto a baixo a testa de Peter, fazendo-lhe erguer as sobrancelhas como umas asitas de anjo.

— Não me lembro — respondeu. — Não estou com fome. Podem comer a minha parte, se quiserem.

Toda a gente estendeu as mãos para a comida invisível. Havia um leve cheiro a couve-flor e alfena. Curly pensou que os seus dedos tinham roçado uma couve ou uma colher, mas ninguém conseguia pôr realmente as mãos no seu quinhão de comida. Slightly, que estava com problemas para meter as longas pernas por baixo de si, estendeu desajeitadamente a mão e fez cair o saleiro.

— *Pelo Kraken*[17] *e por Cracatoa*[18]*!* — berrou Peter Pan, pondo-se em pé de um salto. — *Metam-me pedras nas botas desse rapaz e dêem-no a comer aos peixes!*

---

[17] Na lenda, o «Kraken» era um gigantesco monstro marinho que provocava enormes remoinhos ao largo da costa da Noruega.

[18] A ilha de Cracatoa, na Indonésia, entre Samatra e Java, foi destruída por uma erupção vulcânica em 1883.

A Liga fitou-o, em sobressalto. Peter arregalou-lhes os olhos.

— *Então não viram? Estão todos cegos ou quê? O raio do desastrado entornou o sal! Será que quer trazer-nos má sorte a todos? Por todos os ovéns da minha enfrechadura, não sei que me impede de o marcar a fogo ou o abandonar já aqui e agora!*

Todos os olhos se voltaram para Slightly que corou, endireitou o saleiro e pediu desculpa.

— Não sabia que eras supersticioso, Peter — comentou Wendy, preocupada pelo modo como as grandes veias púrpura lhe pulsavam no pescoço delgado e branco.

— Eu, uma vez, vi cinco gatos pretos... — começou Tootles a dizer. Mas logo se interrompeu, sem conseguir lembrar-se se os gatos pretos davam boa ou má sorte.

— *Um é dor, dois alegria...* — alvitrou um dos Gémeos.

— Não, em Inglaterra isso é para pegas — emendou o irmão. — Ou para bebés.

A refeição mergulhou no silêncio e depois terminou, porque as refeições não duram muito quando não há nada para comer. Quando se preparavam para voltar a caminhar, Slightly foi mandado para o fim da fila. Ninguém sentiu vontade de comentar que não tinham ceado, não fosse o Chefe perder a paciência com eles também. Ravello sacudiu da toalha o sal delinquente, dobrou-a e voltou a metê-la na mala de cabina, não sem antes retirar Fogo-Alado, que tinha adormecido na gaveta dos colarinhos. Béu-Béu partiu em reconhecimento, à procura de algo mais substancial do que coisa nenhuma.

Ainda a tremer, como um gato que levou uma pisadela, Slightly deixou-se ficar para trás dos restantes. Ficou contente quando Fogo-Alado apareceu e lhe pousou no ombro. A Fogo-Alado pouco se lhe dava que Slightly se tivesse tornado subitamente desajeitado. Sentia devoção por aquele rapaz que lhe chamara um «mentiroso de todo o tamanho» e podia fazer soar notas musicais de «dó» a «si».

— *Quando fores maior, vais poder tocar mais do que o dó-ré-mi?* — perguntou Fogo-Alado.

— Não — esclareceu Slightly. — Temos de nos contentar com sete notas.

Não havia nada de que Fogo-Alado mais gostasse que de dar caça às notas que saíam do clarinete de Slightly e comê-las como se fossem chocolates nascidos no ar. As breves eram as melhores, encorpadas e redondas, com centros cremosos. As fusas eram espumosas, mas precisava de dezenas delas para encher a boca uma vez. As sustenidas eram ácidas como limões e as bemóis deslizavam como fatias de pepino cortadas muito finas. Slightly riu-se ao ver o serzinho mágico trincá-las a todas, fazendo-as rebentar, o que o ajudou a recuperar do choque de Peter a gritar com ele.

— *Mais música! Mais música!* — insistia Fogo-Alado.

— O que é que se diz? — perguntou-lhe Slightly, que conhecia a importância das boas maneiras.

— *Sei lá!* — replicou Fogo-Alado que as não conhecia. Quanto mais alta era a nota, tanto mais alto Fogo-Alado tinha de voar para a rebentar

— Que vês tu aí de cima? — gritou-lhe Slightly, enquanto o ser mágico se lançava atrás de um lá particularmente alto.

— *Uuuuh! Longe, muito longe. O monte Etna e o rio Pó!* — gritou Fogo-Alado em resposta. — *Mais alto! Mais alto!*

— Aldrabãozinho! — bradou-lhe Slightly. E tocou uma escala mais alta. Fogo-Alado voava cada vez mais alto. — E agora o que é que vês?

— *Uuuuh! Para além do horizonte! Constantinopla e Tombuctu! Mais alto! Mais alto!*

— Aldrabãozinho! — disse Slightly com um sorriso. E, depois de ter tocado a nota mais alta do clarinete, pô-lo de lado e, em vez disso, começou a assobiar. — O que é que vês agora?

— *Uuuuh! Consigo ver o passado! Vejo os Astecas e os Viquingues!* — redarguiu Fogo-Alado com a boca cheia de semínimas. — *Mais alto! Mais alto!*

— Aldrabãozinho! — repetiu Slightly, rindo e voltando a assobiar, ainda mais agudamente.

— *Amarra-me esse assobio, ó marujo desastrado!* — De súbito, Peter Pan estava em frente dele, as bochechas vermelhas como fogo e os olhos arregalados. — *Estás a ver se acordas a Má Sorte?*

Slightly sentiu os cabelos da nuca a porem-se-lhe em pé de terror.

— Desculpe, Capitão — sussurrou.

— *Não sabes que dá azar assobiar a bordo!?*

— Mas nós não estamos... — começou ainda Slightly a ciciar. Mas as palavras fugiram-lhe perante a fúria de Peter.

— *Uuuuh! Vejo emboscados e atacantes!* — soou como uma flauta a voz de Fogo-Alado muito acima deles. — *Emboscadores no bosque!* — Mas, claro, ninguém lhe ligou a mínima importância, porque estava sempre a mentir. — *Olhem que as fadas morrem, quando as ignoram!* — queixou-se ele.

Peter assentou as palmas das mãos no peito de Slightly e deu-lhe um empurrão que o fez cair de costas.

— Afasta-te mais de nós, ou não podes? Fica lá com a tua má sorte!

Os outros Exploradores entreolharam-se. Os lábios de Tootles tremeram e os seus dedos, sem que ela reparasse, foram tocar no superior. Ravello pareceu não ter dado pelo tumulto e seguiu em frente, de cabeça baixa, arrastando a mala de cabina para um bosque. Seguiram atrás dele, em fila indiana, porque a vereda era estreita. Wendy ia logo atrás de Peter, observando como as abas do casacão vermelho balouçavam para um e outro lado, como o seu cabelo encaracolado lhe dançava de um modo engraçado sobre o colarinho.

— Não pareces a mesma pessoa, Peter — disse-lhe. — A falar verdade, há bocadinho quase não te reconhecia.

— Ora — redarguiu Peter —, isto das aventuras é tão aborrecido! Não tivemos uma única batalha desde que desembarcámos!

Mas logo tossiu, enxugou a testa com o lenço que Wendy lhe emprestara e não se voltou para olhar para ela, nem uma vez sequer.

Bosques frondosos deram lugar a pinheirais sem vida. Depois do pôr do Sol, quando se sentaram para cear, Peter anunciou que não ia haver comida para Slightly, porque ele tinha assobiado e assobiar dava azar (perante o que Wendy decidiu desde logo dar toda a sua ceia a Slightly). O resto da expedição ficou à espera, com água na boca, e uns esperavam que fosse bolo de limão, outros salsichas...

Mas a verdade é que não houve comida para ninguém. Não apareceu nada em cima da branca toalha de mesa. Uma vez atrás de outra, Peter tentou imaginá-la. Quando viu que a tarte de maçã não aparecia, tentou simplesmente frutos e vegetais. Mas, por mais que a Liga apalpasse dentro e fora dos pratos, tacteando avidamente a toalha com as mãos, não sentiram laranjas invisíveis, nem salsa ou cenouras, nem sequer repolho que fosse.

— Os pássaros devem ter comido tudo da minha cabeça — concluiu Peter, horrorizado. — Ou fadas esfomeadas. Ou é o azar que o Slightly nos trouxe com essa coisa de entornar o sal e de assobiar.

Fosse quem fosse o culpado, o seu dom mágico fora-se, tão seguramente como um livro roubado de uma biblioteca, e os membros da Liga foram para a cama esfomeados, tão esfomeados que nem conseguiram dormir. A Lua parecia-lhes um grande queijo redondo e as estrelas, migalhas de pão. O zumbir dos insectos lembrava o barulho de sopa a ferver, o plop da chuva era como o clop dos cascos do cavalo do leiteiro. Os estômagos gorgolejavam. Tinham tanta fome que até se lembraram desejosamente dos ovos borrachosos de Ravello, perguntando-se se não conseguiriam persuadi-lo a partilhá-los...

A sua voz profunda e aveludada soou no escuro:

— É claro que há bolachas de marinheiro na mala de cabina.

Em escassos segundos, estavam todos a gritar em volta da mala, pesquisando-a à luz de pirilampos com asas e sem elas, tentando lembrar como se dividem trinta e três biscoitos por oito bocas esfomeadas.

— Quando os encontrarmos, temos de os fazer durar! — preveniu Wendy, sempre sensata. — Ninguém deve comer a sua ração logo de uma vez.

Remexeram em livros e botas de marinheiro, um vento de sudoeste e um colete de salvação, tinteiro e penas, mapas e bússolas. Mas a única coisa que encontraram no fundo foram os invólucros vazios de três embalagens de bolachas e uma data de gorgulhos.

«F-O-G-O-A-L-A-D-O!»

O pequeno ser mágico comera-as até à última.

A fome ameaçava-os como uma alcateia de lobos, pois o dom de Peter perdera-se, tal como todas as suas rações. Quando Fogo-Alado se introduzira na mala de cabina e se servira dos últimos víveres, também podia, já agora, ter-lhes envenenado o chá ou queimado as roupas quentes. Olharam a paisagem em redor e já não lhes pareceu acolhedora. Deixara de abrir as abas do casaco para com eles partilhar ocultas maravilhas. Não passava agora de uma despensa, vasta, hostil e VAZIA.

Sabem qual é o pior defeito dos seres mágicos? Nunca pedem desculpa. Aquelas bocas minúsculas sempre tão prontas a engolir notas musicais, bolachas, botões, bolotas e cebolas de Primavera, pura e simplesmente não são capazes de colocar os dentes em volta das palavras «por favor» ou «perdão». De maneira que, quando Peter mandou vir à sua presença a ávida criaturinha e lhe perguntou o que tinha a dizer em sua defesa, o pequeno devorador azul limitou-se a encolher os ombros e a dizer: *«Estava com fome!»*, como se isso explicasse tudo.

Peter puxou da espada — *«Oh, Peter, não!»* — e desenhou no ar uma janela — um caixilho completo, com vidros, peitoril e fecho. Depois abriu-a e enxotou Fogo-Alado lá para fora, como o faria a uma vespa que lhe tivesse entrado em casa.

— Ponho-te na rua, peste, por teres ficado com mais do que a tua parte!

A janela cerrou-se. Todos ouviram o clique do fecho. Lá de trás, Fogo-Alado gritou: *«As fadas morrem se as ignoram, não sabiam?»,* mas foram proibidos de lhe responder.

A fome roncava em oito pequenos estômagos. Enrolaram-se nos seus casacos de cobertor e puseram-se a dormir, na esperança de sonharem com comida.

De manhã, ao acordar, deram com a toalha estendida numa cama de caruma e Peter sentado ao pé, de pernas cruzadas. Tinha tirado o seu casaco vermelho para lhe servir de almofada. Em frente dele, alinhavam-se oito pratos e ele estava a dividir bagas em porções iguais.

— Uma para ti. Uma para ela. Duas para os Gémeos. Uma para...

Ao ver que eles o observavam, ergueu um punhado de brilhantes frutos vermelhos numa saudação.

— Quinhões iguais! — bradou, rindo.

— Onde foi que tu...? — começou Wendy a perguntar, atónita.

— Andei a voar ao luar! Segui os mochos e espiei os morcegos. Onde se esgueira a abelha, também me esgueirei eu. Ah, a esperteza de Pan!

Ainda havia algo de luar no seu rosto, uma palidez prateada, bronzeado da lua.

— Julgo podermos afirmar que Sua Excelência, o Rapaz Maravilha, salvou a situação! — comentou Ravello com uma vénia reverente e ajudando Peter a vestir de novo o casaco vermelho. Encantados, os Gémeos puseram-se a bater palmas e o resto dos Darlings juntou-se a eles.

As bagas eram vermelhas e duras como balas. Uma podia saber a cereja e logo a seguinte a tomate ou presunto. Esfiapado salpicou-as liberalmente com sal. Para amaciar as sementes, dizia ele. Peter Pan quase se esqueceu de comer a sua parte, de tão ocupado em se deliciar com as palavras «Sua Excelência, o Rapaz Maravilha».

Mais tarde, ao passarem por um denso bosque de coníferas, o Rapaz Maravilha mostrou-lhes onde as tinha apanhado, lá em cima, entre os ramos mais altos. Os Gémeos lançaram-se em corrida para saltar e apanhar mais, mas não tinham altura que chegasse. Wendy também não conseguiu, nem Tootles. E, feitas as contas, nem Curly. Enquanto Peter se erguia sem esforço do chão, a colher mais bagas para a viagem, os outros cerraram os punhos, dobraram os joelhos e tentaram reunir pensamentos felizes com toda a força. Uma chuva fria e constante, bem como uma escassez de pó-de-fada, tornaram a coisa demasiado difícil.

Slightly, ansioso por se tornar útil e voltar a cair nas boas graças de Peter, apressou-se a vir lá da retaguarda, pôs-se em bicos dos pés, estendeu os braços o mais alto que lhe foi possível e apanhou três punhados de frutos vermelhos.

— *Apaguem o nome daquele rapaz e larguem-no à deriva!*

Com os pés firmemente pousados num ramo alto, a mão no punho da espada, Peter Pan apontou um dedo acusador para Slightly, pronunciando as palavras que todo o Rapaz Perdido teme ouvir:

— *Expulsem-no por traidor e vira-casacas! Mandem-no para a Terra do Nada! Que nunca ninguém lhe volte alguma vez a falar!*

— Oh, Peter! — implorou Wendy, erguendo a mão para o deter. Mas era impossível tocar em Peter, empoleirado no ramo como uma águia terrível olhando a sua presa. Teve de deitar a cabeça toda para trás para o ver e a chuva escorreu-lhe para os olhos. — Oh, Peter! Mas o que fez ele? Só apanhou umas...

Peter desceu da árvore como um falcão, terrífico. Arrancou a espada de espadarte do cinto de Slightly e quebrou-a no joelho.

— Então não vês? Ele é o que faltou ao juramento! A grande, a comprida serpente que rasteja na erva!

E veio colocar-se, como já fizera antes, cara a cara com Slightly (com a excepção de que o seu nariz estava agora ao nível do botão de cima da camisa de Slightly).

Talvez tivesse sido culpa daquela bruxa que segurara o rosto de Slightly entre as mãos. Ou talvez por ele ter entrado na Terra do Nunca por meios ilícitos (fazendo um túnel na roupa até aos pés da cama). Talvez a culpa fosse do Tempo, mudando o verde do Verão para vermelho e dourado, pondo o sino de bordo a tocar. Ou talvez ele fosse realmente um traidor. Fosse qual fosse a causa, Slightly Darling estava *a crescer* — não havia que negar. Já ultrapassava Peter por uns ombros e uma cabeça, e conseguia chegar às bagas que mais ninguém podia alcançar do chão.

Peter puxou da espada — *«Oh, por favor, Capitão, não!»* — e com a ponta desenhou no ar uma grade levadiça completa, com corda e roda e ameaçadores espigões de ferro. Depois, ergueu a grade, obrigou Slightly a recuar através dela com a ponta da espada, e voltou a baixá-la, deixando-o de fora.

— Todos vocês juraram que não cresciam — lembrou Peter, desafiando-os a objectar. — Essa é a única Regra. E Slightly faltou a ela.

Como podiam eles discutir? Uma vez mais os exploradores formaram em fila, uns atrás dos outros, e retomaram a sua longa caminhada em direcção ao Pico do Nunca. Relanceando o olhar por cima do ombro, para onde Slightly permanecia imóvel, à chuva, Wendy viu que a camisa de noite mal lhe alcançava agora os joelhos e o clarinete parecia mais pequeno do que antes. A distância ajudou. Quanto mais se iam afastando, tanto mais pequeno parecia aquele vulto patético na vereda. Quase o poderiam tomar por um rapazito perdido, no meio da chuva.

13

TOMANDO PARTIDO

Uma música obcecante, ansiosa, vinha flutuando até eles na brisa. A primeira coisa em cada manhã, a última em cada anoitecer, o som do clarinete de Slightly alcançava-os, vindo do seu desterro. Compreendiam que Slightly fizera mal ao crescer e queriam afastá-lo dos seus espíritos, como Peter dissera que deviam fazer. Mas é difícil esquecer alguém que se encontra ainda à distância de o podermos ouvir.

A progressão tornava-se mais difícil. Os pinhais tinham dado lugar a meros troncos, uma paisagem de paus nus, tão destituídos de folhas e de vida como mastros de navio num banco de areia. O autor do mapa chamara àquele local o Deserto Sedento, o que estava obviamente errado. Porque não era de modo algum o *deserto* que estava sedento, mas quem quer que por ele viajasse. Não havia lagos nem rios de onde beber e, ainda mais com o sal nos seus jantares, a Companhia de Exploradores tinha a boca ressequida. Peter fora à frente, tentando encontrar uma fonte ou ribeiro. E, uma vez mais, o vento trouxe até eles a música de Slightly.

— O que lhe irá acontecer? — inquietou-se Wendy.

Estava apenas a pensar em voz alta, mas Ravello ergueu os olhos do seu trabalho, limpar as botas de Pan, e respondeu-lhe.

— Sem dúvida alguma, *miss*, vai tornar-se um dos Rugidores, andando por aí desvairado e sem destino, alimentando-se de pratos de vingança fria.

— Gaaa — fez um dos Gémeos. — Isso é como quê, pudim de arroz?

À falta de graxa, Ravello cuspiu na bota e deu-lhe lustro servindo-se da cauda do seu informe casacão.

— Não, não é bem isso, Patrão Darling. Nunca ouviu dizer que *«A vingança é um prato que se come frio»*? É claro que as bruxas podem apanhá-lo antes disso.

— Quem são os Rugidores? — quis saber John, temendo por momentos que Slightly pudesse divertir-se mais com eles do que com os Exploradores.

— Os Rugidores? — E Ravello pareceu admirar-se perante tal ignorância. — Nunca pensei que Sua Suprema Majestade vos não tivesse falado deles há muito tempo. — (Ah, como Peter se teria deliciado com aquele «Sua Suprema Majestade» se ali estivesse.) — Os Rugidores. Os Rapazes Altos. Os Rapazes Altos Perdidos. São aqueles que Peter expulsou por quebrarem a Regra. Por crescerem. Pô-los fora e agora vagabundeiam pelos lugares selvagens, vivendo do banditismo e da violência. Cruéis da cabeça aos pés.

— Ninguém é totalmente mau — apressou-se Wendy a dizer, sabendo que Slightly nunca poderia fazer tais coisas.

A voz do mordomo não era conflituosa. Pelo contrário, permaneceu tão calma e harmoniosa como a de um cordeirinho.

— E porque havia a bondade de permanecer, *miss*? Veja bem. Negligenciados e perdidos pelas mães, são despachados para a Terra do Nunca, com o coração nas mãos. Mas, ah, abençoado alívio!, vêem-se acolhidos no bem-estar do abrigo secreto e da casa entre as árvores, num mundo de amigos e divertimento. Voltaram a ter o seu lugar! A vida é perfeita! Mas, um dia, os pulsos saem-lhes pelos punhos da camisa, as calças ficam-lhes curtas. E, por este pecado, perdem o seu lugar no Paraíso. São banidos, postos fora da porta como garrafas de leite vazias, desprezados e rejeitados, e desta vez precisamente pelo seu *melhor amigo do mundo*.

A Liga vacilou. Houve um súbito arfar. Postas daquela maneira, as coisas pareciam tão... duras.

— Não podem voltar a casa porque são adultos e os adultos (como sabem) não podem voar. De maneira que ficam presos na Terra do Nunca, mas sem nenhuma das alegrias e benefícios que lhes deviam ser concedidos. Os seus corações encarquilham-se, como maçãs deixadas tempo de mais na árvore. O Ódio e o Desapontamento penetram neles tão profundamente como lagartas. Reparem. Aprendemos o amor nos joelhos da nossa mãe — ronronou a voz de Ravello —, e a traição, quando ela se cansa de nós e as suas saias se afastam com um sussurro para longe. Se os amigos nos viram também as costas, ora bem! Porque não o banditismo? Porque não cortar goelas? Porque não uma vida de crime? O desespero dá cabo do coração de qualquer rapaz.

Ergueu as botas que estivera a limpar, com um braço enfiado em cada uma para admirar o brilho do couro. E prosseguiu:

— Não. Domei ursos e domei leões, *miss*. Graças a um misto de amor e medo, domei todos os tipos de animais. Mas não é possível domar os Rugidores. Já nada têm a temer e, sensatamente, aprenderam a nunca voltar a amar.

As botas, muito brilhantes, estavam de pé no meio deles, como se Pan ali se encontrasse, mas invisível. O director de pista fez uma vénia extravagantemente rasgada àquelas botas vazias e continuou ainda:

— Mas o certo é que o Sr. Slightly quebrou a Regra de Ouro e o Sr. Slightly pagou por isso. Que outra coisa podia o Rapaz Maravilhoso fazer? É essa a Lei de Pan!

O som do clarinete de Slightly voou-lhes rápido sobre as cabeças como uma andorinha de Verão e todos, incluindo Ravello, baixaram a cabeça, temendo que se lhes emaranhasse nos cabelos.

E saindo desse mesmo céu regressou Peter, com cada perna a deslizar para dentro de sua bota, como uma adaga na bainha. Trazia notícias de uma queda-d'água mais adiante e a Companhia de Exploradores, com todos os seus membros de bocas ressequidas pela sede, puseram-se em pé de um salto e apressaram-se a seguir caminho.

Era uma queda-d'água auto-suficiente, sem um rio a correr até à beira, nem um rio a fluir dela, apenas uma cascata de água cobrindo uma parede de rocha tão alta como a Árvore do Nunca e tão lisa como vidro. Aproximaram-se tanto quanto a coragem lhes permitiu, com as bocas bem abertas, deixando que as gotas geladas lhes escorressem para a garganta. Era delicioso. Tão branca e ondulante como nevoeiro, a água pulverizada envolvia-os, prateando-lhes o cabelo com minúsculas gotas. Quando o Sol apareceu e brilhou sobre aquele chuvisco ondulante, surgiram também arco-íris. E quando, muito acima deles, se formou uma nuvem furta-cores, cintilante, só puderam abrir a boca perante a sua simples Beleza.

Não é que a Beleza tenha lugar de destaque na lista de desejos de qualquer criança. Não iria gastar a semanada para a comprar. Nem raparia o prato se fosse isso o que lhe dessem para jantar. A verdade é que, na maior parte dos dias, a Beleza não lhe merece um reparo ou sequer um pensamento fugidio. Mas aquela visão em particular lançou um feitiço de raro espanto sobre os Exploradores, e assim os deixou a olhar para cima, de boca aberta, para aquele caleidoscópio de lilás, azul, malva e púrpura alternantes. Como foi que disse certo escritor? *Às vezes a Beleza ferve, vai por fora, e então há espíritos à solta.*

Uma a uma, as pintas individuais de cor separaram-se e vieram planando para a terra, como pétalas de rosa no fim do Verão. Roçaram os rostos erguidos, poisaram sobre os ombros. E cada vez mais vinham caindo. Uma neve ligeira de flocos de cor. E, tal como a neve, hipnotizou-os com aquele turbilhão entontecedor de lindeza. Em vez dos borrifos da cascata, sentiam apenas o toque suave de mil milhares de fragmentos aveludados de encantamento. Amontoaram-se sobre os seus cabelos, encheram-lhes as orelhas e as algibeiras, puxaram-lhes pelas roupas. Puxaram?

— Fadas! — exclamou Tootles deliciada. — Milhares de fadas!

E de repente a neve era uma tempestade. O encanto foi substituído pela insegurança e, logo a seguir, pelo medo. O nevão de minúsculos corpos não dava sinais de querer parar.

Em breve as crianças estavam a patinhar até aos tornozelos, até aos joelhos, em turbilhões de fadas, e incapazes de dar um passo. Tinham as mãos, envolvidas em encanto de fada, demasiado pesadas para as poderem levantar. As tranças louras de Tootles pareciam espigas de trigo encrustadas de gafanhotos. O peso empurrava, arrastava, comprimia as crianças para baixo. As que se mantinham de pé lutavam por se manter direitas, porque as que se desequilibravam ficavam instantaneamente cobertas — soterradas — sob uma tonelada de fadas. E uma por uma foram caindo, e uma por uma sufocadas sob um tapete, um colchão, uma meda de mágicas assaltantes. Apertadas contra o solo, tudo o que conseguiam ouvir era o retinir de um milhão de minúsculas asas, o silvar e zumbir de um milhão de maldosas vozinhas.

Que lado? Que lado? Que lado é o teu?
És Vermelho de fogo ou Azul de céu?
Responde-nos já que te mando eu!
És Vermelho de fogo ou Azul de céu?

— Foi aquele traidor daquele comedor de cebolas que vos mandou? — rouquejou Peter Pan. Mas já se tornara evidente que aquilo não era nenhuma brincadeira, nem uma partida caprichosa. Os Exploradores tinham vindo cair no meio de uma guerra em plena expansão. As Fadas começaram a dar-lhes beliscos e pontapés. Os Gémeos, recordando o apetite de Fogo-Alado, julgaram que estavam a ser devorados e desataram a chorar. Uma vez após outra, a amálgama de vozinhas fracas vibrava através deles, como um grande coro de abelhas.

Vermelho ou Azul, mostrem o pendão,
Ou vossas cabeças logo rolarão.
Só uma resposta vos dará desafogo!
São Azul de céu ou Vermelho de fogo?

Era evidente que o mundo das fadas se dividira em dois e a guerra grassava entre dois grandes exércitos, a facção Vermelha e a Azul. Wendy puxava pela cabeça para tentar descobrir qual seria o motivo da contenda e o que poderiam as cores significar. Lembrou-se de que as fadas meninas são brancas, as fadas meninos são lilases e as demasiado tontas para se decidirem são azuis. Mas esta podia não ser uma guerra dos sexos. Aliás, havia tanto fêmeas como machos entre o enxame atacante. Era tão injusto! Como seria possível escolher um lado sem saber o que cada lado defendia?

Estão do nosso lado ou doutro qualquer?
São do frio azul ou do rubro a ferver?
São Vermelho de fogo ou Azul de céu?
Se respondem errado foi um ar que lhes deu!

As suas captoras entoavam as rimas sem qualquer emoção. Deviam tê-las cantado tantas vezes que já nem davam pelo que estavam a dizer. Mas isso não tornava as palavras menos aterradoras.

— Nós não somos de lado nenhum! — rouquejou Curly quase incapaz de respirar. — Somos como os Suíços!

— Suíços? — arquejou John, que era muito patriota. — Nós somos é ingleses!

Se Curly pudesse mexer um pé, talvez tivesse dado um pontapé em John. Fosse como fosse, as fadas não davam um chavo pela neutralidade.

Se és amigo ou inimigo,
Diz pra não sofreres castigo.
Para viver ou morrer
Tua cor tens de dizer!

Wendy tentou dizer-lhes:

— A nossa bandeira é a do girassol-e-dois-coelhos! — E tentou dizer ainda: — Nós somos Exploradores! Não estamos em guerra com ninguém! — Mas tinha fadas na boca e um exército de fadas a esmagar-lhe as costelas. Fosse como fosse, o que parecia era que as fadas ignorariam qualquer resposta que não fosse «Vermelho» ou «Azul».

E, se as crianças se deitassem a divinhar e errassem, seria a última palavra que diriam na vida.

Escolhe um lado, seja qual for,
Mostra da bandeira a cor.
O teu pendão tens de erguer
Ou PREPARA-TE PRA MORRER.

— Como é que havemos de erguer o nosso pendão se não saírem de cima de nós! — bramiu Peter, danado. Talvez porque o enxame tenha abrandado ou talvez porque Aquela-e--Única-Criança estivesse furiosamente decidida, o certo é que Pan conseguiu abrir caminho até à superfície. E ele ali estava finalmente, no sopé da cascata, muito direito apesar da infestação de fadas que se balouçava na sua gravata branca.

— *Nós navegamos sob o pavilhão da Caveira e das Tíbias!* — declarou ele. — *É essa a nossa bandeira!*

— Peter, *não*! Não é verdade! — Wendy ficara tão chocada, que também ela se libertou das fadas.

O seu olhar cruzou-se com o de Peter e, por um momento, foi como se as suas palavras o tivessem surpreendido tanto como a ela. Felizmente, «caveira-e-tíbias» nada significavam para as fadas cantantes. Não sabiam qual fosse a cor de uma bandeira pirata. Mas, não tão felizmente como isso, estavam a perder a paciência.

Sois Azuis ou sois Vermelhos?
Acabais de pé ou de joelhos?
Até três deveis escolher.
Azul, Vermelho ou então morrer! UM...

De súbito, um halo luminoso explodiu ao redor da silhueta esguia de Peter. Logo a seguir, ele desapareceu totalmente da vista. Tinha dado um passo atrás, através da torrente de água da cascata. Wendy sentiu-se, ao mesmo tempo, emocionada e desiludida. Emocionada porque o seu Capitão escapara, desiludida porque deixara os amigos à mercê das fadas.

— *DOIS!*

Não havia nada a fazer. Iam ter de escolher à sorte. Escolher Azul e esperar que não estivessem nas mãos dos Vermelhos ou escolher Vermelho na esperança de não se encontrarem entre os Azuis. Cada um dos membros da Liga de Pan trouxe as cores ao espírito e tentou decidir. Nem o azul nem o vermelho pareciam ser coisa que valesse a morte.

— ARCO-ÍRIS!

De volta através do biombo de água, saindo do ruído da cascata, veio Peter Pan. Na sua mão agitava-se um dos arco-íris formados pelo Sol e pela poalha de água.

— Aqui está a nossa bandeira. E agora julguem-nos pelo nosso pendão, trasgos, e matem-nos ou libertem-nos.

Entre o exército das fadas estabeleceu-se a confusão. Olharam a bandeira, tecida de poalha de água e luz de Sol, e viram tanto o azul como o vermelho em proporções iguais, bem como um conjunto de outras cores. A pressão dos minúsculos corpos diminuiu à medida que a gravidade-de-fada se instalou. (As fadas caem sempre para cima.) Pareciam algo aborrecidas por Peter lhes ter estragado a brincadeira. Sabe-se que os exércitos gostam mais de matar que de fazer novos amigos. E ainda olharam invejosas o pendão de arco-íris, quase como se o preferissem tanto ao Vermelho como ao Azul. Depois, formando um tornado em forma de funil de corpos cintilantes, foram turbilhonando até desaparecerem no céu.

Wendy gostaria de lhes ter gritado:

— *Parem! Não façam isso! Não costumavam lutar! O que é que vos está a passar pela cabeça?*

Mas a nuvem de lilás e malva e índigo, de azul e púrpura e branco, continuou a trambulhar na direcção do céu, acabando por se separar como arroz num casamento. Ou como o rebentar de uma bomba.

— Diabos as levem e mais às suas estúpidas bandeiras — resmungou John. Mas os mais pequenos estavam a olhar o seu Capitão e a saudar o maravilhoso pendão de arco-íris. Peter montara-o numa vara. Agora, o tecido de poalha e luz enrolava-se e desenrolava-se sobre as suas cabeças, ao mesmo tempo que ele dava a ordem:

— Vamos a formar, meus valentes! Quem está interessado no Pico do Nunca e numa arca cheia de tesouros?

A montanha estava já tão perto que enchia um horizonte inteiro. Podiam facilmente ver a sua mantilha de neve, os seus flancos escavados por avalanches de rochas. Era inimaginavelmente alta.

Daí a uma hora, passaram pelo cenário de uma batalha entre fadas. O solo estava coalhado de milhares de asas despedaçadas, as teias de aranha cobertas de pó-de-fada. Gordos corvos pretos saltitavam por ali, brilhantes e maldosos.

— Há quanto tempo lutam as fadas entre si? — perguntou Wendy, ao mesmo tempo que tentava ver onde punha os pés, agarrando-se às costas do casaco de Peter. Este agitava a bandeira do arco-íris para um e outro lado, divertindo-se a ver os corvos pularem para os ares. — Peter! Qual é o *motivo* desta guerra das fadas?

Ele riu-se e saltou por cima de um monte de catapultas de fada, feitas de ossos dos desejos[19] de carriça.

---

[19] O «osso dos desejos» é o nome que vulgarmente se dá à fúrcula, um osso da parte superior do esterno, que surge nas aves com forma semelhante a uma ferradura. Tradição antiga manda (ou sugere) que duas pessoas peguem nas hastes do osso com o dedo mindinho, «pensem» um desejo e quebrem o osso, puxando a haste. Cumpre-se (?) o desejo daquela que fica com o centro espatulado do osso agarrado à haste que lhe coube. Nas galinhas, a haste da fúrcula terá uns 4 cm, pelo que, na pequena carriça, não ultrapassará 0,5 cm.

— Ora, a cor favorita, é claro! Decidir qual é a melhor.

A mala de cabina, montada nas suas flexíveis rodas de carrinho de bebé, rangia e matraqueava, puxada por Ravello pelos altos e baixos do campo de batalha.

— As fadas viajam — observou ele. — E vão apanhando coisas. Recordações. Constipações. Ideias. Atrevo-me a dizer que esta guerra delas foi alguma ideia que trouxeram de longe... como os ratos pretos trazendo a Peste! — Depois sorriu perante qualquer pensamento passageiro que lhe acudiu e murmurou em tom suave como seda: — Ou talvez as fadas tenham deixado abertas as janelas da noite da Terra do Nunca e por elas tenha entrado a Guerra.

O Homem Esfiapado parou de falar para escutar, inclinando a cabeça encapuzada primeiro para um lado, depois para o outro, como frequentemente fazia. Afirmava que lhe agradava muito o canto dos pássaros e estava a escutar os rouxinóis. Mas Wendy nada conseguia ouvir, nem rouxinóis, nem sequer o clarinete de Slightly.

Só o crocitar dos corvos gorduchos.

14

ISTO JÁ NÃO TEM GRAÇA

No sopé da Montanha do Pico do Nunca estendiam-se pauis e lodaçais escarlates, de aspecto tão inocente como a carpete de uma sala de visitas, mas tão mortalmente profundos como sepulturas. Os membros da Companhia eram obrigados a tomar atenção a cada passo, pois, se saíssem do trilho, podiam cair em areias movediças e não deixar, para a Demanda de Peter, mais que uma bolha de gás dos pântanos. Entre os lodaçais, cresciam mangues e mandrágoras, abrunheiros-bravos, conhecidos por árvore-de-cão, e eritrónios ou dentes-de-cão, ressumando uma goma ambarina. Não dispunham de comida alguma, para além das bagas que tinham apanhado antes e trazido com eles. Ravello dividiu-as pelos pratos dos Exploradores à hora da refeição, não guardando nenhuma para si próprio.

O problema é que as bagas provocavam sonhos e o problema com os sonhos é que não se pode escolher os que vamos ter. Vêm como o tempo, soprado do Norte ou do Sul, do passado ou do futuro, de lugares luminosos ou sombrios. Os sonhos flutuam com sete oitavos abaixo da superfície da água.

Tootles sonhou que era um homem que envergava calças de estambre e um roupão encarnado, e tinha uns grandes bigodes, o que a deixou muito confusa.

Wendy sonhou com uma rapariguinha chamada Jane, que dormia num quarto iluminado pelo luar. A rapariga sonhou Wendy, Wendy sonhou a rapariga e, quando os seus olhos adormecidos se encontraram, a criança sentou-se muito direita na cama e gritou: — Mamã! — e esse grito agitou o sangue no coração de Wendy como borras numa garrafa de vinho do Porto.

Os Gémeos sonharam os sonhos um do outro, o que era perfeito.

John sonhou com o irmão, Michael, e acordou a chorar.

Curly sonhou com Slightly, que o chamava, dizendo-lhe que estivesse atento, mas o sonho esfiapou-se antes que ele descobrisse porquê.

Mas quanto a Peter! Peter teve um sonho maravilhoso de um sítio onde nunca estivera, um lugar que fervilhava de rapazes todos mais velhos que ele, todos desconhecidos, a jogar jogos que ele nunca jogara, entrando aos magotes em edifícios que ele nunca vira. Ia a remar num esquife sobre uma água iluminada pelo Sol, e os seus pés não chegavam às tábuas do fundo. Estava vestido de branco, lançando uma bola contra três paus espetados no chão, e sabia que algo vital dependia disso. Tinha de cantar uma canção que não conhecia, numa língua que não percebia.

E sentia-se tão FELIZ, e tão ASSUSTADO, e tão ESPERANÇOSO. É que, logo depois da curva do rio, mesmo no alto da grande escadaria, logo depois de Agar ou Jordan ou Jardim de Luxmoore — que sítios seriam esses e como lhes conhecia os nomes? — encontraria o tesouro, todo aquele maravilhoso...

Foram acordados pelo som do clarinete de Slightly. Estava a tocar a mesma música que tocara para as bruxas, no Labirinto:

Mais amado não poderás ser.
Não queres tu voltar outra vez?

E gritaram-lhe que se fosse embora, mas ele limitou-se a continuar a tocar.

Tinham montado o acampamento já de noite, sem reparar como estavam perto da própria montanha. Agora, à luz da madrugada, erguia-se acima deles, mais alta que o alto, a cabeça nas nuvens e os pés catorze andares abaixo do solo. O Pico do Nunca estendia-se para cima e para longe. Falésias de granito e precipícios de mármore, parapeitos de pedra-pomes e encostas xistosas de pedras soltas. Tinha o feitio de um bolo-de-arroz com os lados a pique erguendo-se até um montículo irregular do que parecia açúcar branco. Glaciares haviam rasgado uma confusão de sulcos em toda a volta. Os raios tinham-no deixado nu. O trovão ecoava pelas suas ravinas. E o Pico do Nunca era tão vasto que rechaçava o vento, tal como a terra firme rechaça o mar.

— Oh, Peter! — exclamou Tootles. — Não eras capaz de voar até ao cimo e trazer de lá o tesouro?

— Infame preguiçosa, amotinada! — bradou Peter, assustando Tootles de tal maneira que esta logo correu para junto de Wendy, a pedir um abraço. — O que são vocês? Exploradores ou ratos de porão de fracos fígados, nascidos com as caudas metidas na boca? Chefiar-vos é como navegar a arrastar a âncora! Não passam de uma carga de leite azedo! O que vocês são é um desperdício de rações!

— Quais rações? — perguntou o Primeiro Gémeo, lembrando-se da fome que tinha. O irmão ainda tentou calá-lo, mas já era tarde. Pan desviou a sua tirada de Tootles para o Primeiro Gémeo e depois para cada um dos rapazes, dizendo-lhes que eram uns vira-casacas e uns choramingas, amotinados e marinheiros de água doce.

— Eles só estão cansados, Peter — defendeu-os Wendy delicadamente. — Cansados e com fome. Não poderíamos...

— E tu o que és, a advogada do castelo da proa? Com que então tu é que tens andado a voltá-los contra mim, não é? Eu logo vi! Raparigas! Pra que é que servem senão para crescerem até serem mães? E nós bem sabemos o que são as *mães*!

Wendy engoliu em seco. As bochechas de Peter estavam vermelhas como fogo e ele, suando de raiva, deitou as mãos às lapelas da sobrecasaca, ansioso por se livrar dela.

— Casaco, Ravello! — ordenou.

O mordomo avançou logo um passo, mas apenas para tentar persuadi-lo a não se despojar da vestimenta vermelha.

— O ar está fresco, *milord*. Peço-lhe que se mantenha no quente.

Mas Peter despiu o casaco e atirou-lho.

Ao redor do sopé da montanha, grandes araucárias, escuras e retorcidas, apertavam-se contra encostas verticais, como bandidos encurralados de encontro a uma parede. Grandes ninhos de vespas balouçavam na forquilha de cada ramo. Peter afastou-se do resto da Companhia de Exploradores com um salto e começou a trepar às árvores, com toda a facilidade, exibindo-se em pulos e mortais, provando como era simples, mesmo para aqueles que não tinham pó-de-fada suficiente para voar. Os Darlings hesitaram, temerosos perante a monstruosa montanha.

Ravello abriu a mala de cabina, dobrou a sobrecasaca e guardou-a. Pelo modo como lhe mexia, não havia que duvidar da ternura que sentia pelo dono. Também tirou da arca quatro braças de corda, atando uma ponta à pega e a outra ao seu próprio cinto, e logo começou afincadamente a subir.

— Estaria capaz de vos aconselhar alguma pressa, *esploratori piccoli* — confidenciou ele gentilmente, numa voz quase inaudível depois da ferocidade do Capitão Pan. — Há Rugidores a toda a nossa volta.

Não foi preciso mais nada. Os Exploradores apertaram bem o cinto dos seus casacos de cobertor e lançaram-se à escalada das árvores, como marinheiros enxameando pelo cordame em direcção ao cesto da gávea entre as estrelas.

A subida foi esgotante. Ramos frágeis partiam-se-lhes debaixo dos pés. Agulhas de abeto picavam-nos. A casca soltava-se debaixo dos seus dedos e o cheiro da resina deixava-os tontos. Pior ainda, a goma que ressumava do interior das árvores cobria-os pegajosamente, presenteava-os com membranas entre os dedos e colava-lhes os joelhos. As agulhas dos pinheiros agarravam-se-lhes aos braços e pernas e cabelo, até eles ficarem peludos de caruma. A princípio, houve apenas vespas isoladas que passavam, curiosas, desajeitadas, roçando o rosto das crianças, zumbindo-lhes aos ouvidos. Mas, quando o estremecer da árvore deslocou um ninho da sua fenda, foram às dezenas e centenas as vespas que de lá saíram e os rodearam em nuvens, atraídas para os rostos pegajosos, colando-se às palmas das mãos.

— *Aiaiai! Fui picado!*

E também apareceram melgas e mosquitos, moscardos, varejeiras e joaninhas. As sombras das crianças prenderam-se e ficaram agarradas na resina que continuava a brotar, atrasando-lhes a subida, ameaçando emaranhar-lhes os pés em escuridão.

Curly fez o disparate de olhar para baixo e viu que a terra lá no fundo encolhera com a distância até ao tamanho de um jardim de bolso. John cometeu o erro de olhar para cima e viu que já quase tinham atingido o topo das árvores e, acima delas, só havia rocha cinzenta e neve. Arrastaram-se até uma estreita saliência de pedra e ali se estenderam, com o nariz para fora da beira e demasiado cansados para cerrar as pálpebras. Foi assim que viram o Homem Esfiapado fazer a sua lenta ascensão.

No meio dos ramos, o seu emaranhado vestuário teria ficado preso a cada raminho ou a cada farpa, desfiando-o até ao osso. Por isso, evitou as araucárias e, ao invés, preferiu subir a parede de rocha nua. Não com agilidade, nem rapidez, mas com inabalável determinação, *avançar pé, equilibrar, subir.* A pesada arca de bordo oscilava, presa na parte detrás do cinto, como um pêndulo de relógio: *tic-tac, tic-tac.* Chegado à saliência, estendeu-se com muito, muito cuidado, ao longo da estreita prateleira de rocha. Wendy sentiu o curioso impulso de estender a mão e tocar aquela estranha pelagem lanuda. Veio-lhe ao nariz o cheiro a ovos de serpente, rebuçados para a tosse e leão.

— Os Rugidores virão atrás de nós, Sr. Ravello? — perguntou.

— Não, *miss*. Não creio.

— E haverá comida? — quis saber o Segundo Gémeo.

— Sem dúvida. Ovos de águia. Pepinos de montanha. E maná.

— Maná?

— O maná pode ser do bom ou do mau. Cuidado com aquele que comem. O maná alimenta o homem, mas só o bom.

— Como é que o senhor sabe essas coisas, Sr. Ravello? — perguntou Curly.

Uma mão após outra, Ravello começou a puxar o baú. Ouviam os seus dentes cerrados ranger com o esforço.

— Ora, eu sou um viajante, *pequeño marquis*. Oiço aqui, escuto acolá.

As últimas vespas retiraram, como nadadores que se vissem em águas demasiado profundas.

Plinc. Plinc. Em vez das vespas, seixos começaram a cair estralejando por entre os ramos das árvores e logo a bater na saliência de pedra. *Plinc. Plinc.* E em breve alguns começavam a acertar nos Exploradores — *ai!, au!* — e perceberam então que estavam a ser atacados por algo maior que vespas. Grandes aves cinzentas, com pernas descarnadas e unhas semelhantes a pinças de açúcar, voavam em círculos acima deles, deixando cair pedras para desalojar os intrusos. Aquela saliência era o poleiro nocturno das aves, que estavam decididas a não abdicar dele. As pedras crepitavam como granizo. Soprou um vento frio.

Tootles fungou ruidosamente e pôs em palavras aquilo que toda a gente estava a pensar:

— Isto agora já não tem graça.

Às vezes, um jogo escapa-se à pessoa que o inventou. Na Terra do Nunca é sempre assim e brincar não é brincar, é real. O que é maravilhoso e faz o cérebro ziguezaguear atrás dos nossos olhos, lança-nos pequenas golfadas de calor através do estômago, rouba-nos a saliva da boca. E todas as aves são harpias e todos os troncos, canhões, e todas as cortinas, fantasmas, e todos os ruídos, monstros... É o melhor dos momentos e sabemos que o vamos recordar para sempre.

Mas, com seiscentos macacos, mete medo!

Peter Pan ergueu-se até ficar de joelhos, com a camisa branca a drapejar ao seu redor, o longo cabelo escuro todo em pé com o vento. No seu rosto abria-se o mais maravilhoso dos sorrisos.

— Meus amigos — começou ele —, meu bando de irmãos, viemos até aqui...

— E de irmãs! — interrompeu Tootles, impertinente.

— E irmãs, evidentemente. Viemos até aqui para sermos Exploradores. Para sermos pesquisadores de tesouros. Não é assim? E que pensávamos nós? Que ia ser fácil? Que ia ser seguro? Olhem para além! Olhem!

Olharam para onde ele apontava, para a longa paisagem que tinham atravessado, luxuriante e verde à distância, rude e nua mais perto, uma vastidão sem caminhos, cheia de dificuldades e fadigas.

— Teremos pensado que os trilhos estariam bem abertos pelos caminhantes? Não. Mas abrimo-los nós! Teremos pensado que havia pessoas comuns a passar por aqui todos os dias da semana? Não, ninguém, a não ser os que são como nós! O que queríamos era fazer qualquer coisa fácil? Dar um passeio pelo parque?

Olharam-no, viram como erguia os punhos acima da cabeça, o vento aprisionado entre os dentes brancos, as clavículas semelhando duas asas acima do seu coração. A pele dos seus pulsos estava sulcada de cicatrizes brancas, onde minúsculas estilhas de metal tinham voado das lâminas de duas espadas, quando ele e Jas. Gancho travaram o seu combate de morte. Pan era magnífico.

— Mas nós não somos como tu, Peter! — bradou Curly. — Alguns de nós ficamos cansados... e assustados.

— E se, ao fim e ao cabo, o Tesouro não valesse tanto trabalho? — acrescentou John.

— Então, não seria tesouro — murmurou Ravello com inegável lógica.

— Nem toda a gente pode ser rica — prosseguiu Peter. — Nem toda a gente pode ser forte ou inteligente. Nem toda a gente pode ser bonita. Mas *todos* podemos ser corajosos! Se dissermos a nós próprios que somos capazes, se dissermos aos nossos corações: «Deixa de dar saltos!», se nos conduzirmos como heróis... todos podemos ser corajosos! Todos nós podemos encarar o Perigo e ficar contentes por o enfrentar, puxando pelas espadas e dizendo: «Aqui me tens, Perigo! Não me metes medo!» A coragem está aí, à disposição de todos. Não é preciso dinheiro para a comprar. Nem é preciso ir à escola para a aprender! A coragem é que importa, não é assim? Não acham, minha gente? Não tenho razão? A coragem é que importa! Tudo se perde se se perde a coragem!

Antes daquilo, ninguém teria sido capaz de dar mais um passo pelo rapaz que lhes chamara ratos de porão e amotinados, e ameaçara abandoná-los e reduzir-lhes as rações. Porém, agora, se Peter Pan lhes tivesse pedido, qualquer deles teria caminhado pela asa de um avião em voo, ou saltado da mais alta prancha de saltos para dentro de um copo de leite. Escovaram as carumas de braços e pernas, chuparam da pele os ferrões de vespa e prepararam-se para continuar a trepar a encosta rochosa da montanha.

Gentilmente, Ravello puxou de uma faca e libertou os Darlings das suas pegajosas sombras.

— Assim, já não ficam presas para vos atrasar a subida — explicou ele, metendo as sombras no baú por uma questão de segurança. O Béu-Béu deve ter julgado que o corte era dos que faziam doer, dado que, numa corrida, agarrou a vestimenta de Esfiapado com os seus pequenos e afiados dentes e começou a puxar com toda a força que tinha. Meadas inteiras de lã começaram a soltar-se, pondo à mostra uma bota estranhamente nodosa, mosqueada e gasta. Rápido como um raio, o director de pista estendeu a mão e, agarrando o Béu-Béu pelo pescoço, levou-o até bem junto da cara. As crianças temeram pelo cachorro, pensando que Ravello se preparasse para lhe morder o nariz ou o atirar pela falésia abaixo. Mas ele limitou-se a fitar a criatura nos olhinhos bugalhudos e a pronunciar algumas palavras simpáticas, perguntando:

— Animal! Tens alguma vontade, mesmo mínima, de vires a crescer e seres um cão grande?

O Béu-Béu levou isto muito a peito e parou de mastigar Ravello, o que dizia muito quanto às capacidades deste último como domador de animais.

Persuadiu também Pan a envergar de novo a sobrecasaca vermelha, afirmando:

— É a cor da bravura, *sir*. Encorajará os outros.

Depois, afiou a faca numa pedra e estendeu a mão para a escuridão pegajosa e esfarrapada, em volta dos pés de Peter.

— *Eu fico com a minha sombra!* — rosnou Peter, pisando com violência a lâmina de Ravello.

O mordomo encolheu a mão magoada para junto do corpo, mas não protestou. Muito corajoso teria de ser um homem para altercar com um Rapaz como aquele.

15

TERRA DO NADA

Slightly fora banido para a Terra do Nada onde ninguém lhe dirigiria a palavra. Claro que Fogo-Alado também tinha sido banido para ali, de modo que não havia nada que o impedisse de o fazer.

— *Nós odiamo-los, não é?* — opinou o serzinho mágico, que dera em lhe chamar (agora que estava mais alto) Sr. «Slightly-more»[20].

— Hummm — fez Slightly, dubitativo. Ainda não adquirira bem o jeito de odiar pessoas e, agora que era maior, não lhe parecia muito honroso odiar alguém mais pequeno que ele. Estavam sentados junto ao sopé da Montanha do Pico do Nunca, chupando favos de mel vazios, pilhados das árvores pelos dedos ligeiros de Fogo-Alado.

— *E gostávamos era de os cortar aos pedaços para os meter numa fogueira, não gostávamos?* — insistiu ele.

---

[20] Na nota 2, vimos que Slightly significa «ligeiramente». Não é pois de admirar que, ao ver como o rapaz cresceu, Fogo-Alado considere que há «Slightly-more» = «Ligeiramente-mais» dele.

— Se calhar não — respondeu Slightly, embora não tivesse desdenhado uma fogueira. Estava a ficar muito frio. E os favos não chegavam sequer para tocar a orla da sua fome. Fogo-Alado aguentava-se bem comendo notas musicais, mas Slightly (se ele não fosse aquele Slightly, tão manso como um cordeirinho) teria de boa vontade morto alguém por uma sanduíche de camarão.

— Acho que nunca vamos chegar a ver que tesouro há na arca do Gancho. O que é que tu gostavas que fosse, Fogo--Alado?

— *Globos oculares com sabor a sorvete!* — respondeu ele, rápido como um relâmpago (se bem que, está bem de ver, pudesse ser mentira).

Estranhamente, quanto mais Slightly crescia, mais para trás se lembrava, de modo que podia agora recordar de novo a Praça de Cadogan e os Jardins de Kensington, e até, muito tempo antes, um professor de piano que lhe metia aparos de caneta debaixo dos pulsos para o obrigar a arqueá-los. Aos pulsos, claro. (Fora por isso que ele mudara para o clarinete.) Slightly conseguia até lembrar-se da primeira vez que estivera na Terra do Nunca...

— *Conta-me uma história* — pediu Fogo-Alado.

— Porquê? Também as comes?

— *Só os* ós *e os* ás *e os* us. *Os* quês *têm muita haste e os* zês *vibram muito e aqueles com pontos prendem-se nos dentes e os* esses *de vez em quando escorregam-nos para dentro da camisa e fazem cócegas. Ah, e que tenha um fim feliz, Sr. Slightly-more, senão fico com dores de estômago.*

De modo que Slightly meteu o agradável calor de Fogo--Alado no bolso da camisa — *Ah, e não te esqueças de meter uma fada na história!* — e contou-lhe a história que lhe estava a passar pela cabeça nesse momento.

— Um dia os piratas descobriram o abrigo subterrâneo do Peter Pan e esconderam-se à espera e apanharam os Rapazes Perdidos um a um, à medida que iam saindo, e também a Wendy, o Michael e o John. Mas não conseguiram apanhar o Pan, porque ele estava a dormir lá dentro e não saiu. Então o ignóbil Jas. Gancho agarrou num frasco de veneno (nunca andava sem ele) e deixou pingar um bocado para dentro do remédio do Peter para que ele o bebesse ao acordar e MORRESSE!

— *Já estou a sentir uma dor!* — avisou Fogo-Alado.

— ... Mas a fada Sininho, que era leal e genuína e corajosa, viu o que acontecera e soube o que havia de fazer!

— *Então ela era esperta, essa Sininho?*

— Simplesmente brilhante. Não me interrompas.

— *E bonita?*

— Sim, mas de uma beleza esbranquiçada e tipo vespa. Posso continuar?

— *E era fêmea?*

— Muito. Queres a história ou não?

— *E mentirosa?*

— Certa vez disse que a Wendy era um pássaro e que nós a devíamos abater.

A mentira era de tal calibre que até Fogo-Alado se calou.

— O Peter acordou e estava mesmo para beber o veneno quando a Sininho apareceu e bebeu o veneno em vez dele e de maneira que...

— *Au! Au! Au! Porque é que havias de me contar isso? Ah! Que dor horrível! Au, odeio histórias!*

— E a Sininho esteve *quase* para morrer, mas *não morreu*, porque todos gostavam muito dela, e então o Peter perseguiu o Gancho e entrou sem ser visto a bordo do *Jolly Roger* e libertou-nos do cativeiro e lutou com o Gancho com bote e parada e estocada, *ah-ah!, apanha esta!*, e obrigou-o a recuar até à amurada do navio e fê-lo cair... *tic tic tic...* direitinho na goela do crocodilo!

... *dilo!... dilo!... dilo!* O final da história ecoou para cá e para lá, entre as faldas rochosas do Pico do Nunca, um eco de esplêndida ameaça.

— *Uuuhuh!* — Fogo-Alado estava tão excitado que uma pequena queimadura surgiu na camisa de Slightly. — *Fora o Gancho e fundo do mar com ele!*

— Não me parece que seja grande coisa tripudiar sobre um homem que nunca se conheceu — comentou Slightly severamente.

— *E porque não? O Gancho não merecia o que lhe aconteceu? Não era um vilão e um canalha e um malvado que tinha de acabar mal?*

Slightly teve de admitir que Gancho era tudo aquilo.

— E, se bem me lembro, muito *berrão* — acrescentou ainda, franzindo a testa. — Passava a vida a berrar com os seus homens e a ameaçá-los e pavoneava-se todo e fanfarronava e pensava que era um grande malvado e que não havia quem se lhe comparasse em toda a Terra do Nunca.

Uma vozinha disse:

— *Queres tu dizer, tal e qual como o Peter?*

— Cala-te, Fogo-Alado! Não sabes do que estás a falar! O ser mágico espreitou nervosamente para fora do bolso, com a boca aberta num pequeno O de surpresa.

— *Mas eu não disse nada, Sr. Slightly-more.*

E Slightly teve de admitir que a voz não saíra de modo algum do bolso da sua camisa, mas de dentro do seu coração. Uma vozinha traiçoeira, amotinada, que mesmo então continuava a repetir-lhe continuamente que Peter Pan tinha começado a agir *exactamente* como o Capitão Gancho.

O Sol pôs-se como uma lâmina de cortar carne e a noite era negra como um chouriço mouro. Ou assim pareceu a um rapaz separado do seu jantar. Os pensamentos de Slightly-more eram ainda mais negros quando já estava deitado, de olhos cerrados e a tentar dormir. Porque se dera conta de algo verdadeiramente terrificante, uma ideia que lhe ocupara a mente como fagulhas ardentes.

— *Lembras-te daquela outra gente que eu descobri lá do alto, quando estávamos a tocar?* — perguntou Fogo-Alado no meio da escuridão, num sussurrar sonoro.

— Dorme, Fogo-Alado.

— *Mas eu falei-te deles, lembras-te?*

— O quê, os Astecas e os Incas?

— *Não! Os outros. Os emboscados e os atacantes escondidos nos arbustos. Lembras-te?*

— Não — retorquiu Slightly firmemente. Não lhe apetecia voltar a entrar naquele jogo. Queria adormecer onde não houvesse correntes de ar, nem ideias penosas a arder como fagulhas na sua mente. — Tu dizes belas mentiras, meu caro — acrescentou, não querendo ser desagradável —, mas deixa-as para de manhã, por favor.

Infelizmente, Fogo-Alado não estava a mentir.

E as fagulhas a arder na mente de Slightly eram tão reais como o pé que assentava agora na sua anca, a mão que lhe apertava a garganta. Abriu os olhos para dar com duas dúzias de rapazes grandalhões, brandindo cacetes e juncos em chamas.

— Toca a chamuscá-lo e a assá-lo e a comê-lo! — propôs um.

Slightly estendeu a mão para o seu clarinete, como uma mãe poderia tentar alcançar o filho. Mas os rapazes julgaram que fosse uma arma e, com um pontapé, atiraram-no para a lama. E também deram pontapés em Slightly.

— Fazes parte da Liga. És um dos *dele*. Vimos-te com ele.

Uma onda de orgulho cresceu por dentro de Slightly antes que se lembrasse. Não fazia parte da Liga de Pan, de maneira nenhuma. Não passava de um rapaz que crescera de mais nos braços e nas pernas, e fora banido.

— Vocês não deviam estar a falar comigo — replicou. — Fui mandado para a Terra do Nada. (Nada sabendo acerca dos Rugidores, Slightly ainda não compreendera o perigo que corria.)

— Falar contigo? Bla! — resmungou um rapaz enorme com os lóbulos das orelhas esfarrapados. — Queremos é matar-te e mais nada.

Uma fada, macho ou fêmea, que pretendesse viver dos *ós* e *és* e *us* e *is* dos Rugidores em breve morreria à fome, porque, tendo crescido até ao termo da adolescência, quase não falavam. Agora, convencidos de haver capturado um membro do grupo de Pan, ardia-lhes nos olhos um brilho sanguinário. Viviam apenas para o dia em que emboscariam o próprio Peter Pan e se vingassem de terem crescido e sido banidos. No interim, estavam dispostos a contentar-se com a morte de um membro da sua Liga de Exploradores. Ravello tivera razão ao dizer que eram piores que piratas, mais difíceis de domar que ursos e cruéis da cabeça aos pés.

— Onde está o Pan? Fala ou morres! — ordenou o mais velho dos Rugidores.

Foi então que Fogo-Alado saltou de dentro do bolso da camisa de Slightly e comeu a cera do ouvido de um dos Rugidores.

— *Peter Pan? Peter Pan? Odiamo-lo, não odiamos, Sr. Slightly--more?*

— Ele subiu à montanha — declarou Slightly, não vendo que houvesse qualquer mal em lhes dizer.

— *Para nos ir buscar o nosso tesouro!* — acrescentou Fogo--Alado, achando que uma boa mentira vinha a propósito. — *Obrigámo-lo a ir.*

— Tesouro? — (A palavra tem magia, por mais que alguém tenha crescido.)

— *O que nós queremos é cortá-los como lenha para a fogueira* — sugeriu Fogo-Alado entusiasticamente.

E foi assim que os Rugidores ficaram com a noção de que Slightly & C.ª seguiam a pista de Peter Pan, tão decididos a matá-lo como eles. Também tinham ouvido aquilo do tesouro e gostado. Dobrando as longas pernas debaixo do corpo, sentaram-se no chão, tomando cada rapaz o cuidado de não roçar os braços nus com os de qualquer outro. (Slightly pensou que estariam mais quentes se se encostassem uns aos outros, mas é que ele ainda não estava bem dentro daquela coisa da adolescência.) Um a um, os juncos foram-se apagando.

Durante algum tempo, permaneceram em silêncio. Por fim, Slightly não pôde deixar de fazer a pergunta que lhe estava a roer o coração.

— Porque é que *vocês* cresceram? Sabem?

Os Rugidores encolheram os grandes ombros ossudos.

— Foi o Pan que nos envenenou, está claro.

— Envenenou-nos a todos.

— Envenenou tudo.

— Oh, eu não me parece...

Mas os Grandes Rapazes Perdidos eram inflexíveis. Durante os anos bravios e desconfortáveis do seu exílio tinham acabado por acreditar nesta única versão da história:

«Em tempos que já lá iam, no princípio do fim, quando era sempre Verão, Peter Pan pegou numa garrafa de veneno e despejou-a na Lagoa. Primeiro morreram as lulas, depois as sereias. As ondas cor de turquesa aumentaram, aumentaram muitíssimo, tornaram-se cinzentas, depois apareceram-lhes cabeleiras brancas de espuma. Na terra firme, as árvores de Verão avermelharam-se e perderam as folhas. O veneno desbotou a cor do Sol, dissolveu a seiva das flores e o canto das aves. O tempo começou a andar em frente, o que nunca deveria ter acontecido. Até o clima se pôs a crescer, com as brisas a transformarem-se em fortes ventos, deitando abaixo árvores e postes totémicos. No céu, pequenos cirros brancos aumentaram para grandes nuvens toscas, cheias de raios e trovões. As fadas, excitadas pela electricidade do ar, puseram-se a guerrear entre si.»

— E também nos envenenou a nós, quando estávamos distraídos, e fez-nos crescer. Depois expulsou-nos por termos crescido e mandou-nos para a Terra do Nada, como a vocês.

Slightly engoliu em seco e com esforço.

— Quem foi que vos disse isso tudo?

Outra vez o encolher de ombros. Outra vez os lábios estendidos para fora, os olhos a moverem-se, evasivos, por detrás das pálpebras semicerradas. Os seus dedos apanharam pedras do chão e atiraram-nas na direcção da montanha como se fosse contra o próprio Peter Pan.

— Alguém.

Cada um acabou por dizer qualquer coisa que vinha a dar no mesmo.

— Um homem qualquer.

— Um viajante que encontrei.

— Deu-me trabalho durante algum tempo.

— A mim também. Até ao incêndio.

— Um viandante.

Algo frio tocou a face de Slightly. Um floco de neve. Algo mais frio que a neve lhe tombou sobre o coração. Ao pôr-se de pé, a bainha do seu casaco de cobertor, tão pequeno que já nem aos cotovelos lhe chegava, esticou-se e rasgou. Sentiu-se tonto, quer fosse da neve que lhe rodopiava à volta da cabeça, quer do medo que lhe apertava o coração.

— Tenho de subir à montanha — disse. — Alguém me pode ensinar o caminho?

— Para matar o Pan? — perguntou um deles, erguendo-se ansiosamente sobre os cotovelos.

— Hummm, hummm! — fez Slightly. — Onde é que começo a subir?

Mas mesmo para os temíveis Rugidores, a montanha estava fora dos limites, sendo um lugar de inimagináveis perigos. Nunca se tinham atrevido a pôr lá o pé.

— Será então um lugar assim tão asssustador, o Pico do Nunca? — inquiriu Slightly, tremendo apesar de toda a sua determinação.

— Disseste que havia um tesouro lá em cima — lembrou um dos rapazes, através de um princípio de barba que mais parecia sujidade. — Achas que ainda lá estaria, se alguém tivesse subido e escapado com vida?

— Pico do Nunca? — disse um outro, falando alto consigo mesmo. — Foi assim que ele lhe chamou? Cada um dá-lhe um nome diferente.

Cada um dava-lhe o nome de Ponto sem Regresso.

16

COMBATE COM A SOMBRA

É perfeitamente verdade que, sem as suas sombras, os Exploradores começaram por se sentir mais leves e felizes, isto mesmo quando principiou a nevar e pequenas avalanches de seixos começaram a despencar pela encosta e a retalhar-lhes os joelhos. Em breve chegariam ao cimo e o tesouro de Gancho seria deles! E o que poderia ser? Escumilha-de--Ouro ou Bombons Sortidos? Pistolas de prata ou arreios de cavalo de marroquim vermelho? As coroas de dezasseis potentados orientais? As chaves de um palácio de cristal?

— Livros de histórias? — pensou Wendy de si para consigo.

— Não te lembras? — perguntou jovialmente Tootles. — A mãe costumava chamar-nos os *seus* queridos tesouros!

— E o pai dizia que nos devia guardar no banco, porque valíamos mais que todo o dinheiro do mundo!

Wendy, sabendo como ele odiava aquele género de conversa, lançou um olhar rápido a Peter. Sempre que se falava de mães, ele olhava para as mãos e flectia os dedos. Em tempos, aqueles dedos tinham lutado e voltado a lutar com o frio puxador de bronze de uma porta, tamborilado numa vidraça, tentado em vão abrir uma fechadura. Uma vez apenas, Peter, saudoso de casa, voara da Terra do Nunca, e apenas encontrara a janela do quarto fechada. Nunca perdoara à mãe por a ter fechado.

Mas, felizmente, Peter não estava a escutar. O que ele estava era a ocupado a subir, erguendo-se cada vez mais alto apenas à força de braços. De vez em quando, os seus pés flutuavam acima do terreno, como os de um mergulhador a explorar um recife, mas não era o que se pudesse chamar voar, voar mesmo, e as suas pobres mãos tinham cortes e sangravam. Por fim, com um rouquejo de exaustão, acabou por se estender de bruços na rocha fria, encurvando os dedos sobre o ombro direito para agarrar o rebordo da sua própria sombra. Parecia não haver já nele a mínima energia.

— Tinhas dito que era mais fácil sem a minha sombra, Ravello?

— Muito mais fácil, *bellíssimo generalíssimo*. É do conhecimento comum. A esta altitude, as sombras duplicam de peso.

— Trata então disso! Livra-me dela! É uma maçada e atrasa-me por causa do peso e nunca gostei dela!

Com um único e ágil movimento, a cutilada indolor de uma lâmina, nem sequer visível dentro da manga do seu casacão, Ravello separou de Peter a sua sombra. Enquanto a dobrava cuidadosamente em quatro e a colocava com delicadeza dentro da mala de cabina, deu voz, com muita suavidade, aos seus próprios pensamentos no que se referia a mães. (Ravello parecia ter também uma péssima opinião de tais seres.)

— Passamos todos muito melhor sem elas. Por mais que se diga e que se faça, pra que é que serve uma mãe senão pra tramar a vida a um tipo? Ah, pois, com o seu vestido às riscas e as saias erguidas atrás e o pescoço como o de um cisne, até pode arrancar olhares invejosos do grupo de amigos de um rapaz. Pode ter um óptimo aspecto a beberricar uma taça de champanhe no relvado do Reitor. Mas quando a erva está molhada de mais para ela se sentar e ver um Bob Seco[21] no campo de *fives* ou a inaugurar os batimentos no críquete, ou a margem do rio ao lado da Jangada com lama de mais para ela, por causa das botas, ir admirar um Bob Molhado ali de pé, orgulhoso e firme, na proa do *Dreadnought* durante o Desfile, e quando, no Dia do Quadro de Honra, ela não comparece porque teve de ir à modista, ou ri com grande satisfação ao saber que um rapaz não defendeu bem a camisola e acabou no Banco em vez de ficar no Campo, e ainda quando não manda qualquer encorajamento antes do campeonato de esgrima... bem, o que então acontece é que um tipo fica desfeito, não vos parece? Ou quando, nos Discursos de Junho, um rapaz olha lá do púlpito para a assistência, com as palavras de Ovídio nos lábios, empinadas com a maior dificuldade, pronto a recitar perante todo o Corpo Docente, e não vê lá mãe nenhuma... embora isso até possa ser melhor do que quando, numa rara visita, ela louva a matemática e se põe a apoucar aquelas coisas em que o filho é óptimo, como seja o boxe ou a caça com bigles, e só lhe faz perguntas acerca de gramática e declinações francesas, e mais o que é que ele sabe acerca dos Etruscos. Não, digo-vos eu, qualquer mãe irá sempre preferir como filho um Bob Frouxo que passe os anos graças à análise e às conjugações gramaticais, do que um lançador que consegue quatro jogadas de seis! E quando finalmente, apesar do desencorajamento, tudo lhe está a correr de feição e o Destino faz com que as nuvens estejam prestes a abrir-se e a derramar a glória do Sol sobre a cabeça do rapaz, e mostrar que ele é o melhor e conceder-lhe o brilhante troféu de prata, prova da sua excelência... será suportável *obrigá-lo a abdicar de tudo isso*

[21] Esta e várias das referências que se seguem neste pedaço de texto, que é afinal uma espécie de memória delirante de Ravello, têm a ver com o que seria a vida na célebre escola inglesa de Eton. Assim, «Bob» equivale a «qualquer aluno», digamos um «Zé», que é «Seco» quando pratica desportos em terra, «Molhado» quando se dedica aos aquáticos e, eventualmente, «Frouxo» quando não liga ao desporto mas só ao estudo. Outros termos pouco conhecidos e que aqui surgem referem-se a actividades como o críquete, a esgrima, o tiro, a vela, o remo e etc., e ainda mais etc.

para poupar na instrução de tiro e contas de aluguer de barcos e propinas? E enervar-se e irritar-se e bater com um sapato impaciente e deitar-lhe as condecorações para o cesto dos papéis, enquanto o pobre infeliz arruma as malas, sempre atormentado pelo som, que entra pela janela aberta, de madeira de salgueiro a bater em couro, e os gritos de apoio aos corredores, e o embate das lâminas, e o silvo dos dardos e sabe-se lá que mais... Aaah! Têm-se perdido mundos pela crueldade das mães. Mundos inteiros, digo-vos eu! Mundos inteiros!

A voz suave fora-se erguendo até se tornar num rugido. Quando Ravello tomou enfim consciência do silêncio que se estabelecera, olhou em volta e deu com todos os Exploradores a fitarem-no.

— Que língua está ele a falar? — perguntou John. — Será esquimó?

Mas Wendy foi até junto de Ravello, agachado junto à mala de cabina, arrumando e voltando a arrumar o conteúdo até estar tudo em perfeita ordem. Pousou-lhe a mão no ombro agitado, sentindo na aspereza gordurosa o tremer do amontoado de lã.

— O senhor não será, por acaso, um Rapaz Perdido? — perguntou-lhe.

— Evidentemente que não! — E Ravello pôs-se de pé com um salto de extraordinária elegância. — De modo algum, *miss*! Não! Não, não. Não sou. Com a máxima certeza.

— Alguém viu o Béu-Béu? — perguntou Curly.

Logo que acordaram na manhã seguinte, as crianças examinaram nervosamente pulsos e tornozelos, para terem a certeza de que não tinham espigado durante a noite. Como Slightly. Por muito difícil que fosse a viagem, qualquer dificuldade era preferível a ser posto de lado no Pico do Nunca, expulso por se fazer grande. Como Slightly. Porque acontecera aquilo a Slightly e não a eles? O Não Saber Porquê era a parte pior e mais preocupante. Decidiram que teria sido, quase de certeza, por Slightly estar a usar roupa de adulto quando chegara à Terra do Nunca.

Ao fim e ao cabo, as roupas fazem tanto parte do que uma pessoa é...

O caminho até ao cimo fazia-se trepando chaminés de rocha e transpondo barreiras de neve. Por vezes, escalavam declives de mármore escorregadio, mas apenas para de novo deslizarem até cá abaixo, arrastando-se uns aos outros até ficarem num monte, magoados e sem fôlego, e terem de repetir tudo de novo. Veios de ferro e carvão e fósseis mantinham coesas as rochas. Mas depois surgiam ravinas a dividi-las e os Exploradores encontravam-se frequentes vezes à beira de um precipício, olhando para um vazio sem fundo.

— *Alguém* viu o Béu-Béu? — voltou a perguntar Curly e, mais uma vez, procuraram e voltaram a procurar, mas nada encontraram. E uma vez mais chamaram: — Béu-Béu! Anda, Béu-Béu! —, mas as cornijas de neve que avultavam sobre as suas cabeças estalaram e rangeram e estremeceram como se fossem cair à próxima vibração.

— Vai estar à nossa espera lá no fundo, quando voltarmos outra vez para baixo — alvitrou Wendy em tom optimista para que os mais pequenos não chorassem, mas arrependeu-se ao lembrar-se das fendas e derrocadas, das vespas e das árvores pegajosas. O Pico do Nunca não era sítio para um cachorrinho tão pequeno.

As alterações que tinham mudado a Terra do Nunca também o haviam feito ao Pico do Nunca. Em tempos, nascentes de água doce lançavam cintilantes caudas de uma poalha de água sobre tapeçarias de flores silvestres e ninhos de pássaros. Agora, o gelo brotava do âmago da montanha, abrindo-lhe brechas e vomitando glaciares por elas abaixo, como uma suja lava cinzenta. Como *bulldozers*, os glaciares juntavam penedos em trémulas torres de rocha. Ao aproximarem-se de um desses glaciares, os Exploradores sentiram uma inesperada parede de frio, uma parede tão sólida que poderiam ter escrito nela, se por acaso tivessem um lápis.

— Como é que voltaremos alguma vez a estar quentes? — lamentou-se o Primeiro Gémeo a bater os dentes.

— Com chá e bolinhos quentes — retorquiu o Segundo Gémeo —, quando voltarmos para baixo.

— E como é que voltaremos alguma vez para baixo? — perguntou Tootles.

— Devagar e com segurança — respondeu Peter Pan com uma gargalhada descuidada —, ou a toda a velocidade se escorregares!

Aqui e além, uma cobertura de neve branca, semelhante a açúcar, cobria o sujo gelo cinzento, ocultando as enormes fendas que ameaçavam engolir quaisquer viajantes descuidados. Seguia em meandros em direcção ao cume e Peter desandou por ali acima sem um olhar para trás, de modo que os outros se sentiram na obrigação de o seguir. Mas o frio atingia-os através dos sapatos e gelava-lhes até à medula os tornozelos, os fémures, as ancas, a espinha, as omoplatas. Ravello atou-os a todos entre si, como montanhistas a sério, mas Peter não se deixou atar, recusou terminantemente.

— Pensem mas é no tesouro! — bradou-lhes, com o frio a pôr-lhe na boca tal fumarada que parecia um dragão. — Sim! Pensem mas é no *meu tesouro*!

A sua voz, reboando, provocou uma sussurrante queda de neve da encosta que, rodeando os pés dos Exploradores, lhes apagou as pegadas.

De repente, toda a gente estacou. Por sobre a goela de uma ravina, o glaciar reduzia-se a um estreito braço de gelo, como uma ponte de vidro barato e rachado. Era tão escorregadio, que os Darlings se puseram de gatas para rastejar até ao outro lado. E era tão delgado que, através dele, conseguiam ver, lá em baixo, a Morte Certa.

— Esta demanda em que vamos está dentro das regras? — quis saber Tootles. — É que uma pessoa pode morrer!

Peter Pan fez um sorriso feroz, pôs-se rapidamente de pé e... atravessou a estreita ponte de gelo a passos largos, bradando:

— Uma demanda, Tootles? Sim! Ser ou não ser. *Eis* a demanda! — Os outros olhavam-no, de boca aberta. — *Vá lá, venham todos daí! A coragem é que importa. Tudo se perde se se perde a coragem!*

Estava já a poucos passos do outro lado, quando olhou para baixo e, ali mesmo, no gelo brilhante, deparou com algo que lhe quebrou o impulso, lhe quebrou a coragem. Peter lançou então um grito tão terrível que todas as aves semelhantes a harpias abandonaram de imediato a montanha para nunca mais lá voltarem. Durante algumas batidas de coração bramiu o pandemónio dentro dele. Depois, tolamente, tentou correr. As solas das suas botas escorregaram, abriu muito os braços e caiu de bruços... e para lá da berma da ponte de gelo.

Ravello soltou um grito, deitou para o lado a corda que segurava e lançou-se-*hop*-um-*desliza*-dois-*salta*-três-*«Aí vou, sir!»*-até onde Peter estava, suspenso dos sincelos pelos dedos, por baixo da ponte de gelo. O peso de Ravello abriu um buraco na ponte e ele enfiou por ali dentro de pé, só se salvando de cair para uma morte certa pelos braços bem abertos e pela largura dos seus grandes ombros lanudos.

— Agarra-te às minhas pernas, rapaz! — gritou ele para Peter. — Agarra-te!

— Eu vi-o! — soou a voz de Peter, vinda de debaixo da ponte. — Vi o Gancho!

O corpo de Ravello, aprisionado no gelo, estremeceu de frio.

— A sua recordação, talvez. A sua imagem impressa no ar.

— Não, não! — A voz soava fraca, cheia de pânico e confusão. — Eu vi o meu reflexo no gelo e era...

Os sincelos nas palmas das mãos de Peter estavam prestes a derreter ou a partir-se. Em breve mergulharia na ravina, lá em baixo. Mas a lembrança daquele reflexo quase conseguia perturbá-lo ainda mais. Porque o gelo é um espelho fiel. Nele, vira os longos caracóis em que Ravello enrolara o seu cabelo, o bronzeado que escurecia a sua pele, a sobrecasaca vermelha e as botas justas.

— Agarre-se às minhas pernas, *sir*. Eu puxo-o cá para cima.

— Não consigo voar. Porque é que não consigo, Ravello? Porque é que eu não consigo voar?

O director de pista começou a escorregar, estendeu o braço para se segurar — com o ruído estaladiço de uma lâmina —

e conseguiu manter-se. Peter Pan transferiu o seu peso dos sincelos para as pernas de Ravello.

— Agarre-se bem, *sir*, não vá tirar-me as botas e cair na mesma!

Não é que Pan pesasse muito mais que uma almofada cheia de penas. Mas, mesmo assim, Ravello teve de fazer um esforço titânico para puxar o seu corpo e pernas e botas e Peter para cima, através do buraco, e este último para o círculo dos seus braços, finalmente em segurança.

— Porque é que eu não consigo voar, Ravello? Porquê?

— Tudo a seu tempo, *sir* — ronronou Ravello a acalmá-lo.

Os dedos de Peter penetraram mais fundo na cobertura lanuda, ao tentar afastar de si o mordomo.

— Não me toques! Não devo ser tocado! Vai lá atrás, criado, e traz aquela mala de cabina!

Mas as suas mãos tinham ficado presas. Com cuidado, com muito cuidado, Ravello libertou cada um dos dedos gelados de Peter do emaranhado de lã e friccionou-os para os aquecer. A sua voz era um murmúrio aliciante.

— E o que é precisamente esse Tesouro que tão assiduamente procuramos, *sir*?

Pan ergueu os olhos para o lado do cume. Ainda tinham em frente mais algumas horas a trepar, mas já Peter sabia o que a arca do tesouro ali escondida continha. Não seria capaz de dizer quem lhe tinha posto esse conhecimento na cabeça, e no entanto ele ali estava, juntamente com recordações de um lugar onde nunca estivera e um prazer deliciado que não podia existir dentro de si.

— Não sei o que lhes chamas, mas são coisas tão brilhantes e belas, e desejo-as há TANTO TEMPO!

Ravello soltou um suspiro de felicidade. Com quatro braças de corda e um cuidado infinito, aliciou os outros Exploradores a passar a ponte de gelo, e a seguir puxou também o baú, sobre as suas rodas de carrinho de bebé. Assim que essas rodas atingiram o sítio onde Peter tinha caído e fora depois posto em segurança, ouviu-se um forte *craque!*, e a ponte de gelo desfez-se em pedaços, caindo na ravina. A mala, em queda, quase levava Ravello consigo, mas, com um rugido gutural, sufocado, o director de pista aguentou o choque e manteve a corda agarrada, salvando-se a si e à mala de uma queda que os destruiria.

Todos os Darlings acorreram para o ajudar e, juntos, içaram o peso morto de uma mala de cabina balouçando e girando na sua corda como um enforcado. E viram que Ravello ria sozinho, sem parar, uma gargalhada irónica, como se escarnecesse de si próprio, um ruído que lembrava o da água a entrar por um rombo no casco de um navio.

17

ELE NÃO É ELE

Na Terra do Nunca, uma arca do tesouro contém o mais caro desejo de quem a procura, aquilo por que ele ou ela mais anseia no mundo inteiro. Aqueles que tinham desejado dobrões de ouro e moedas de prata, os que tinham pensado em tiaras, colares e relógios de bolso, os que haviam esperado livros de histórias e ovos Fabergé, esses já não queriam nada dessas coisas. Tudo por que ansiavam era uma boa fogueira e uma refeição quente, um edredão de penas e uma chávena fumegante de *Bovril*. É certo que Curly desejava desesperadamente não ter perdido o Béu-Béu, mas rapidamente eliminou o desejo, pois um cachorrinho encerrado numa arca de tesouro não era de modo algum um pensamento feliz.

Mas também pouco importava o que desejavam. Todos sabiam que Peter ia desejar melhor que eles todos e que seria *ele* a decidir o que iam encontrar, quando finalmente levantassem a tampa da arca de tesouro de Gancho.

* * *

Cantaram para os ajudar a percorrer a pouca distância que faltava, com a bandeira de arco-íris a flutuar corajosamente sobre as suas cabeças.

Para o cimo, para o cimo, vamos mesmo para o cimo.
Desde a letra inicial até ao ponto final,
Da primeira colherada até à panela rapada,
É para o cimo que vamos, mesmo, mesmo para o cimo!

Até ao fim é que vamos, vamos mesmo até ao fim.
Desde o raiar da alvorada até ser noite cerrada,
Digam lá o que disserem os que disto se temerem,
É para o fim que nós vamos, mesmo, mesmo até ao fim!

Sofremos o vento e o fogo e a fria brisa do mar,
Contra dragões combatemos e de ursos nos defendemos,
Mas também não se atreveram a ficar, desapareceram,
Porque sabiam que ao cimo é que nós vamos chegar!

— Mas, de verdade, não combatemos dragões nem ursos — comentou o Primeiro Gémeo
— Mas podíamos ter combatido! — disse o Segundo.

Até ao fim é que vamos, vamos mesmo até ao fim,
Do primeiro dia do mês até ser um outra vez,
Comendo o peixe que voa na estrada que vai pra Goa,
Até ao fim é que vamos, vamos mesmo até ao fim.
Se não queres acreditar, quem é que se vai ralar?
Porque é para o fim que vamos, mesmo, mesmo até ao fim.

E quase sem dar por isso, eles ali estavam, sem mais nada para subir. As encostas da montanha caíam a partir deles como as abas de um manto real e as suas cabeças estavam coroadas de nuvens.

Do cume do Pico do Nunca, podemos ver para lá do Incrível. Além de cada obstáculo, por sobre as cabeças dos mais velhos e mais altos. Até tão para trás quanto nos lembramos, e até tão longe quanto decidimos ir seguidamente. Podemos ver onde nos enganámos e o longo caminho que percorremos. Podemos olhar os nossos inimigos de cima e dominar os nossos medos. O mundo inteiro ergue os olhos com respeito para uma criança no cimo do Pico do Nunca! E os Exploradores estavam agora no cume nevado, apontando uns aos outros pontos de referência. Conseguiam ver a longínqua Floresta do Nunca, negra de carvão e ainda a fumegar. Avistavam a distante Lagoa amarela e o apertado estreito que dava passagem para o mar bravio. A rota que tinham seguido a bordo do *Jolly Peter* estava ainda inscrita no oceano, um sulco de espuma branca, que saía de terra e virava e ia acabar em destroços de naufrágios, junto ao Rochedo de Magnetite. E viam igualmente o Recife do Pesar e o conjunto de rochedos estriados que ocultavam o Labirinto das Bruxas.

— Oh! Olha, Peter. Repara! — gritou Wendy. — Lá estão as árvores onde encontraste bagas para o nosso pequeno-almoço!

Mas Peter não tinha olhos para a paisagem. Esquadrinhava o cume da montanha em busca do Tesouro, erguendo nuvens de neve com pontapés, resmungando contra o cansaço, o frio e a frustração. O mapa do tesouro desfazia-se-lhe aos pedaços nas mãos.

— Onde é que está? Mas *onde é* que está? — perguntava-se ele incessantemente.

Desde o lento resvalar da Terra do Nunca de Verão para Inverno, a neve instalara-se no Pico do Nunca, onde nunca houvera nenhuma. Profundas acumulações de brancura macia tinham envolvido o cimo rochoso numa cúpula arredondada, ocultando o Tesouro que o mapa prometia.

— Posso ajudar a procurar, *sir*? — inquiriu Ravello que, sempre mais lento que as crianças, só agora se aproximava do cimo.

— NÃO! Não podes vir aqui para cima! — bradou Peter em resposta. — Este lugar é MEU! Não podes subir para aqui!

— Pois não — retorquiu o director de pista, como se aquela fosse uma verdade indiscutível. — Não, bem sei.

E contentou-se em estudar a paisagem que se estendia abaixo de si, olhando, olhando, olhando concentradamente, e inclinando também a cabeça para escutar melhor.

Pan cavou a neve com a sua espada de espadarte até o gume em serra ficar gasto e macio.

— Frio — pronunciou Ravello... o que aliás era a simples verdade.

Peter cavou com um pedaço de ardósia, erguendo pazadas de neve até ficar com o cabelo todo branco de tanta neve cavar.

— Morno — disse Ravello... o que era absurdo.

Peter cavou com as mãos nuas, porque já estavam demasiado frias para sentir a dor.

— A aquecer — disse Esfiapado lá do seu poleiro, mais abaixo.

E então... um som oco, uma dureza macia que não lhe esfolou os nós dos dedos, um traço de vermelho sob a neve. O Tesouro fora encontrado!

Havia um grande cadeado, mas Wendy acorreu com a sua espada e, pondo as quatro mãos no punho — ah, como estavam frias as de Peter! —, conseguiram forçar o fecho.

Então Peter Pan subiu para a tampa abaulada e ergueu ambos os punhos no ar, lançou para trás a cabeça com os seus caracóis escuros e luzidios, e *cantou*:

«Altaíííí!!!»

Era um som em parte de cotovia, em parte de falcão. Era um brado de triunfo e um grito de guerra e desforra. Era parte menino de coro, parte delinquente. Mas, fosse o que fosse, não era um coquericó e terminou com uma tosse cheia de perdigotos.

— *Quente!* — murmurou Ravello, cerrando os olhos num êxtase de alegria.

A tampa ergueu-se e com ela o vento, pelo que uma coluna de neve redemoinhou em volta. Mesmo aqueles que tinham julgado ter demasiado cansaço e frio para ligar ao que havia na arca deram consigo a desejar com toda a força que ela contivesse o que os seus corações desejavam.

— *O QUÊ?*

Peter soltou um grito de desalento e enfiou lá dentro as mãos, atirando para os lados raminhos, erva seca e turfa. O Primeiro Gémeo desejara calor, de modo que ali estavam os ingredientes para uma fogueira.

Peter levou as mãos à cabeça, desesperado, e estavam cobertas com um brilho que não era da neve. Wendy desejara pó-de-fada para os ajudar a voar, de volta a casa, e ali estava pó-de-fada.

Havia folhas de chá secas e massa para pão, esparguete frio e pudim de sagu, misturados com tudo o resto, porque era o que os Gémeos desejaram quando estavam com fome.

Havia o habitual conteúdo das arcas de tesouro — dobrões de ouro e sacos de diamantes — porque John Darling não fora capaz de imaginar uma arca de tesouro que contivesse outra coisa. E, afinal, a tiara de Tootles também ali estava, bem como alguns metros de seda indiana.

— Béu-Béu, Béu-Béu, Béu-Béu! — pensou Curly, mas era demasiado tarde para desejar que o cachorrito estivesse na arca do tesouro de Gancho. E Curly culpou-se por nalgum lado, lá nos desolados glaciares e moreias, um minúsculo cachorrinho vaguear perdido por ele não ter sido capaz de desejar a tempo.

Até Béu-Béu, estivesse lá onde estivesse, devia ser melhor a desejar que Curly, pois havia um suculento osso de tutano enfiado na dobradiça. Só não havia Béu-Béu para o comer.

Mas, embora tivessem estado à espera de todo o tipo de coisas maravilhosas, *ninguém* conseguia perceber porque estaria ali a *FADA SININHO*!

Num cantinho da tampa, num casulo de teia de aranha, emergindo como uma borboleta da sua crisálida, uma fada encantadora e flexível, não maior que a mão de uma criança, acordou, espreguiçou-se e queixou-se, sonolenta, de que alguém deixara uma janela aberta.

— *Como pode uma pessoa dormir com esta corrente de ar?*

Piscou uma vez os olhos, depois ainda outra vez.

— *Peter? És tu, Peter?*

Os Darlings estavam encantados e fizeram turnos para pegar em Sininho na palma da mão.

— Pensámos que, com a tua idade, já tivesses morrido! — disse Tootles (o que, na opinião de Wendy, não dava mostras de muito tacto).

— *E tinha* — retorquiu Sininho — *ou então estava a hibernar. É difícil de dizer.*

Depois queixou-se de que as mãos deles estavam demasiado frias para ela se sentar e de que Peter estava a ignorá-la.

— *Não sei se sabem, mas as fadas morrem quando as ignoram!*

— Peter, olha! — exclamou Wendy. — É a Sininho! Foste tu que desejaste que ela estivesse aqui? *Ela* é que é o teu tesouro?

Pensar aquilo causou-lhe a mais estranha das sensações. Mas, afinal, era muito nobre da parte de Peter colocar um amigo acima do ouro, da prata ou de pão com mel.

Mas Peter continuou a remexer na arca do tesouro, deitando para o lado um livro de histórias, esmagando um ovo pintado.

Sininho voltou a olhá-lo.

— *Oh!* — fez ela, sonolentamente —, *pensei que era o Peter Pan, mas afinal não é ele. É o Outro.* — E voltou a adormecer.

E, finalmente, enchendo bem metade da arca, ali estava o Verdadeiro Tesouro, aquilo por que tinham arriscado tudo, o que os trouxera até ali, àquele Ponto sem Regresso. Peter retirou-o peça a peça com mãos cuidadosas: uma taça, um troféu, uma bengala, uma estatueta, um chapéu alto, uma placa com o formato de um escudo de cavaleiro, um boné rodeado de argolas encarnadas e brancas, e um remo com a pá pintada de verde-azulado, que Pan apertou apaixonadamente contra o peito.

Wendy ergueu um troféu, com cinquenta nomes gravados na base e as palavras TAÇA SPENCER DE CARABINA 1894.

— É muito bonito, Peter, mas porquê isto?

Peter, em vez de responder, agarrou noutra peça e olhou-a, uma taça revestida de prata brilhante.

Curly estava a preparar uma fogueira com o respectivo material. A cada momento, as vistas para norte, sul, este e oeste liquefaziam-se, lambidas por línguas de neve levantada. Aproximava-se uma tempestade. John gritou a Ravello que trouxesse um fósforo para acender o lume.

Mas Peter continuava a olhar a taça que tinha nas mãos, com arrepios a sacudi-lo da cabeça aos pés. O seu ar de encantamento transformou-se em horror ao ver, devolvendo-lhe o olhar, o seu próprio reflexo. Era o mesmo que já vira na ponte de gelo. Estendendo a mão para o lado, agarrou na de Wendy.

— Não sou eu — afirmou num murmúrio. — Wendy... eu... não... sou... eu.

Foi nesse momento que a figura do mordomo e criado pessoal de Peter emergiu no cume da montanha. Com o tempo a piorar, parecia muito má altura para deitar o capuz para trás. Mas as suas feições só estavam agora ocultas pela neve em turbilhão.

— Ei! Aqui, Ravello! — chamou John. — Um fósforo, por favor!

Mas Ravello pareceu não o ouvir, embora tivesse ouvido Peter muito bem.

— Não és tu, disseste? Verdade! E que verdade! Não tens sido tu nas últimas dez léguas. — De novo aquela gargalhada, como a maré enchente submergindo uma praia. — Não tens sido tu próprio, não. Porque te tornaste no Gancho. Capitão Gancho. Capitão Jas. Gancho, flagelo da Terra do Nunca!

Bastou o nome para lhes penetrar no peito como um gancho de aço. Ravello caminhou até à arca do tesouro, pegou cuidadosamente numa das taças, levou-a à face e beijou-a, longa e ternamente. Aproveitou também a oportunidade para dar um empurrão a Peter com a sola da bota.

— E aqui está a prova — continuou, abraçando o troféu. — Olhai o tesouro, o mesmo que o Capitão Gancho aqui deixou há todos estes anos! Serão brinquedos de criança? Não. Parecem-vos coisa do Coquericó? Não! Só Gancho, com a sua vontade de ferro, a sua alma de sílex, a sua determinação de aço, podia encontrar o mesmo tesouro que aqui deixou há tantos anos! Vê, então, como eu te preparei para o teu papel, rapaz! Como te pus apto para este momento! Repara como te levei a desejar os desejos certos e a encontrar o tesouro certo! Mas, oh, tornaste tudo tão fácil para mim! Tão ridiculamente fácil! Que grande favor me prestaste, Pan, por tua própria vontade! Que extrema bondade tiveste para mim no dia em que vestiste a minha segunda melhor sobrecasaca!

18

LIDANDO COM A INÉRCIA

GANCHO!

O director de pista vacilou e teve um arrepio do nariz à cauda, como um cão que molhou as orelhas.

— Em tempos, mas agora não — redarguiu. — Eu sou o homem que *em tempos foi o Gancho*. Se querem ver o Gancho, olhem para ali!

E apontou Peter Pan com o gancho de aço que tinha no lugar da mão direita.

— Vejam-no a usar a sobrecasaca vermelha! Vejam como o seu cabelo lhe cai em caracóis até aos ombros! Vocês, mais que quaisquer outros, deviam saber que quem veste as roupas de outrem, torna-se essa pessoa!

Os dedos gelados de Peter lutaram com os botões da casaca vermelha (a segunda melhor sobrecasaca de Gancho) e fizeram deslizar os braços de dentro das mangas. Apesar da ventania gélida que envolvia a montanha em espirais de frio, tão dolorosas como arame farpado, a sobrecasaca caiu no chão atrás dele e a sua leve túnica drapejou ao seu redor no vento.

Ravello riu-se.

— Podes largar o casaco, mas não o homem em que te tornaste. Só um rapaz de Eton é capaz de desfazer o nó da gravata da velha escola.

E o certo é que, por mais que Peter se encarniçasse contra a gravata branca que lhe envolvia o pescoço, não foi capaz de desmanchar o nó.

— Com que boa vontade deixaste que penteasse a imaginação para fora da tua cabeça! Como estiveste sempre disposto a deixar-me ajudar-te a vestir de novo o casaco, de cada vez que te despojavas do seu vermelho feitiço. Mas estou a ver que os teus amigos duvidam de mim, Pan! Portanto, diz-lhes tu! Diz-lhes como tens sonhado os sonhos do Gancho, recordado as memórias do Gancho, sentido os seus desapontamentos juvenis, sucumbido ao seu mau humor!

Pôs-se a atafulhar com taças e troféus, bonés e insígnias, os grandes bolsos da sua tão peculiar vestimenta.

— Tornaste-te James Gancho e esta é a prova! Estas eram as coisas que o seu coração mais desejava e só TU podias desejar que estivessem aqui! Foi por *isso* que precisei de ti.

— Não! Não! Eu sou Pan! — protestou Peter, arrancando dos pés as lustrosas botas de couro. — Serei sempre jovem e não há ninguém como eu! Eu sou Aquela-e-Única-Criança!

O Homem Desfiado soltou uma fungadela de desprezo.

— Está bem, chama o que quiseres a ti próprio, efémera. O teu Verão acabou e temos connosco o Inverno.

Os mais pequenos, com demasiado frio para entenderem bem o que se estava a passar, apertavam-se uns contra os outros para se aquecerem.

— Não podemos agora voar para casa, Wendy? Para algum lado onde esteja quente?

Wendy assentiu com um aceno de cabeça e foi de uns para os outros, esfregando-lhes punhados de pó-de-fada no cabelo.

Ravello observou-a enquanto fazia aquilo. Quando ela acabou, perguntou-lhe muito docemente:

— O quê? Sem as vossas sombras? Temo que seja impossível, *stupidi bambini*. Podem ter pó-de-fada. Podem ter pensamentos felizes (embora, não sei porquê, eu duvide). Mas sem a sombra *ninguém consegue voar*. Porque é que julgam que fiquei com elas?

Metendo a mão na mala de cabina, retirou as sombras de todos eles, muito bem enroladas como estores de janela, tesas e quebradiças do frio. Os Gémeos avançaram para ele, de mãos estendidas. Arreliadoramente, ergueu os rolos acima das suas cabeças.

— Não me digas. Vais manter as nossas sombras como reféns? — perguntou Pan.

— À minha fé que não, mosca-varejeira. Não faço cativos, tenho horror às prisões. Pergunta a qualquer um dos meus animais. Vou libertar as vossas sombras e deixá-las seguir o seu caminho!

E, abrindo a única mão, Gancho soltou as sombras, entregando-as aos dentes afiados do vento. As silhuetas de cinco crianças foram dançando sobre o abismo, trambulhando, chocando e enrolando-se umas nas outras até formarem uma bola. E cada explorador sentiu uma dor excruciante à medida que cada sombra se fazia em farrapos no meio da ventania.

— Gancho, és um patife e um vilão. Só o Diabo é capaz de roubar a sombra a um homem!

Ravello sacudiu uma manga em sinal de rejeição.

— Na pouco provável eventualidade de não morrerem, voltarão a crescer. Com cada dor que um homem sofre, a sua sombra aumenta. Ainda não viram como eu arrasto atrás de mim uma sombra que mais parece uma fuga de uma fábrica de tinta? Mas também vocês ainda não ouviram a minha triste história, pois não? Ah, mas deviam, deviam! Bem sei como vocês, crianças, *adoram* as vossas histórias! Então deixem-ma contar. A história do Capitão James Gancho, hem? Um homem de quem eu era grande amigo em tempos, devo confessar. Um homem com a energia e a vitalidade para subir qualquer montanha, procurar qualquer tesouro... Tomem bem atenção!

E logo ali começou a contar a história da sua vida.

— Em tempos que já lá vão, James Gancho era uma criança. (Porque será que as crianças têm tanta dificuldade em acreditar que as pessoas crescidas também já foram jovens?) Era uma criança tal como vocês... *mas melhor*! Era brilhante! Podem dizer o nome de qualquer desporto, James Gancho dominava-o. Nos campos de jogos do Colégio de Eton podia ele ter escrito o seu nome suficientemente grande para as constelações o avistarem do Espaço Exterior! O latim que se dane. As matemáticas que vão à vida. As línguas estrangeiras que permaneçam um mistério. Gancho era um desportista! Vencer era tudo para ele. Bastar-lhe-ia ver o seu nome nas taças desportivas, no armário dos troféus de Eton, e o seu coração ficaria cheio de alegria para sempre! Tal como tu, Pan, desististe de tudo para seres jovem para sempre, também eu-hum-*ele*-*Gancho*-desistiu de tudo para ser o melhor, o mais rápido, o mais forte, mais alto, mais bem preparado... Com seiscentos tubarões, eu era o melhor batedor no críquete!

O vento norte uivava em redor do cume do Pico do Nunca. Sempre que Ravello se calava, era ele que se encarregava de massacrar as crianças.

— Mas mães são mães. E as mães têm de pagar às costureiras, antes de se preocuparem com ninharias como *propinas da escola*. E foi assim que um vão roçagar de tafetá pôs fim aos sonhos de James Gancho. A mãe dele chegou no Dia do Desporto para me ir buscar — a *ele* — para o levar do colégio. Os outros rapazes estavam a competir por prémios que, dentro de mais um dia, seriam dele... por honras e louros que teriam...

Interrompeu-se, imaginando a mão do Reitor estendida para ele, ouvindo as aclamações de todos no edifício da escola... Ergueu a cabeça, endireitou os ombros. Mas logo o Desapontamento o feriu de novo, como um espasmo no estômago.

— Já que Gancho não podia vencê-los em luta aberta e leal, esvaziou o armário dos troféus e levou com ele todos os prémios. O seu Tesouro. Os objectos do seu desejo.

Os Exploradores arfaram de espanto.

— Você *roubou as taças da sua escola*?

Ravello puxou de um lenço, salpicado de queimaduras de ácido e nódoas, e limpou o nariz.

— Não terá sido muito elegante, admito, mas, se mães são mães, rapazes são rapazes. Ou, no meu caso, piratas. Assim começou a vida de crime de James Gancho. Na viagem para casa, tomou a sua decisão. Ia cortar os laços com o lar e a família, e vir para a Terra do Nunca, o único lugar do mundo onde um rapaz pode comandar o seu próprio destino! Viajou de dirigível. Aqui, neste lugar, esmagou-se no solo. E neste lugar deixou o seu Tesouro e arrastou a sua carcaça pela montanha abaixo e até à Lagoa, para uma vida de cobiça e pilhagem. Mas foi aqui em cima que deixou o coração, sempre na intenção de regressar um dia e encontrá-lo. E tê-lo-ia feito! Teria... *se não fosse o Pan!*

«Aquela larva na carne. Aquela espinha na garganta. Aquela malária na corrente sanguínea. Primeiro tirou-me a mão direita... a mão do *Gancho*, quero eu dizer — a mão de lançar, a mão do leme, a mão de remar e esgrimir e... Mas deixemos isso. Depois, arquivou o Gancho na barriga de um crocodilo! Ah! Julgam vocês que esta montanha é um lugar terrível para morrer! Deviam experimentar como é a vida dentro de um crocodilo de água salgada! Um túmulo sem ar nem luz, inundado de sucos digestivos, um despertador sem corda entalado de encontro aos rins e quase nenhum espaço para se mexer. Haverá sepultura mais terrível? Alimentou-se dos ovos do crocodilo, uma fêmea. (Sabiam que era uma fêmea?) Ah, que bem familiarizado que o Gancho ficou com a anatomia interior de um crocodilo fêmea de água salgada!

«Dia após dia, o ácido do estômago queimava-o e o fedor sufocava-o... Mas recusei-me... *Gancho recusou-se* a aceitar a inércia final. Longe iam os dias de brincar à Grande Caçada. Enquanto ali jazia e sofria a sua mutação marinha, o Gancho não pensou em mais nada senão na *vingança*!

«E ali e então tudo começou, espontaneamente, sem que ele precisasse de levantar um dedo. Porque a garrafa de veneno que ele trazia sempre na minha algibeira de cima, rachou e verteu a sua peçonha para dentro do crocodilo, para dentro da Lagoa, para dentro...

O largo gesto do seu gancho estendido abarcou todo o panorama invernal que rodeava o Pico do Nunca.

— Finalmente, quando a fera morreu envenenada, ele abriu caminho com o seu gancho para fora da barriga da criatura, e fez um par de botas com o que restava. Porque, percebem, eu não ia, *raios partam isto!*, *ele*, ele não ia aceitar a inércia final!

«Mas o homem que emergiu para a luz do dia não era o Gancho. Era uma versão reduzida, uma versão digerida, desse homem. Tudo se fora, o casaco vermelho, as calças abaixo do joelho, o cabelo lustroso. O orgulho. Tudo se dissolvera, carne e cabelo e casaco e cor e alma, na bílis do crocodilo. E o sono! — ah, que agonia! — o dom do sono fora-se! Tudo o que emergiu foi *isto*... esta MOLEZA de homem! Uma coisa como uma esponja. Uma coisa como uma coisa morta. Da minha pluma à minha roupa de baixo, tudo se fizera, se frisara em lã! A *Ganchidade* do Gancho fora devorada e apenas restava Ravello, o Homem Desfiado! Até o meu velho e querido navio preferiu apresentar-se perante *ti*, Pan, em vez de mim! Por mais que tentasse, não o consegui convocar para fora da Lagoa, não consegui *atraí-lo* até mim, porque em mim já não havia magnetismo algum. O ferro da minha alma enferrujara e perdera-se, estão a ver, enquanto eu jazia na salmoura da barriga daquele crocodilo!

«Trouxe-me algum conforto verificar como o mundo, também ele, *mudara* durante a minha prisão, como a minha pequena garrafa de veneno fizera o pior possível à Terra do Nunca, infiltrando-se pela Floresta do Nunca, pelos charcos, infectando os meses de Verão até o próprio ano se dobrar ao meio, cheio de dores!

«Como disse, do Gancho pouco restava nesta mísera *chinchila* de homem. Só o monótono tormento da saudade. Só esse desejo, o mais antigo, o mais profundo, de recuperar o seu Tesouro do remoto lugar onde o deixara. E essa foi a maior partida nesta que é a mais diabólica das Divinas Comédias. *Eu... não... conseguia... desejar!* Estava tão incapaz de desejar como de dormir. Só a vontade férrea de James Gancho poderia abrir essa Arca do Tesouro que aí está e encontrar o meu... o seu... o nosso... *diabos me levem!* — o Tesouro que nela se encontra.

«Vejam então como consegui arranjar um actor substituto. Um representante. Um delegado. A única pessoa na Terra do Nunca cuja força de vontade igualava a de James Gancho. Não me estás agradecido? Ah, o que eu daria para me *parecer* de novo com o Gancho, para me *pavonear* como o Gancho, para retumbar e *aterrorizar* como o Gancho! Sim, devias estar-me grato, Pan! Pensa como eu te conduzi, com sede e lisonja, como sangrei de ti o Pan e o substituí por mau génio e tirania. Repara como, com um casaco, uma gravata e umas botas, te transformei, do rapazola insignificante que és, de uma mera criança, no maior pirata de todos, no Capitão James Gancho!

— **NÃO!** *Não.* Eu sou Pan! — exclamou Peter. — Serei sempre jovem e ninguém, em todo o mundo, será *alguma vez* como eu! E tu, Gancho, serás sempre o meu inimigo figadal e não descansarei até que..

— Tsss, tsss, tsss. Tanto fogo e tanta fúria, rapazinho. — E Ravello agitou uma mão descuidada, como para sacudir uma mosca. — Agora que foste vencido, devias cultivar a virtude da paciência. Como eu. Um tempinho dentro de um anfíbio de água salgada acalmava-te, deixa-me que to recomende... Mas nada de rancores. Dá-me a tua mão. Desempenhaste o teu papel, pequeno Capitão. Eu tenho aquilo que aqui me trouxe. Apertemos as mãos em reconciliação.

E estendeu realmente a mão única, a esquerda, na sua manga demasiado comprida, para ajudar Peter a pôr-se de pé. Peter lançou uma estocada com a sua espada, mas os dentes de serra ficaram apenas embaraçados na lã da manga e a mão lá dentro agarrou a dele, firme como um torno.

— Tanta violência! Que terias tu sido, pergunto-me, se tivesses chegado a homem feito, se não tivesses optado pela juventude eterna. Terias sido um pirata, como eu?

— Nunca!

— Não? Então um piloto. Ou um actor, chamado dez vezes ao proscénio pelos aplausos dos teus fãs! Um homem distinto, não duvido! Um herói... Oh, mas espera! Já sei!

É evidente! Um *explorador*! Um descobridor de novas terras, inscrevendo o seu nome em letras de ouro nos mapas de treze continentes!

Dentro da mão de Peter, os fios oleosos de lã começaram a separar-se, a desenrolar-se, a desemaranhar-se. O frio paralisante, o entontecedor turbilhonar da neve, as palavras que Ravello salpicava como sal sobre ele afrouxaram o pensamento de Peter. As palavras traziam imagens agarradas a elas, como os pequenos cartões que se põem nos presentes, e ele quase conseguia ver realmente como a vida seria se ele fosse...

— Mas então, o quê? — continuava Gancho a insistir com ele, sorrindo, sorrindo o tempo todo. — Um explorador, não? Alguma coisa mais fácil? Alguma coisa que não exija tanto?

Peter encabrestou-se. Pensaria Ravello que ele não estava à altura de ser um explorador? Absurdo! Ora, Peter quase conseguia imaginar...

— *Não lhe respondas!*

Um vulto alcançou o cume cambaleando — um homem jovem que ninguém reconheceu — até verem a fralda da sua camisa de noite esvoaçando abaixo do casaco, agora apertadíssimo.

— Slightly!

— *Não lhe respondas, Peter!* — voltou a bradar Slightly, apontando o seu clarinete ao Homem Desfiado.

Wendy correu para junto de Slightly. O tamanho dele fê-la sentir-se pouco à vontade, mas não pôde deixar de o apertar nos braços, exclamando:

— Ah, afinal não és um Rugidor! Seguiste-nos! Como devem estar frios os teus pobres joelhos! Quem me dera ter feito o teu casaco maior!

— *Não lhe respondas, Peter!* — repetiu Slightly ainda mais uma vez, nunca tirando os olhos de Ravello. — Ele perguntou-me exactamente a mesma coisa *«O que é que tu queres ser quando fores grande?»* e a lã desenrolou-se na minha mão, e nesse momento... nesse momento comecei a crescer. Mas eu consegui deslindar a charada, Homem Desfiado.

Ravello soltou a sua estranha gargalhada, como um gorgolejo debaixo de água, embora fosse evidente que ficara descoroçoado.

— Agora é Slightly-wiser[22], estou a ver.

Incrédulo, Peter Pan ergueu os olhos para Gancho.

— Eras capaz de me fazer crescer? Sob o disfarce de um aperto de mão?

Gancho respondeu à acusação com um desenvolto encolher de ombros.

— Eu não. Tu, tu próprio. A partir do momento em que uma criança responde à pergunta *«O que é que tu queres ser quando fores grande?»*, está a meio caminho de ser um adulto. Atraiçoou a infância e olhou para a frente. Juntou-se às fileiras desses escriturários e depenadores de galinhas e embaladores de caixotes que pesquisam nos jornais a coluna da oferta de empregos.

Apertou ainda mais a mão de Peter e ergueu o rapaz até ficarem cara a cara. Era um rosto terrível o dele, sulcado pela dor, o desapontamento, o ácido do suco gástrico e a aversão.

— Confessa que *olhaste* para o futuro quando te fiz a pergunta! Diz-me que te imaginaste como um homem feito, remando a tua canoa rio Amazonas acima, ou arrastando o teu trenó sobre os gelos eternos em direcção ao sul geográfico! Demónios te levem, Slightly! Só mais um momento e teria feito o que nenhuma mãe e nenhum pai conseguem. Roubar a infância ao rapaz Pan!

Mas Slightly continuava a apontar um dedo acusador a Gancho e a bramar contra ele:

— Esse homem, Peter, disse aos Rugidores que tu os tinhas envenenado e feito crescer, mas eu afirmo que foi ele! Afirmo que *ele* é que os envenenou!

---

[22] E aí temos outra vez a utilização de Slightly para novo jogo de palavras. Assim, Ravello considera o rapaz «Slightly-wiser» = «Ligeiramente--mais-sábio» ou, se quisermos, «mais-bem-informado».

— Ele envenenou toda a Terra do Nunca! — rosnou Peter. O seu rosto estava tão perto do do pirata que os narizes se tocavam. — Devia fazer-te em postas e deixar-te só o osso, vilão!

— Não ias encontrar nada senão o meu ódio por ti, Peter Pan — redarguiu Ravello, lançando-o ao chão.

Durante todo este tempo, os Gémeos tinham andado a correr de um lado para o outro, trazendo ramitos da Arca do Tesouro para fazerem uma fogueira. Mas mal tinham juntado duas braçadas de lenha, logo o vento espalhava tudo de novo. (A tempestade tornava-se pior a cada momento que passava, chicoteando o pico da montanha com rajadas de neve.) Slightly foi em socorro deles, mantendo a lenha no lugar com sacos de moedas de ouro e peças de seda que faziam parte do Tesouro.

— Ah, Slightly, estou tão contente por não te teres feito salteador! — disse o Primeiro Gémeo com uma fungadela.

— E por não te teres esquecido de todos nós, Slightly! — acrescentou o Segundo.

Mas o que havia Slightly de ter feito ao sabê-los em semelhante perigo? Que escolha tinha ele senão a de seguir as suas pisadas ao longo de todo o caminho até ao Ponto sem Regresso? Agora, Slightly era adulto e, embora crescer seja uma praga e uma maçada, a verdade é que os adultos têm um grande mérito. Não podem deixar de se preocupar com os outros e não param de o fazer.

De maneira que Slightly lá ajudou os Gémeos a fazer a fogueira, o que talvez pudesse salvar os seus amigos de uma morte gélida no cume do Pico do Nunca. John correu até à mala de cabina a buscar um fósforo, mas Ravello fechou violentamente a tampa com o bico da bota e depois deu-lhe um empurrão, fazendo-a deslizar mesmo até à beira do cume.

— Dá-me um fósforo, pirata — exigiu John.

— Não fales com ele! — lançou Peter. — Bani-o para a Terra do Nada e ninguém deve falar com ele. Eu acendo o lume, tal como sempre acendi a lareira na Casa da Wendy! Com a Imaginação!

Mas por mais que se esforçasse e lutasse, embora desse com a cabeça no chão e puxasse pelo seu cabelo lustroso com dedos desesperados, Peter estava tão incapaz de invocar o fogo como de imaginar o jantar. É que, estão a ver, Ravello penteara a Imaginação para fora dele pelas pontas dos cabelos.

Os Gémeos tinham a certeza de que eram capazes de acender o lume. Pois não tinham eles lançado fogo à Floresta do Nunca para matar o dragão de madeira? Mas Ravello voltou a soltar a sua gargalhada sem alegria.

— Ora! Vocês julgam mesmo que podem ficar com isso a vosso crédito, *doppel-kinder*? Fui *eu* que incendeei a Floresta do Nunca! Soltei os meus animais. Despedi os ajudantes (Rugidores todos eles). Deitei fogo à minha bela tenda... Queimei as pontes com o passado. Porque logo que vi a rapariga Wendy, percebi que a minha longa espera tinha chegado ao fim. Chegara o tempo da vingança. E o que é um circo comparado com a *doce vingança*?

O ar estava carregado de flocos de neve, como se uma almofada de penugem de ganso tivesse rebentado. Sem a sobrecasaca vermelha, Peter tinha a língua entaramelada de frio e lutava por tirar a gravata branca do pescoço.

— Um fósforo, Ravello. Vamos a acender esta fogueira e conversar depois! — propôs Curly.

— Um fósforo, Ravello. Depressa! — apoiou Tootles. — Não tens também frio?

— O que é que se diz para que façam o que queremos? — perguntou o Homem Desfiado, em voz aguda e trocista. Então é que os Exploradores sentiram mesmo vontade de o enviar para a Terra do Nada e nunca mais terem de falar com ele.

— Por favor — disse Wendy friamente.

— Por favor — repetiu Curly.

— Por favor — ecoou John.

Esfiapado deu um puxão à corda e trouxe o baú sobre rodas até aos seus pés, como um cão que fosse castigar. Levantou a tampa e tirou de lá de dentro uma caixa de fósforos, sacudindo-a delicadamente, produzindo um som como o de uma roca de bebé. Só restava um fósforo.

— Expliquem lá outra vez. O que é que se diz?

— Por favor! — entoou Tootles.

— Por favor! — repetiram em coro os Gémeos.

(— Ah! Agora percebo! — disse Peter para consigo, resolvido o enigma.)

— *POR FAVOR!* — disseram todos, menos Peter.

— ERRADO! — exclamou Ravello, esfregando o fósforo de encontro ao queixo por barbear. A chama iluminou-lhe a cara. Era uma cara desgraçada, cheia das cicatrizes do tempo passado dentro do crocodilo, da passagem do tempo onde o tempo não devia passar. Só a pose aristocrática da cabeça e o fogo nos seus olhos castanhos descorados provavam que o mais mortal inimigo de Pan, o Capitão James Gancho, continuava vivo lá dentro. — Ora deixem-me pensar. O que *é* que se diz para que façam o que queremos? Ah, sim. Agora já me lembro...

E então soprou o fósforo e disse:

— *MORRAM!*

19
QUEIMADO

O vento esmagava-se contra a montanha. A arca vermelha do tesouro, ainda meio enterrada na neve, batia a tampa, abrindo e fechando, abrindo e fechando. Mas a maltratada e velha mala que Ravello arrastara ao longo de toda aquela distância em cima das suas rodas de molas, a *essa*, o vento sacudiu-a e abanou-a e lançou-a a rolar como um carrinho de bebé em fuga. E assim rolou por cima da berma, descrevendo um arco no espaço e caindo, caindo, soltando saleiro, louça, mapas, ferramentas e cordel. Não a ouviram cair. O temporal estava agora sobre eles, envolvendo-os em gelo, enchendo--lhes as orelhas, os olhos e as mãos de neve.

— Mas, assim, tu também vais morrer, Gancho! — bradou Peter.

O pirata de circo encolheu os ombros.

— É possível, mas não tem importância. Fiz o que tinha decidido fazer. Tenho o meu Tesouro. Que mais interessa?

— E fez-te feliz, o teu «Tesouro»? — perguntou Wendy rispidamente (porque as mães fazem sempre notar como a maldade não traz alegria, o crime não compensa, os ladrões não prosperam).

Uma dúvida penosa perturbou o rosto escalavrado de Ravello.

— Como hei-de eu saber? — perguntou, pegando na Taça da Maratona e acariciando a inscrição do seu nome, agora magicamente presente na base do troféu. — A felicidade não é prato de que eu tenha provado antes. É certo que tenho dentro de mim um sentimento curioso, algo semelhante a bolo de chocolate. E a fogo-de-artifício. E à música do Sr. Elgar[23].

Para Wendy, aquilo soava suspeitamente a felicidade, mas não o disse, com medo de ir encorajar Gancho na sua maldade.

John estava atarefado a esfregar dois paus um no outro, tentando obter uma centelha. Mas até os paus tremiam de frio. Curly esforçava-se por construir um iglu com neve, para se poderem abrigar até passar a tempestade. Mas os iglus não se fazem com neve solta. Tootles propôs que cantassem, para manter a coragem, porque é isso que os heróis fazem quando as coisas estão mais escuras. E, com a mais estranha das gargalhadas, foi o próprio Ravello que começou a cantar:

Belo tempo pra remar
Sob a brisa das searas
Folhas de erva pelo ar
Sombra sobre as águas claras.

Era o hino da Escola de Eton. Peter, embora não quisesse ser um aluno de Eton, nem *quisesse* saber as palavras do hino, não conseguiu resistir a cantar. Assim, cantou como se estivesse a disparar canhões contra o pirata e cada palavra o pudesse atravessar.

Pode o râguebi ser sem par
Mais fidalgo o tiro ao arco,
Mas nós só queremos remar
Conduzindo firme o barco.

---

[23] Este Sr. Elgar é Sir Edward Elgar, um compositor inglês que nasceu em 1857 e faleceu em 1934, um autodidacta, o que não é vulgar entre compositores. Parece-nos interessante referir que, entre a sua vasta obra, existe uma *Nursery Suite* (*Suite Quarto de Crianças*).

A tempestade arrancava-lhes cabelos da cabeça. Rasgava as costuras dos seus casacos de cobertor. Projectava-lhes a neve contra a cara e lançava avalanches a estrondear pela montanha abaixo. As palavras do hino chocalhavam-lhes na boca como cubos de gelo. Se não tivessem todos unido os braços, agarrando-se uns aos outros, o vento tê-los-ia arrancado do Pico do Nunca, lançando-os para o céu.

E nada nesta vida há-de quebrar
A cadeia que agora nos reúne.
E nada nesta vida há-de quebrar
A cadeia que agora nos reúne.

Se pensam que Sininho veio em socorro deles, forçoso é dizer-vos que estão muito enganados. Um desejo trouxera de volta Sininho de um lugar muito para além de Estranho e as suas asas estavam ainda pegajosas de improbabilidade. E a fada aninhara-se de novo para dormir na arca vermelha do tesouro.

— *Está frio de mais* — dizia sonolentamente. — *Há barulho de mais.*

E jovens serão sempre nossos rostos
Ao aplaudirmos os remadores de Eton.
E jovens serão sempre nossos rostos
Ao aplaudirmos os remadores de Eton.

As palavras Vaguearam para longe, integrando-se no grande silêncio que os esperava. O Inverno tomara a Terra do Nunca nos seus dentes e estava a sacudi-los até à morte.

De repente, como uma vespa que faz pontaria a um piquenique, algo rodopiou para lá dos Exploradores, algo que não era um floco de neve. Brilhando como uma brasa, pousou sobre o fecho da arca do tesouro.

— FOGO-ALADO!

Na Terra do Nunca, uma arca do tesouro contém o mais caro desejo de quem o procura e, sem que nenhum deles o soubesse, fora Fogo-Alado que desejara que Sininho ali estivesse.

Logo desde aquela primeira e intrigante menção — *«Conheces a Sininho?»* — a ideia dela começara a crescer na cabeça de Fogo-Alado, luzindo na pequena e escura câmara que era o seu crânio de fada. Cada referência que lhe era feita levava-o a querer saber mais. Atormentara Slightly com perguntas e chegara à conclusão de que Sininho — disposta a beber veneno e capaz de dizer mentiras tão grandes como albatrozes — era demasiado maravilhosa para ter morrido. Agora, ao ver Sininho, a sua cobertura de pó-de-fada brilhou com o calor do Amor-à-Primeira-Vista. Até derreteu o verniz da tampa da arca.

Sininho abriu os olhos, mas deve ter julgado que estava a sonhar Fogo-Alado, pois limitou-se a fazer um sorrisinho de desculpa e a dizer:

— *Tanto frio. Frio de mais. Tenho de ir embora.*

E então a neve esbravejou entre eles como um exército de fadas ciumentas.

— *As fadas morrem se outras fadas as ignoram* — queixou-se Fogo-Alado, mas ela não ligou. Passados mais um ou dois momentos, Fogo-Alado anunciou com grandes ares: — *Não vou acender porcaria de fogueira nenhuma. NÃO FAÇO ISSO. RECUSO. NÃO FAÇO!*

(Bom, vocês têm de se lembrar que a coisa que ele melhor sabia fazer era mentir.) Depois, mergulhou como uma gota de ouro derretido na pilha de lenha.

— Oh! Fogo-Alado, não! — gritou Wendy.

— Vais arder todo! — berrou Tootles.

— Ah, meu querido idiota! — bradou Slightly.

Sob o seu cobertor de neve, o monte de paus para a fogueira dera de si. Agora parecia impossível que alguma coisa o pudesse acender. Mas Fogo-Alado conseguiu. Gradualmente, os ramos passaram de branco a castanho, depois de castanho a laranja e, com um grande estalido, as chamas tomaram vida, ateadas pelo vento uivante, até se tornarem uma flamejante fogueira. O calor do corpo de Fogo-Alado acendera a lenha e o Pico do Nunca estava coroado com uma chama triunfal, visível de toda a ilha.

Algumas das chamas ardiam com a mesma cor de Fogo-Alado. Parte das cinzas que subiam no ar pareciam pequenas asas chamuscadas. Os membros da Companhia desviaram os rostos e taparam os olhos, para não verem o que sucedera ao corajoso serzinho mágico... todos eles, menos Peter. Chegou-se tão perto que as chamas formaram um halo em seu redor e lhe crestaram as sobrancelhas. Inclinou, espreitou, chamou e meteu no fogo a sua espada de espadarte, esperançoso de poder salvar Fogo-Alado de um fim ardente. Com o calor, a espada desfez-se em estilhas.

— Tem cuidado, Peter! — gritou Wendy, ao ver brasas a saltar em volta dos pés do rapaz.

— Jurei que estaria ao vosso lado em todas as circunstâncias! — retorquiu ele. — Mas, ah, que fada esta!

— Que extraordinário mentiroso! — concordou John, com grande respeito.

— Como a Sino, nos velhos tempos! — acrescentou Curly.

Foi então que Sininho acordou realmente e de vez. Estava a acontecer qualquer coisa emocionante. Havia vidas em perigo. Gente lembrava-se dela carinhosamente. Além disso, outra fada estava a chamar toda a atenção. Era mais que o necessário para a despertar.

— *Espere aí, jovem!*

E Sininho voou como uma seta direita ao fogo, na intenção de seguir Fogo-Alado. Porém, os seus movimentos estavam ainda perros de sono e a mão de Peter lançou-se, agarrou-a e manteve-a bem apertada.

— Já chega de perdas num dia só — disse ele bruscamente.

É estranho, porque, logo à partida, não havia assim tantos raminhos e pedaços de turfa e ervas. Se lembrarmos que havia o Tesouro de Hook, ossos de cão, seda, sagu e ouro, os Gémeos tinham tido muito pouco material para trabalhar. A fogueira era bem pequena. E no entanto aquele fogo ardeu mais e com maior brilho que qualquer farol em noite de tempestade. Mas é que o combustível mágico deve ser melhor.

Conseguiram cozinhar a massa de pão e o esparguete, derreter neve e fazer uns cinco litros de chá. Enviaram sinais de fumo a pedir auxílio (se bem que o temporal tenha feito o possível para os esborratar). Finalmente, o fumo levou a melhor sobre os flocos de neve e arrastou-os dali para fora. A montanha sentiu-se quente no cimo e recordou a sua infância. (Lembrem-se de que, em tempos, fora um vulcão.) E talvez a montanha (ao contrário de Peter e de Gancho) apenas tivesse recordações felizes da juventude porque, ao recordar, sorriu.

Ah, sim, não é costume — talvez nunca tenha mesmo acontecido antes, nem depois —, mas não há outra palavra para o que sucedeu. A montanha sorriu. Todas as suas descidas se voltaram para cima. Flectiu os músculos das suas quatro faces — norte, sul, este e oeste — e os glaciares racharam-se, as pontes de gelo caíram, a neve não conseguiu manter-se no lugar. Árvores emergiram, atónitas, e sacudiram a neve do cabelo. Erva rebentou, primeiro um rebento aqui e além, depois farfalhuda como uma barba. Quedas-d'água descongelaram com um chapinhar apressado e assustaram as flores de tal maneira que estas se abriram.

No cume do Pico do Nunca, caçador e presa, vilão e herói, criança, adulto e fada, juntaram-se num círculo, cruzando mãos, joelhos ou asas, entreolhando-se como animais junto a um bebedouro. Viram como a tormenta se afastava na distância, direita ao mar, em breve pouco maior que o avental de Wendy levado pelo vento da corda de secar. E, por fim, a fogueira apagou-se.

— *Agora estou a ver que tenho de ir à procura do idiota* — disse Sininho suspirando de um cansaço do tamanho do mundo (se bem que as suas asas estremecessem com uma dúzia de cores emocionadas). E, libertando-se da mão de Peter, lançou-se mesmo no meio da fogueira ainda fumegante. Num instante, tinha desaparecido com um silvo e um estalido. Duas fadas pequenas não darão muito brilho, mas o ar pareceu ficar mais escuro sem elas.

— Temos de combater, tu e eu — anunciou Peter ao Homem Desfiado.

— E com quê? — troçou Ravello, voltando costas. — Diz-me o nome da tua arma inexistente. Além disso, tu e eu somos rapazes de Eton. É feio lutar, principalmente em frente de senhoras.

E, tocando a base do cabelo frisado numa saudação a Wendy e a Tootles, afastou-se com um saltitar alegre das suas botas de crocodilo.

Peter lançou-se atrás dele — *Vamos acabar com isto aqui e agora, meu cobarde!* — e sentiu um gancho de aço roçar-lhe pela face, quando Ravello se voltou, mantendo-o em respeito.

— Estás mesmo convencido de que a escolha é tua, ó borboleta de traça? — silvou Ravello. — Nunca jogaste a um jogo chamado «consequências»?

E, arrancando o esfarrapado mapa do tesouro das mãos de Peter, pôs-se a fingir que escrevia, usando o gancho como se fosse uma pena.

«Em tempos que já lá vão havia: Um rapaz chamado Pan.
Num lugar chamado: Terra do Nunca.
Que encontrou um pirata chamado Jas. Gancho
e os dois travaram luta de morte.
E a consequência foi...»

— *Que James Gancho acabou em jantar de crocodilo!* — concluiu Peter, em tom triunfante.

— Ah, pois — contrapôs Gancho. — Mas o que tu não sabes é que cada consequência tem novas consequências, meu rapaz! Cada coisa que fazes volta para te perseguir, cada inimigo que dás a jantar a um crocodilo, cada rapaz que afastas de ti. Julgas mesmo que vais tornar a ver a Floresta do Nunca, agora que te arranquei as penas das asas, galaró? Em tempos, meteste-me no caixão, no meu caixão crocodilo. E pensas realmente que és capaz de matar um homem que se levantou de entre os mortos? Lê os teus livros de história... ah! Mas já me ia esquecendo. Tu não sabes ler, pois não, *ignorantibus minimus*? Então tenho eu de te dizer. Alcançar o seu alvo não é o grande feito dos exploradores. A viagem *de regresso a casa* é que dá cabo deles. O relógio partido está a marcar o tempo. Prepara-te para enfrentares as consequências do que fizeste! Não preciso para nada de te matar, coquericó. *Essa tarefa dou-a eu à Terra do Nunca!*

20

MÁ SORTE

A fogueira reduzira-se a um montículo negro de carvão. Os Gémeos tiraram dois paus queimados, fizeram um desenho de Ravello na rocha e puseram-se a atirar-lhe pedras. Wendy, que estivera a observar a expressão de Peter desde que o pirata se fora embora, pegou noutro bocado de carvão e escreveu em grandes letras, no pináculo de rocha mais elevado:

Pico de Pan

— Que tal? — perguntou ela, recuando orgulhosamente e limpando as mãos no seu vestido de bandeira de pirata.

— O quê? — perguntou Peter inexpressivamente, incapaz de ler o que ela escrevera.

De maneira que Wendy desenhou um galo de bico aberto, cantando

«Có-que-ri-cóóóóóó!»

e então Peter compreendeu e sorriu. Era um sorriso pequeno, um sorriso gasto. Os seus dedos estavam ainda agarrados à gravata branca de Eton que lhe circundava o pescoço como o nó de uma forca.

John, querendo também fazer um desenho seu, retirou outro ramito enegrecido da fogueira extinta e... deu com uma fada sentada na ponta, cheia de fuligem da cabeça aos pés! Uma fada-macho e que mais parecia um borrão de tinta!

— Fogo-Alado! Estás vivo!

— *Naturalmente* — replicou o borrão. Reuniram-se alegremente ao seu redor e Tootles arranjou-lhe uma banheirinha com uma chávena de chá frio.

Mas, enquanto Fogo-Alado lhes desaparecia da vista, enegrecendo o chá de fuligem, uma outra voz disse, por detrás deles:

— *Não acreditem numa palavra do que ele diz. É um tal mentiroso, esse rapaz!*

E uma Sininho tão suja como ele, saiu com esforço da fogueira e tirou violentamente Fogo-Alado de dentro da chávena.

— *Primeiro as senhoras* — lembrou ela. E meteu-se na chávena. Tiveram todos de fechar os olhos enquanto ela se libertava da fuligem.

— Quer dizer que as fadas são à prova de fogo — concluiu John que tinha uma curiosidade de cientista por assuntos daqueles.

— *Só às quartas-feiras* — afirmou categoricamente Fogo--Alado.

— Acho que hoje é sexta — considerou Curly.

— *Oh, céus. Então devo estar morto* — concluiu Fogo-Alado.

A partir daí, Sininho e Fogo-Alado passaram a falar só um com o outro, porque estavam muito apaixonados. Dir-se-ia que não ouviam o que quer que se lhes dissesse. Em nada os interessou o reunir de lixo e tesouro, o erguer da bandeira de arco-íris ou o exame da ilha através do óculo de bronze de Gancho.

— Venham daí, então, se querem! — gritou-lhes Peter. Mas as fadas ignoraram-no.

— As pessoas morrem, se as fadas as ignoram! — brincou Slightly. Mas o par de apaixonados limitou-se a saltar para dentro da arca do tesouro e fecharam a tampa com um estrondo ensurdecedor. Quando Curly a voltou a abrir, não havia nada nem ninguém lá dentro. Nem sequer um pudim de sagu.

Descer devia ter sido fácil. O frio já não era tão terrível. A montanha não estava tão escorregadia. Mais abaixo, o ar não era tão rarefeito. Aqui e acolá encontravam restos da mala de cabina: uma roda de carrinho de bebé, umas pinças para cubos de açúcar, uma caixa de fósforos vazia. E, no entanto, a cada declive e escarpa e perigo ultrapassados, Peter ia ficando mais pálido, mais lento e mais fatigado. Puxava a gravata de Eton até ficar com o pescoço de um vermelho lívido. Tropeçava, caía e, de cada vez, levava mais tempo a conseguir pôr-se em pé.

— Vamos acampar aqui, Capitão — propôs Slightly, ao chegarem a uma plataforma com erva. Mas descobriu que ainda continuava banido da Terra do Nunca, porque Peter não falava com ele. Os outros sentaram-se por aqui e por ali, exaustos, mas Peter obrigou-se a continuar, de cabeça baixa, ombros encolhidos e as mãos apertadas contra o peito.

— Não ando por aí com gente crescida — resmungava. — Não podemos confiar em gente crescida.

Mas na sua voz havia mais derrota que desafio. Depois encostou-se à escarpa e tossiu, tossiu, até que as pernas se vergaram debaixo dele; tossiu, tossiu, até ficar ajoelhado por terra; tossiu, tossiu, até deitar a cabeça na erva; tossiu, tossiu, até se deixar cair de lado... e desapareceu de todo para lá da berma da plataforma.

Mais abaixo na montanha, o Capitão Jas. Gancho — ou Ravello, se preferirem — estava sentado com as longas pernas a envolver um ninho de pássaros, furando um ovo de cada vez com o bico do seu gancho e chupando o conteúdo. Pela primeira vez na sua vida, estava a sentir grande dificuldade em não se pôr a assobiar de pura e simples alegria (embora toda a gente saiba que assobiar dá uma pouca sorte danada).

Arrancou uma folha de erva e, prendendo-a entre dois dedos da sua única mão, soprou uma nota única, como um grasnar de pato. Movimentos circulares agitaram os fetos na planície abaixo dele. Ravello sorriu ao vê-los.

Depois, sem se fazer anunciar, um rapaz veio a deslizar pela escarpa atrás dele e quase o desalojava do seu poleiro. Julgando-se atacado, Gancho pôs-se em pé de um salto, com um ovo ainda empalado no gancho. Mas o rapaz limitou-se a ficar dobrado pelo meio de encontro aos tornozelos do pirata e quedou-se como uma coisa inanimada, as pálpebras semiabertas.

Antes que Gancho tivesse tempo de reconhecer Peter e erguer o gancho para o empalar como um ovo, muitas outras crianças vieram a escorregar pela escarpa abaixo, provocando uma chuveirada de terra e seixos para cima dele, e todos a gritar como dervixes:

— *Deixa-o em paz!*

— *Deixa-o ir!*

— *Não lhe toques!*

— *Ninguém lhe deve tocar!*

— Eu trato de ti, Peter! — gritou Tootles, correndo para junto de Pan. — Eu tomo conta de ti!

John lançou-se contra Gancho, de espada na mão.

— A culpa disto é tua, bandido!

— Eu... — começou o pirata a dizer, demasiado surpreso para retaliar ou se alegrar.

Os Exploradores caíram de joelhos em volta do seu líder.

— Talvez ele esteja com uma não-mónia — alvitrou Tootles — por andar só de camisa naquela tempestade de neve! E Tootles tentou tapar Peter com a sobrecasaca vermelha. Mas Wendy soltou um grito de horror e, correndo, voltou a tirar-lha, lançando-a a Gancho.

— Mataste-o, não foi? — bradou-lhe ela.

— Eu? — espantou-se Gancho.

Tootles apalpou a testa de Peter, tentou encontrar-lhe a pulsação e deitou a cabeça no peito dele para escutar se o coração batia. Depois sentou-se com um soluço e declarou:

— Peter está Morto!

Um tal estremecimento atravessou então a Terra do Nunca que fez o horizonte deformar-se e os reflexos saírem de cada charco, lago e lagoa.

A Liga de Pan cobriu-o com a bandeira do arco-íris. No tremendo silêncio que se seguiu, as acusações voltaram a surgir.

— Morreu de tanto frio que apanhou — disse o Segundo Gémeo.

— Preferiu isso a ser como tu! — afirmou John com uma estocada da lâmina de espadarte dirigida ao rosto de Gancho.

— Não! Foi aquela gravata em volta do pescoço. Sufocou nele o sopro da vida! — contrapôs Wendy.

— A *tua* gravata! — rosnou John e lançou um golpe seco à garganta lanuda de Gancho.

— Ou então obrigou-o a pensar o que seria quando crescesse e isso destroçou-lhe o coração! — alvitrou Slightly.

— Tudo culpa *tua* — acusou John, com um bote dirigido ao peito de Gancho.

— Ou talvez ele odiasse tanto ser o Gancho que foi e morreu de propósito! — sugeriu o Primeiro Gémeo.

— E agora, já estás contente? — perguntou John, com uma estocada na fivela do cinto de Gancho.

— Ou se calhar o Gancho envenenou-o com o sal — sugeriu Curly —, ou com o pente, ou a graxa das botas, ou o chá, ou as bagas, ou... ou...

— ... tal como envenenou toda a Terra do Nunca — regougou John.

Gancho desviou-se rapidamente para o lado, evitando o bote seguinte de John.

— Ele ainda não está morto, seus idiotas — afirmou por entre os dentes cerrados e apontando para o pequeno corpo estendido no chão.

O ondular não era maior que o da superfície de um lago quando um lúcio passa nadando, mas a bandeira de arco-íris ondulava realmente, em virtude de algum movimento por baixo dela.

— Mas não graças a ti! — lançou John com nova estocada.

Gancho soltou um arquejo exasperado, deu uma pisadela na espada com a sua bota de pele de crocodilo e partiu-a em dez bocados.

— Eu não o *envenenei*, nem o *estrangulei*, nem o *intrujei* até à morte! — bradou ele, vibrando de irritação. — Então não o defendi eu através de perigos e dificuldades? Não o arranquei a uma morte certa na ponte de gelo? Não por uma profunda afeição, confesso, mas lá que o fiz, fiz. Não entendem? Eu *precisava* do fedelho! Para o meu grande plano! Fazê-lo adoecer? Mas se estava a contar com ele para recuperar o meu tesouro! Ele era mais Gancho do que eu sou e acham que iria envenenar a minha própria imagem? Não estavam vocês lá quando vos deixei à mercê da Ilha? Quando deixei à terra e ao clima o cuidado de vos matar? Se alguma vez eu levantar a mão para acabar com Peter Pan, vai ser esta!

E brandiu o gancho, primeiro em frente da cara de John e logo sobre o corpo de Pan. Quando ele dirigiu um golpe para baixo à garganta de Peter, as crianças gritaram, convencidas de estarem a assistir a um assassínio a sangue-frio e Slightly chamou a Gancho «cobarde e monstro». Mas o gancho tocou apenas o tecido da gravata branca, ao redor do pescoço de Peter, e ergueu o rapaz até ao alcance da mão boa de Gancho.

Num abrir e fechar de olhos, o nó estava desfeito e Peter caiu para trás, batendo com a cabeça no solo, mas, fora isso, perfeitamente inassassinado.

— Agora já está satisfeita, minha senhora? — perguntou Gancho a Wendy. E voltou a deixar-se cair sentado no chão, de costas para o grupo.

Tootles ajoelhou-se e segredou ao ouvido de Peter:

— Estamos a brincar aos médicos e às enfermeiras, Peter? Oh, por favor, diz que sim! Eu sou a tua enfermeira e tu és o meu doente e tens de te pôr melhor e ficar-me sempre muito agradecido.

Mas o rapaz estendido no chão nem se mexeu. Quando lhe deitou nos lábios remédio de faz-de-conta, este voltou a sair pelo canto da boca. Tinha a pele viscosa e a respiração soava-lhe áspera na garganta. Tootles segredou:

— Não estás a brincar a isto como deve ser, Peter. É que não estás mesmo.

O Primeiro Gémeo fez uma trouxa com a sobrecasaca vermelha e apertou-a a si, como se fosse o próprio Peter.

E assim o grupo de Exploradores voltou a formar um círculo nas encostas do Pico do Nunca, agora já sem serem açoitados pelo vento e pela neve, mas pela terrível possibilidade de que o rapaz que jazia no solo estivesse a morrer, pudesse ainda morrer, e eles sem qualquer ideia do porquê, nem de como o impedir.

Houve duas Luas nessa noite. Junto à lua da meia-noite, de olhos escurecidos pela preocupação, estava suspenso o seu ondulante reflexo, que se erguera do mar em busca de companhia que a confortasse. As duas ansiosas faces brancas olhavam firmemente as encostas do Pico do Nunca, oferecendo ligaduras de luar.

21

ENTRADA NA MAIORIDADE

Recordando as palavras de Peter, expulsaram Gancho para a Terra do Nada, recusando-se a dirigir-lhe a palavra, fingindo que já não estava ali. Mas ali ele permaneceu, embrulhado em si próprio, os olhos a brilhar no escuro e totalmente desperto como de costume. Seria para presenciar a morte do seu inimigo jurado, porque estava escuro de mais para descer a montanha ou simplesmente pelo gosto de contrariar?

— Vai-te embora — lançou-lhe John. — Foste banido. É das regras. Tens de te ir embora.

— Regras de quem? — ripostou Gancho. — Vão vocês. Eu já cá estava antes.

— Como é que é, estás à espera que Peter morra? — perguntou Wendy.

— Talvez esteja.

— Só um mau desportista é que quebra as regras — considerou John, de mau humor. E decidiu não dirigir nem mais uma palavra ao homem, até lhe surgir na mente uma pergunta que precisava de resposta.

— ... Seja como for, não acredito no que disseste. Julguei que fosses já um pirata antes de vires para aqui e não um estudante. «Imediato de Barba Negra, o pirata mais sanguinário que alguma vez sulcou os sete mares.» Foi isso que eu ouvi dizer!

— Ora! Mentiras! Uma calúnia posta a correr pelos meus inimigos. Nunca servi *às ordens* de homem nenhum! Porque havia Gancho de servir um rato de navio sem estilo nenhum e que só sabia contar até cinco? Duvido que Barba Negra fosse capaz de *soletrar* Eton, quanto mais usar a gravata da escola. Não o aguentava a bordo de um navio meu, ainda que fosse para raspar a tinta.

— E agora onde é que param os miseráveis dos piratas teus amigalhaços? — perguntou John, tentando dar à voz um tom altivo e desdenhoso, embora, secretamente, o que queria era saber. (John gostaria de ser um pirata, se não fosse por aquela parte de matar e roubar.)

— Mandei-os embora para fazerem a parte deles na Guerra — retorquiu Gancho. — Como era o dever de qualquer homem. A princípio, mandaram-me postais. Da Bélgica e da França. Depois, julgo eu, esqueceram-se. Deixaram de vir postais. Penso que estivessem demasiado ocupados a gozar do saque e dos despojos da guerra. A gastar a parte deles em bolos e belas raparigas francesas. Sem vontade de voltar para o trabalho de escravos a bordo do *Jolly Roger*.

Wendy fez um aceno de cabeça.

— Também gosto de imaginar isso — confessou —, sempre que penso no meu irmão Michael.

Os seus olhares cruzaram-se pelo mais breve dos instantes, durante o qual se compreenderam perfeitamente um ao outro.

— Mas vejo que *tu* não foste à Guerra — comentou John sarcasticamente.

O pirata arregalou-lhe os olhos com raiva assassina e disse num sussurro rugido, tão baixo e frio como um rio subterrâneo:

— Graças àquele ali, eu fui dado por *INCAPAZ PARA O SERVIÇO MILITAR*!

— Chiu! — disse a Enfermeira Tootles, num alarme excitado. — Temos de deixar dormir o Peter. O sono faz bem às pessoas. O sono faz maravilhas.

Gancho, que não dormia há vinte anos, soltou uma gargalhada grave e amarga, e voltou-lhes as costas, aconchegando a lã ao seu redor.

De repente, Curly estava de pé.

— Do que o Peter precisa é de um médico! — declarou ele desesperadamente. — Um médico de verdade!

Todos lançaram um olhar do seu poleiro na montanha para a imensidade deserta e bravia vastidão da Terra do Nunca e tentaram imaginar como invocar um médico do meio daquele caos de brenhas. Os médicos são gerados em charcos de líquido anti-séptico e em planícies de oleado limpo ou lençóis engomados. A Terra do Nunca não é o seu habitat natural. No entanto, Curly sabia onde encontrar um, como se via pela determinação dos seus maxilares. Com uma profunda inspiração, foi até onde o pirata estava sentado, debaixo do seu velo.

— Pergunta-me — disse, afundando os dedos de ambas as mãos na manga de Ravello. — Pergunta-me agora!

Slightly levantou-se de um salto.

— Não, Curly. Não faças isso!

— Pergunta-me, Ravello.

Gerou-se uma confusão de preocupação e perguntas entre os outros, que não percebiam. Gancho franziu a testa para Curly e tentou libertar-se, mas Curly agarrou-se com mais força, feroz como um *terrier*.

— Pergunta-me, Gancho. Pergunta-me o que eu quero ser quando for grande.

— Mas, Curly! — protestou Slightly, tentando afastá-lo. — Vê lá o que estás a fazer! Queres ficar como eu, crescido como eu? Nunca mais capaz de voltar para casa? Nada me resta senão ser um Rugidor. Queres ser um Rugidor, Curly?

Curly engoliu em seco com dificuldade e começou a puxar pelo emaranhado de lã gordurosa que era ao mesmo tempo manga e braço do pirata. O rosto de Ravello contorceu-se de dor e ele rogou:

— Dê ouvidos ao seu amigo, Patrão Curley. Se o coquericó escapa, acha que lhe vai mesmo agradecer? Há-de bani-lo como fez a todos os outros. Não vai suportar gente crescida na sua Companhia. — Os olhos do homem espelhavam a meia-noite, e onde se deviam ver reflectidas as estrelas, voavam fagulhas e pedaços de casca de ovo. — O fedelho está a morrer, Sr. Curly. Agora já nada pode salvar Peter Pan. Ah, mas quem sou eu para o dissuadir do destino que escolheu? Portanto, Patrão Curly, diga-me lá o que quer ser quando...

— *Um médico!* — interrompeu Curly, afundando os dedos no braço de Gancho quase até ao osso. O tecido estava tão encharcado em veneno que anulou a magia juvenil da Terra do Nunca, deixando que o Tempo se escoasse para dentro dos poros da fina pele de Curly. À medida que os seus punhos se enchiam com a lã a desfiar-se, sentiu as bichas de rabear e os foguetes de lágrimas apagarem-se com um silvo na sua cabeça, e serem substituídos pelo luzir baço do bom senso e da inteligência. Ao nariz chegou-lhe o cheiro a clorofórmio e linimento. Batas brancas passaram através da sua imaginação, como fantasmas engomados. Nas algibeiras chocalhavam-lhe seringas hipodérmicas, termómetros e espátulas. Curly desejava tanto ser médico que logo ali se pôs a crescer, largando como uma pele o casaco de cobertor e até a sua trunfa de cabelo encaracolado. As dores de crescimento eram tremendas, mas manteve Ravello bem agarrado.

E quanto mais crescia, melhor se lembrava de ser um médico — ao fim e ao cabo, era o que ele fora — lá em Fotheringdene, antes da demanda ao Pico do Nunca. Agora recordava os seus estudos na escola médica, os dias passados no Hospital Regional de Fotheringdene. E durante todo esse tempo as suas mãos iam-se enchendo com a lã que era tanto o braço de Ravello, como a roupa de Ravello. Desnudou o gancho de aço e as cicatrizes infligidas pelo crocodilo. Ravello ergueu-se com um brado de enregelar o sangue, mas para verificar que não era mais alto que o Doutor em Medicina Curly Darling, Membro do Royal College de Cirurgia.

— O senhor desculpe se o magoei — apressou-se Curly a dizer (agora que era médico, lamentava causar dor a qualquer pessoa) e esvaziou as mãos da lã enrugada, que caiu para o chão ao redor das botas de pele de crocodilo do pirata. Instintivamente, as crianças afastaram-se de Curly. (Os médicos, com as suas mãos frias e escrita perigosa, metem quase tanto medo como os piratas. E só nos visitam quando nos sentimos demasiado doentes para fazermos amigos.)

Retirando um estetoscópio do bolso, o Doutor Curly ajoelhou ao lado de Peter Pan e escutou-lhe o agitado palpitar do coração. Era o som da Terra das Fadas em guerra consigo própria. Era o som da Juventude Eterna a morrer, a morrer, a morrer.

Mas ouviu também, e claramente, algo diferente. Quebrando a ponta da sua espada de espadarte (como parecia agora pequena nas suas grandes e frias mãos) Curly abriu um buraco logo acima do coração de Peter e, servindo-se da pinça do açúcar, retirou algo que parecia uma fita, cinzenta, delgada e manchada de fuligem.

— Creio que temos aqui a origem do mal — anunciou.

Ainda na casa da Rua Cadogan, ao espirrar o último espirro da sua constipação, Wendy deitara mão a um lenço e metera-o na manga — um lenço de mão de uma senhora adulta, na manga do vestido de Verão de uma rapariga. E, dentro daquele lenço, sem que ela o soubesse, havia *uma réstia de nevoeiro londrino*!

Já no Bosque do Nunca, quando Peter limpou o sangue do rosto usando o lenço de Wendy, inspirou essa mesma réstia, que se foi instalar em volta do seu coração, apertando-o cada vez mais com o passar dos dias.

Não tinham sido o incêndio da Floresta do Nunca, nem o naufrágio, nem o peso esmagador de fadas hostis que tinham levado a melhor contra Peter Pan. Nem a fome ou o frio. E também não era o sal de Ravello, nem as suas palavras tentadoras que estavam a matar Peter. Nem sequer o frasquinho de veneno de Gancho — que trouxera a devastação a toda a

Terra do Nunca — levara Peter Pan ao limiar da morte. Apenas uma réstia de nevoeiro londrino.

Como só os crescidos conseguem fazer, o Dr. Curly fez, do acto de se pôr outra vez de pé, uma grande dificuldade.

— Anda, Slightly. É altura de nos irmos embora — disse ele. E, cortando no ar a sua própria porta com o bisturi de cirurgião, passou por ela para o banimento.

— Para onde vais? — quis saber Gancho, ainda agarrado a um braço desfiado até ao osso.

— Quebrei a Regra e cresci — respondeu Curly calmamente. — E, *ao contrário de certas pessoas*, eu sei jogar segundo as Regras. Receito-lhe sono para esse braço, Ravello. Como diria a Enfermeira Tootles, o Sono é um grande curativo, o Sono e o Tempo.

E com estas palavras partiu, arrastando Slightly consigo, escorregando com grande ruído e pouco jeito pela encosta da montanha, à luz de duas Luas.

Com um fundo suspiro e depois uma ainda mais ampla inspiração, Peter Pan sentou-se. Levando a pequena mão ao peito, sentiu a vida a pulsar na sua corrente sanguínea, deitou a cabeça para trás e cantou:

«Có-que-ri-cóóóóóó!»

⋆ ⋆ ⋆

Peter Pan de novo com saúde era um espectáculo espantoso. Conseguia dar mortais, caminhar sobre as mãos e saltar de saliência em saliência tão agilmente como uma cabra-montês. Aliás (tendo deixado de ser um pirata e já sem superstições acerca de assobios) assobiou a todas as camurças que viviam por ali e montou os amigos nos seus dorsos, de modo que facilmente desceram a meio galope as encostas e precipícios do Pico do Nunca até à soturna planície na sua base. Nem Humpty Dumpty, ao saltar da sua parede, se divertiu tanto.

Ravello foi deixado lá bem para trás, magoado, esquecido, e tão lento a mover-se como uma lesma, se comparado com a Liga de Pan.

Agora já ninguém podia confundir Peter com um qualquer capitão pirata armado em elegante. Os lustrosos canudos que Esfiapado penteara e armara em breve estavam emaranhados e baços, erguendo-se numa confusão selvagem, brilhando à luz do sol. Borboletas reuniam-se ao redor das vivas cores da sua túnica e, nas asas, traziam pólen que o fazia espirrar.

— De cada vez que eu espirro — gabou-se ele —, os astrólogos da China descobrem um novo planeta, colorido como uma bola de sabão!

Ia para se assoar e, quando Wendy lhe arrancou o lenço da mão, limitou-se a rir e limpou o nariz à manga. Depois, inventou uma cantiga de mau gosto acerca de babuínos, e todos a cantaram a plenos pulmões, caminho abaixo até às araucárias (que em inglês, muito a propósito, se chamam também «quebra-cabeças de macaco»).

Mas Wendy não. Ela não cantou. Apertou o lenço entre ambas as mãos e desatou a chorar, inconsolável. Os outros pararam de cantar — **«ra-bo-ra-bo-bu-rabo-bu-do-babuíno!»** — para a olharem.

— A culpa foi toda minha! — lamentou-se. — Podia ter morto o Peter e tudo por uma parvoíce de um espirro!

Mas Peter não era de se preocupar com os «e se» ou os «podia ter acontecido». Nem sequer se importava por não ter um Tesouro a apresentar em prol da demanda ao Pico do Nunca. A caça ao tesouro é sempre muito mais divertida do que encontrá-lo. Ao fim e ao cabo, que podia ele desejar mais se tinha amigos e liberdade, aventura e juventude?

Wendy, entretanto, lavou o lenço num fio de água gélida que corria do glaciar em fusão (com medo de que ainda restasse algum nevoeiro) e prendeu-o com um alfinete ao casaco para enxugar.

E porque pertencera em tempos a uma pessoa crescida chamada Wendy Darling, começou a lembrar-se de coisas. Lembrou-se da Rua Cadogan e de uma rapariguinha chamada

Jane. Lembrou-se de contas da mercearia e dias de lavagens, trabalho social e um marido, consultas no dentista e pôr o contentor do lixo cá fora às terças-feiras. E, tal como os sonhos com a Terra do Nunca lhe tinham perturbado a paz de espírito quando estava em Londres, também os sonhos com o lar começaram a pairar em seu redor, como as borboletas pairavam em volta de Peter.

Borboletas e vespas!

Descer pelas araucárias não foi mais agradável que trepá-las antes. Os insectos davam ferroadas, a seiva colava-lhes os dedos e os joelhos, os espinhos picavam e os ramos partiam-se sob o peso deles. De repente, ao som de lamentos espectrais, uivos, guinchos e gritaria, as árvores começaram a estremecer e a abanar e a fustigar o ar com os ramos, fazendo cair ninhos de vespas e pinhas. As crianças agarraram-se enquanto puderam, mas depois Peter saltou temerariamente pelo ar e todos os outros, sem conseguirem agarrar-se por mais tempo, vieram de escantilhão pelas árvores abaixo.

Os ramos mais baixos não mostraram qualquer interesse em os apanhar... o que já não aconteceu com as redes estendidas pelos Rugidores, que ali estavam de emboscada há dias.

22
CONSEQUÊNCIAS

Tinham-no apanhado finalmente, todos aqueles rapazes que haviam quebrado a Regra e crescido, todos aqueles rapazes que Peter banira para a Terra do Nada e por isso o odiavam com mortal virulência.

Os Rugidores ataram os prisioneiros aos troncos das araucárias e passaram a manhã a atirar-lhes pinhas só para se divertirem. Entretanto, iam discutindo o que fazer com Peter, ou seja, como iriam matá-lo.

— Enforca-se!

— Não há corda.

— Um tiro!

— Não há arma.

— Então, corta-se-lhe a cabeça!

— Ou enterra-se vivo.

— Ou damos-lhe c'uma pedra.

— Ou arrancam-se-lhe os olhos.

— Façam lá o que quiserem, mas não me atirem para o meio das silvas — pediu Peter, sorrindo à socapa. Certa vez, Wendy contara-lhe a história do Irmão Coelho e como ele se safara de uma situação assim, convencendo quem lhe queria fazer mal a atirá-lo para o meio das silvas, onde ele estava como peixe na água.

Mas os Rugidores não se deixaram enganar. É que também eles conheciam a história do Irmão Coelho, tendo-a ouvido a Peter, sentados aos seus pés, felizes Rapazes Perdidos todos eles.

— Façam-no caminhar sobre a prancha! — sugeriram os Gémeos, pensando que os Rugidores podiam esquecer-se de que estavam em terra firme e iriam acreditar que Peter se tinha afogado.

Mas os Rugidores não se deixaram enganar

— Preguem-lhe um susto de morte! — propôs John, sabendo que Peter era de longe demasiado corajoso para a coisa resultar.

Mas os Rugidores não se deixaram enganar.

— Vamos embora e eu serei uma mãe para todos vocês — disse Wendy. E isto não era um truque. Era uma oferta directa e honesta, vinda da bondade do seu coração. Mas, por estranho que pareça, os Rugidores não queriam mãe nenhuma. Cheios de raiva e desapontamento como estavam, achavam que as mães eram tão más como Peter Pan.

— O pântano faz a coisa — disse o mais velho. E os outros concordaram.

— Não fica nada depois do pântano.

— Toca a afundar todos.

Nem todas as palavras do mundo podiam adoçar aquela sentença de morte. Os Rugidores iam lançar Peter e os seus amigos às areias movediças.

— Exigimos um julgamento! — bradou Tootles (que, como devem lembrar-se, fora em tempos juiz no Supremo Tribunal de Justiça). Mas encontrava-se agora num lugar sem justiça nem honestidade. Os Rugidores tinham-se já armado com ramos arrancados de abrunheiros-bravos e conduziam as crianças para o local da execução.

Não foi preciso andar muito. Em ambos os lados da vereda porosa, o pântano sugava e ondulava suavemente. Uma carpete de musgo carmesim desenrolava-se para acolher os desatentos e os condenados. Os píncaros do Pico do Nunca ainda se agigantavam acima deles, ocultando o céu para leste. Os Rugidores roubaram tudo o que as crianças tinham nos bolsos, esmagaram a bandeira de arco-íris dentro de um punho imundo e depois impeliram toda a gente para o pântano vermelho.

— Dêem-me uma espada e combaterei com todos, sozinho! — desafiou Peter. — Ou são cobardes de mais?

Mas de nada servia apelar para a coragem ou o orgulho dos Rugidores. Qualquer noção de nobreza morrera neles no dia do seu banimento. O donaire de rapazes desertara deles, não por sua culpa, e deixara-os corpulentos, presunçosos e ossudos. Porque haviam eles de dar um chavo por coisas como honra e honestidade? Aguilhoaram as costas dos prisioneiros, empurrando-os para o atoleiro.

— Quem vai primeiro? — perguntou o mais magrizela ao chegarem à beira.

— Eu — declarou Peter. — Sempre.

Encheu o peito de ar, deitou a cabeça para trás e deu um passo longo, muito longo, para lá da berma e para dentro das areias movediças. Depois da doença, estava tão leve que o seu peso mal chegou para marcar a superfície.

— Vocês têm de me conceder um último desejo — lembrou ele, voltando-se para encarar os seus assassinos. — Peço que libertem os meus amigos. Eles nunca vos fizeram mal nenhum.

Os Rugidores encolheram os ombros de encontro às suas orelhas de abano.

— Qualquer amigo teu... — respondeu o que falava melhor, sem se dar ao trabalho de terminar a frase. — E nós não ligamos a desejos. Desejos é para as fadas.

O chão gelatinoso sugou pensativamente os pequenos pés nus de Peter, decidiu que lhe agradava o gosto e envolveu-lhe dedos e calcanhares.

— *Consequências! Eu não te tinha dito?* — soou uma voz bem acima deles. E, na saliência sobre as araucárias, lá estava a silhueta desfigurada de Ravello, apontando para Peter, em vez de mão, um gancho de aço. — *O que foi que eu te disse, coquericó? Cada acção tem as suas consequências!*

O pântano vermelho sorveu Peter até aos tornozelos e o rapaz abriu os braços para manter o equilíbrio. Um Rugidor empurrou também John para a carpete vermelha de lama e impeliu Wendy atrás dele com uma cotovelada.

Não havia medo no rosto de Peter, apenas um espanto triste por os Rugidores sentirem que fora tão injusto o modo como tinham sido tratados.

— Todos vocês juraram cumprir a Regra e não crescer. Então porque foi que cresceram se não queriam ser banidos?

— Fomos invananados, na foi? — ripostou o mais grosseiro. — Invananados por um sujo dum chefe traiçoeiro e aldrabão. E apontou uma cacetada à cabeça de Peter e errou. A expressão de dolorosa censura no rosto de Peter teria amaciado o coração mais empedernido... se os Rugidores tivessem coração para amaciar.

— Peter não vos atraiçoou! — exclamou Wendy. — *Ali* têm o traidor! — e apontou para Gancho. — *Ele* é que vos fez crescer! Se não fosse o Gancho, podiam ter ficado jovens para sempre, tal qual como o Peter! E capazes de voar, de ir e voltar, de visitar as vossas mães e cumprir as vossas promessas e irem em demanda de Tesouros seis dias por semana!

Soltou um involuntário grito de nojo quando a caldivana encarnada lhe alcançou a bainha do vestido. Peter estava já mergulhado até à cintura, com os braços bem levantados para não sujar as mãos na lama.

— Gancho? — Os Rugidores tinham ficado confusos com o nome. — O *Capitão* Gancho? — Aquilo lembrava-lhes os dias passados na Casa da Wendy, ouvindo histórias acerca do infame pirata comido por um crocodilo, ainda nem eles tinham nascido. — 'Cal Gancho, 'cal quê? Aquele é o homem do circo!

— ... o homem das viagens.

— ... o homem desfiado.

Todos conheciam o homem que viam ali na encosta, mas não como Jas. Gancho, apenas como alguém que tinham encontrado nas suas andanças.

— A Wendy tem razão. Foi aquele que envenenou a Terra do Nunca! — gritou Peter, já afundado até ao peito no lodaçal. — Diz-lhes, Gancho! Conta-lhes como a garrafa na tua algibeira de cima deixou verter veneno e matou o crocodilo!, e envenenou a Lagoa!, e deixou entrar o Tempo, e transformou os meus Rapazes em Rugidores!

Mas Gancho riu alto e fez uma última vénia a Peter, já não a inclinação servil de um criado, mas o agradecimento floreado do vencedor face aos aplausos.

Cada um dos Rugidores se lembrava de ter encontrado o homem desfiado. Alguns recordavam até a sensação da lã gordurosa nas mãos e de responderem à pergunta: *«O que é que tu queres ser quando fores grande, rapaz?»* Mas nenhum até aí se dera conta de que encontrara o famigerado Capitão James Gancho.

O Capitão James Gancho viu os Rugidores largar os seus ramos e, como uma maré que muda, começarem a voltar atrás, na sua direcção. Vinham rugindo no crescendo abafado que lhes conferira o nome. — *Gancho! Gancho! Gancho! Gancho!* —, entoavam, alcançando a escarpa, começando a subir às árvores. Dentro de poucos minutos teriam chegado à saliência onde ele se encontrava. Então Gancho levou os dedos da mão esquerda à boca... e soprou.

Ouviu-se um som assustador, uma espécie de grasnar, que fez hesitar os Rugidores na sua subida e o pântano no seu sorver guloso. Os fetos e as urzes da planície moveram-se em turbilhões chicoteantes e, ao olharem para baixo, os Rugidores encolheram-se de susto, pois doze leões e uma família de ursos, três tigres e um cotilhão, póneis, um puma e um palmerino, todos acorriam ao chamamento do amo. O instinto ensinara aos animais o caminho seguro por entre os pântanos, como a lealdade lhes lembrara o seu dever, salvar o Grande Ravello do perigo e abater os seus inimigos.

Os Rugidores debandaram — cada um por si — deixando cair o saque, lançando fora a bandeira de arco-íris. Como fogo-de-artifício a rebentar, cinco segundos depois estavam invisíveis. Alguns dos animais foram em sua perseguição e outros ficaram a cheirar o ar, enquanto outros ainda andavam de um lado para o outro, à procura de um caminho que os levasse até junto do amo que os convocara. Os ursos desviaram-se para as colmeias nas árvores.

Entretanto, John afundara-se no pântano até aos joelhos, Wendy até à cintura, mas o queixo de Peter estava já debaixo do sorvedouro de lama. Os Gémeos agarraram num dos ramos deixados pelos Rugidores e inclinaram-se tanto quanto se atreveram na sua direcção. Mas de repente, ali mesmo em frente dos seus olhos, inspirando uma última golfada de ar, Peter afundou-se. Nada restou senão duas mãos pálidas crescendo como funcho do macio musgo vermelho.

E o ramo não chegava lá!

— *PETER!*

— Passem-me aquele outro ramo! — ordenou John. — E mantenham-se longe da berma!

Mas o ramo de John também não conseguia alcançar Peter.

— Dêem-me também um! — pediu Wendy. — ... E vê se estás quieto, John, senão afundas-te mais depressa!

Os Gémeos lançaram um ramo a John que o passou a Wendy e ela tentou chegar o mais longe que os seus braços lhe permitiam.

Ao toque da madeira rugosa, as pálidas mãos fecharam-se em punhos. Então Wendy puxou, John puxou-a a ela, os Gémeos puxaram John e, lenta, lentamente, penas vermelhas, folhas cor de cobre, lama castanha e brilhantes olhos azuis surgiram à luz.

Como a Primavera após o Inverno.

Como na história do Nabo Gigante, arrastaram Peter (e uns aos outros) para chão firme. E assim o bando de amigos se salvou, e uns aos outros, do terrível abraço das areias movediças carmesim.

Ofegando, tossindo, cuspindo e queixando-se da lama na roupa de baixo, ficaram estendidos no chão firme, parecendo-se muito com os ramos que jaziam entre eles, rindo para o céu. Um céu tão bonito, com pedaços e pinceladas de arco-íris.

Mas então, no seu campo de visão, naquele belo céu, entrou, como um botão de couro, o nariz de um urso. E aos seus ouvidos entupidos de lama chegou o resmungo gutural de leões, discutindo a próxima refeição. E aos seus rostos chegou o hálito quente de vinte feras sortidas, aproximando-se para o ataque final.

23

O CASACO VERMELHO

Se o Tempo, na Terra do Nunca, tivesse realmente parado, então nada poderia acontecer. A boca aberta de um leão nunca se fecharia para morder. Um urso furioso ficaria quieto, como um animal empalhado num museu. Mas o Tempo nunca ficou assim *tão* parado na Terra do Nunca, nem sequer antes. Há sempre coisas a acontecer na Terra do Nunca, e algumas são maravilhosas, e outras são fatais como tudo.

Mais dez segundos e eram comida de gato. Mais dez minutos e só restariam ossos. O inimigo era em maior número. Só um dos ursos já seria em maior número para eles, mas havia cinco, saltitando ao compasso da valsa — 1-2-3, 1-2-3 — como dantes faziam no circo. O hálito quente dos leões cheirava a coelho morto, e havia ossos de pássaro entre os dentes, aguçados como alfinetes, do palmerino. Póneis de circo, com os tocos carbonizados das suas plumas ainda a saírem das testeiras, galopavam sem parar em redor, cercando as crianças. Não havia fuga possível.

Wendy fingiu que eram pesadelos e que a qualquer altura iam desaparecer.

Os Gémeos pensaram em mães e em como uma devia agora aparecer e pôr fim à brincadeira.

John pensou numa pistola que uma vez encontrara debaixo da almofada — uma certa vez, há muito tempo, quando ele era uma pessoa crescida — e em como, se ao menos tivesse trazido essa pistola...

Mas o Primeiro Gémeo lembrou-se do casaco vermelho. Trouxera-o lá de cima da montanha, com as mangas atadas em volta da cintura. À pressa, libertou-se dele, lançou-o ao ar e o golpe de cima para baixo das garras de um urso prendeu-o e sacudiu-o e levou-o consigo, com os movimentos da criatura a tentar livrar-se. Os leões, excitados pelo movimento, caíram-lhe em cima, com a saliva a saltar-lhes da boca como chuva. A cor nada significava para eles, já que eram todos daltónicos, mas o agitar do casaco e o brilho dos seus botões sob a luz do Sol arreliou-os e agitou-os. Patas traseiras calcaram as crianças no solo, quando os animais de circo se puseram a disputar entre si a sobrecasaca vermelha.

Mas o vermelho significava alguma coisa para Peter. Estivera a olhar para o céu e agora Vermelho era tão importante para ele que o gritou a plenos pulmões:

— *VERMELHO! VERMELHO! VERMELHO! VERMELHO! ESTÃO A VER? VERMELHO!*

E do céu caíram flocos de uma cor que já todos antes tinham visto. Uma chuva de fadas como papelinhos. Uma mancheia, um punhado, um caixote, uma cuba, uma carrada, uma torrente de fadas.

Enquanto os animais olhavam para cima surpreendidos e batiam com as patas naquela estranha queda de coisas lindas, as crianças escaparam-se rastejando, para se irem esconder entre os juncos do pântano. De modo que, quando o exército Azul das fadas caiu a valer sobre o casaco vermelho, apenas lançou por terra os animais. Garras e dentes foram inúteis contra aquela invasão. As goelas abertas em breve ficaram solidamente cheias de fadas, as patas presas ao solo. Leões e ursos, cotilhão, tigre e tudo, depressa foram tão profundamente enterrados sob a onda de fadas desordeiras, que nem um bigode, uma cauda ou uma orelha ficaram à vista.

— *Soltem-nos!*

Conforme podia, saltando, trepando, escorregando e acabando por cair durante o resto do caminho, Ravello desceu as escarpas do sopé do Pico do Nunca. Em poucos momentos estava cá em baixo (se bem que as araucárias lhe tivessem feito passar um mau bocado) e ia a correr em direcção à peleja.

— Soltem-nos! Tira-as daqui, Peter Pan! Ajuda os meus animais!

Como uma nuvem de gafanhotos, as fadas formavam uma rede tremeluzente, móvel, cheia de estalidos, por cima dos animais cativos. Eram fadas da Facção Azul e estavam convencidas de terem acabado de alcançar uma grande vitória contra as forças do Vermelho. E pensavam-no com uma mente só, tal como as formigas de um formigueiro pensam como um único cérebro. E essa ideia única dizia-lhes para não se moverem até que toda a vida tivesse abandonado a oposição amiga do vermelho.

Ravello veio a correr o caminho todo, brandindo o remo que fazia parte do seu Tesouro. As gavinhas dos abrunheiros-bravos agarravam-se a ele ao passar, como que a dizer: *«Tarde de mais, tarde de mais!»*

— Libertem-nos, suas parasitas! Não podem respirar! Não conseguem mexer-se!

E começou a tirar fadas às pazadas com a pá azul-esverdeada do remo, atirando ao ar os seus corpos minúsculos. Um pai com os filhos soterrados debaixo de escombros não teria cavado com maior frenesim. Mas era inútil. Mal eram atiradas ao ar, logo as fadas voltavam a mergulhar na contenda.

— Ajuda-me, Pan! Não fiques aí parado! Não os ouves chorar? Têm medo! Estão a sufocar! Não conseguem mexer-se!

E a respiração tornava-se arquejante na sua própria garganta, como se ele estivesse de novo dentro do crocodilo e a sufocar.

— Ajuda-me a libertá-los, Pan! Dá-me aí uma mão, cachorro madraço!

— Para eles nos *comerem*? Deves estar é doido!

E Peter tomou a sua posição predilecta, pés afastados, mãos nas ancas, desafiadoramente jovem.

— São animais! Eu não os aticei contra vocês! Seguem os seus instintos! Não há maldade neles. Não é como estes... estes... *insectos*! Calma, criadursas, estou aqui! Juízo meus gatinhos, o Ravello está aqui. De que é que estás à espera, Peter Pan?

Peter inclinou a cabeça para um lado e deixou brilhar os dentes num sorriso. Depois perguntou, cheio de gozo:

— O que é que se diz para nos fazerem o que queremos?

Ravello ficou rígido. Endireitou-se e disse:

— Pensar que suportei teres trazido a minha gravata da escola em volta desse pescocinho sem valor. Quando era teu servidor, devia tê-la apertado mais, *muito* mais!

Peter ergueu a mão e, com os dedos, incitou Gancho a dar-lhe a resposta certa, insistindo:

— Então? O que é que se diz?

Ravello fitou-o.

— Agora percebo porque foi que o pântano te cuspiu cá para fora — comentou.

Mas Peter cantarolou de novo a pergunta, determinado a obrigar Gancho a dizer «obrigado» pela primeira vez na sua repreensível vida.

— O que é que se...

— *PIEDADE!* — rugiu Ravello, e os horizontes da Terra do Nunca ressoaram como cordas de arco, e o Norte e o Sul trocaram de lugar.

Então, numa corrida, Wendy foi apanhar a bandeira de arco-íris, toda amarfanhada, aonde os Rugidores a tinham deixado cair. Sacudiu as rugas com um estalo que fez os rapazes dar um pulo e estendeu a bandeira em cima do monte de fadas como se fosse uma toalha de mesa.

— Pronto! Aqui está uma nova bandeira para vocês, fadas! A mais bonita da Terra do Nunca! E agora vão-se embora e metam-se com alguém do vosso tamanho!

Encantadas e distraídas por aquela coisa tão brilhante, as fadas deixaram-se cair para o céu, levando a bandeira com elas, dividindo entre si as suas cores de arco-íris — *«Eu quero esta!, E eu aquela!»* — enquanto iam derivando para longe, para ir guerrear com alguém do seu tamanho em vez de cem vezes maior.

— Peter... como foi que soubeste que elas eram do Exército Azul? — perguntou John num sussurro.

— Foi ao calhas! — respondeu Peter, jubiloso.

Os animais do circo de Ravello pareciam mais achatados que recortes de papel. Estendiam-se pelo chão, de olhos vidrados, sem fôlego, as patas viradas em todos os sentidos, as caudas aos nós, os bigodes quase roídos pelas violentas fadas. Ravello pôs-se de joelhos, esfregando flancos, endireitando membros frágeis, entoando encorajamentos. Só fez uma pausa para arregalar para Peter uns olhos cor de turfa a arder.

— *Agora* combato contigo, Pan — afirmou. — *Agora* combato.

— Estou pronto, Gancho.

Um a um, os animais lá se foram pondo de pé, queixando-se e gemendo, aqui e acolá erguendo uma pata a tocar o punho de Ravello, recordando qualquer truque de circo que, em tempos, lhes valera alguma gulodice. Depois foram-se dali para ir lamber as feridas, confundindo-se com o amarelo das colmeias caídas, com o castanho da terra nua. Os fetos e as urzes da grande planície agitaram-se com turbilhões de movimento e logo desapareceram. Nem um animal ficou sob a sombra do Pico do Nunca.

Ravello avançou então sobre Peter, libertando o gancho do emaranhado que era a sua manga direita. Não parecia dar-se conta da presença das outras crianças, dirigindo-se para Peter como um navio corsário fazendo a sua aproximação a uma presa rica.

— Defende-te ou morres, rapazelho!

Era um Rugidor da cabeça aos pés.

— Eu não tenho espada, pirata!

— Então desta vez a vantagem é minha. Da última vez que lutámos, tinhas o poder de voar. Não estava lá muito dentro do espírito do jogo, foi o que sempre pensei. Defende-te ou morres, que te digo eu!

* * *

Se pensam que ele escorregou e o pântano o engoliu, estão muito enganados.

E se pensam que as fadas voltaram — ou que John descobriu que afinal sempre tinha trazido a tal pistola — ou que Slightly e Curly regressaram — ou que Tootles chamou a polícia, então é porque não perceberam ainda quão mortalmente perigosa a Terra do Nunca pode ser.

— *Consequências!* — lembrou Gancho, lançando um golpe à cabeça de Peter. — Todas as acções têm consequências, estás a perceber?

Peter agachou-se e desviou o corpo, saltou para longe, tentou esconder-se atrás dos sobreiros, mas Ravello foi atrás dele brandindo uma adaga na mão esquerda e desferindo golpes de gancho com a direita. Penas de gaio voaram, quais gotas de sangue, quando o gancho golpeou a túnica de Peter. Os pés nus de Peter recuaram perante pedras aguçadas do chão. Arrebanhando as pedras, lançou-as contra Ravello, mas apenas levantaram umas nuvenzitas de pó do velo desgrenhado e ouviu-se, mas apenas uma vez, o som de um ovo a partir-se. Peter deu estalos com a língua, imitando o tiquetaque de um relógio, mas a lembrança de crocodilos já não assustava Gancho. Só servia para o enraivecer. Um ramo torto enfiou-se no colarinho de Peter e suspendeu-o, como um fruto pronto a ser apanhado. Gancho parou por um momento, a saborear a visão do seu inimigo debatendo-se em vão, incapaz de se salvar. Depois considerou em que parte macia do corpo de Peter havia de desferir o golpe final.

Oh!

Eu disse que nem um animal ficara sob a sombra do Pico do Nunca? Mas estava a referir-me apenas aos animais do circo. Havia um outro que viera até ali para levantar a perna contra o tronco de um abrunheiro-bravo. E, tal como tudo o resto na Terra do Nunca, esse animal estava algo... modificado. Em consequência de se ter emaranhado na lã de Ravello, o pequeno Béu-Béu tinha andado para a frente nos anos desde a sua queda da montanha. E quando um cachorro terra-nova avança na idade, a alteração não é pequena.

E ele aí veio então, um canzarrão com metade da altura de um cavalo, sempre saltarico mas trinta vezes maior. Béu-Béu tinha agora o tamanho da sua bisavó, Naná, a Cadela Ama que vivia no Quarto das Crianças, e a sua devoção era igualmente enorme. Lançou-se em auxílio de Peter com latidos e dentadas, rosnidos e patadas, e não largou mais — aliás, ficou enredado e *não podia* largar —, de modo que puxou e lutou e arranhou e mordeu até deixar Gancho jazendo como um rolo de cabelo de sereia morta na praia de uma Lagoa envenenada.

John recolheu o Tesouro, que estava espalhado entre o pântano vermelho e as árvores. Taças, troféus e bonés. Olhou em volta, à procura de qualquer coisa onde o levar, e deu com o casaco vermelho, rasgado e abandonado no chão.

— Deixa ficar isso — decidiu Pan, generoso na vitória. — Não é o meu género de Tesouro. Não preciso dele. — O que era verdade, pois o rapaz com a túnica de folhas, pés descalços e crosta de lama não tinha a mínima semelhança com o Capitão James Gancho. — Deixa tudo.

A Enfermeira Tootles talvez tivesse gostado de praticar a aplicação de ligaduras ou até mesmo de um apoio para um braço partido, mas não teve coragem para se aproximar sequer do homem desfiado, estendido no chão. De modo que acabou por ser Wendy quem se foi agachar junto de Ravello. Ela tricotara pegas de cozinha. Fizera renda em panos de tabuleiro e aventais. Inclusivamente, cosera até, certa vez, a sombra de um rapaz quando se soltara. Mas o seu talento com a agulha não se estendia àquela particular tarefa.

— Está a morrer, Sr. Ravello? — perguntou

— Temo, minha senhora, temo bem que esteja... *desfeito, sim*. Obrigado por ter socorrido os meus animais.

— Em parte foi culpa nossa eles terem ficado esborrachados. — Meteu-lhe o remo azul e verde debaixo do braço, como se fosse um saco de água quente, e amontoou os troféus e as taças numa brilhante pirâmide de prata, onde ele pudesse vê-la enquanto morria. — É pena, mas alguns dos prémios ficaram amolgados.

— O seu valor não reside no estado em que estão, *madame*. — E os seus olhos pousaram sobre os troféus com inefável alegria. — Sabe? Era capaz de os devolver se pudesse dirigir-me à Escola no Dia do Discurso de Encerramento.

— Esse é que ia ser um Dia do Discurso de Encerramento verdadeiramente interessante, Sr. Ravello.

— Gancho! O meu nome é Gancho, *madame*. Capitão James Gancho!

Wendy recordou-lhe então o conselho do Doutor Curly:

— Sabe uma coisa? O sono é um grande curativo. O senhor devia dormir.

Por um segundo, um clarão de amargo ressentimento brilhou nos olhos de Gancho.

— *Madame*, há vinte anos que não durmo. Desde aquele horror do crocodilo!

— Isso deve ser por não ter tido ninguém para lhe dar um beijo de boas-noites... pelo menos desde o crocodilo.

O grande e confuso emaranhado que era James Gancho retorceu-se como uma velha rede de pesca apanhada na maré enchente. A sua voz soou fraca mas não havia que duvidar da força dos seus sentimentos.

— Minha senhora, eu *nunca* tive ninguém que me desse um beijo de boas-noites. A minha mãe não era dessas coisas. E, em qualquer caso, seria vulgar, lamechas, sentimental e... e pouco *viril*.

Wendy acenou a cabeça, compreensiva, e deu-lhe umas palmadinhas na mão.

— Mas que valeria a pena experimentar?

— Mas que valeria a pena experimentar — concedeu o Capitão Gancho.

E assim, embora ele fosse o mais sanguinário dos piratas de todos os sete mares e tivesse mais ódio ao seu amigo Peter que à própria Morte, Wendy inclinou-se e beijou Gancho na face. Depois cobriu-o com os farrapos da sobrecasaca vermelha.

— Boa noite, James — segredou-lhe, na sua voz mais maternal. — Bons sonhos.

Depois deixou-o sozinho, ciente de que a Morte viria em breve embalá-lo com braços suaves e indulgentes.

* * *

Peter viu isto e ficou furioso. A bem dizer, furioso de um modo incompreensível, se considerarmos que já não estava a usar a sobrecasaca vermelha. As suas bochechas coraram e chamou traidora a Wendy.

— O Gancho é o inimigo! Se fores boazinha para os meus inimigos, deves ser minha inimiga também!

E deitou a mão à espada.

Mas é claro que não tinha espada nenhuma. Olhou para os outros mas também eles não tinham espadas, porque os Rugidores lhas tinham tirado. Além disso, ninguém queria emprestar uma espada a Peter para matar Wendy. Infelizmente, a resolução de Peter era inabalável. A cada hora que passava, ia aumentando nele o poder da Imaginação. De modo que desembainhou simplesmente uma espada imaginária e serviu-se dela para — *«Oh, Peter, não!»* — rasgar uma porta no ar.

— Para mim, com portas duplas, se faz favor! — pediu Wendy desafiadoramente. E Peter, desconcertado, mudou a porta simples para uma de dois batentes.

— Wendy Darling, és banida para a Terra do Nada por teres prestado socorro ao inimigo! Vai!

— As ombreiras não estão direitas — protestou Wendy, cruzando os braços.

John deu um salto em frente e abriu os dois batentes, não por querer que a irmã fosse banida, mas porque tinha sido bem-educado e sabia que se devia abrir as portas às senhoras. Nos rostos dos Gémeos havia uma expressão de infelicidade total. Wendy agradeceu delicadamente ao irmão e atravessou a porta, de cabeça erguida.

Peter Pan estivera à espera que ela pedisse desculpa e dissesse aquilo-que-se-diz-para-desfazerem-o-que-não-queremos-que-façam. Mas agora ela estava lá fora, na Terra do Nada, e nem uma vez dissera Perdão! Atrapalhou-se a embainhar a espada imaginária e deixou-a cair em cima de um pé. E como não sabia o que mais havia de fazer, cerrou os dois batentes da janela e correu os fechos em cima e em baixo. Tootles desatou a chorar.

Wendy não parecia nada castigada. Nem sequer muito banida, com os braços cruzados e do outro lado da porta.

— Afastem-se, por favor — disse ela secamente e os rapazes logo deram um passo atrás... incluindo Peter Pan. Depois, Wendy baixou-se, apanhou um pedregulho imaginário e atirou-o contra a imaginária porta de dois batentes. Houve um estrondo tremendo de vidro partido.

— Burrices e parvoíces! — exclamou, passando sobre os escombros de molduras de vidraça, fechos e corrediças, tendo o cuidado de não rasgar o seu vestido de bandeira pirata nos estilhaços de vidro. — Às vezes, Peter, és um *autêntico* pateta!

John não se lembrava de ouvir a irmã dizer coisas como «burrice» ou «parvoíce», e certamente nunca as duas ao mesmo tempo. Deixou cair o queixo e sacudiu-lhe uns pedaços de vidro imaginário do cabelo. E quando Wendy enveredou com passo vivo pelo carreirito estreito e para fora da sombra do Pico do Nunca, os outros seguiram atrás dela em fila indiana.

— Achas que devias ter feito aquilo, mana? — perguntou o Primeiro Gémeo, quase obrigado a correr só para se manter a par dela.

— Não te preocupes — respondeu Wendy. — Dobrei os joelhos e mantive as costas direitas. Sei muito bem o cuidado que é preciso ter para levantar pedregulhos.

E nada mais foi dito.

No dia seguinte, Peter Pan tinha esquecido tudo acerca da zanga. Era sempre óptimo a esquecer as coisas que não queria recordar.

24
JUNTOS DE NOVO

Não tendo a capacidade de voar nem barco para navegar, a Companhia de Pan sabia que tinha de atravessar toda a ilha a pé para alcançar de novo a Floresta do Nunca. Sem o poder de voar, nem o dom do pó-de-fada, nem a companhia de metade da Companhia, parecia realmente um caminho muito longo. Por ali se acoitavam Rugidores e feras feridas, fadas hostis e harpias sem casa, desertos sequiosos e piratas juniores, bruxas, dragões, pântanos e imprevisíveis trapalhadas.

Iam eles subindo a custo uma encosta particularmente cansativa, esperando encontrar abaixo deles as vastidões sem água do Deserto Sequioso, quando o céu em frente se tornou cor de ocre com pó a erguer-se no ar. Tempestade de areia, pensaram eles. Mas logo que chegaram ao cimo, os seus olhos depararam com uma visão que nenhum deles iria jamais esquecer. Dirigindo-se para eles como uma enxurrada sobre a vasta chapa das estéreis areias do deserto, vinham todos os bisontes, cavalos, reboques, *squaws*, cães, guerreiros, aves-da-tempestade, tambores, *papooses*, toucados de guerra, cachimbos de paz, tranças, mocas, machados, *mocassins*, arcos e flechas, que, todos juntos, perfaziam as Tribos das Oito Nações.

Os sinais de fumo que Peter enviara do cume do Pico do Nunca não tinham sido totalmente desfeitos. E agora, tribos do Norte, do Sul, do Leste, do Oeste e do outro lugar vinham trovejando por sobre o Deserto Sequioso tão depressa quanto os seus cavalos e bisontes os podiam transportar. Ao avistarem Peter e os seus companheiros exploradores, puseram-se a bater nos tambores e escudos e *papooses* e o mais que se imagine, num coro triunfal de saudação.

As Tribos organizaram um banquete para a Liga, que consistiu em comer, beber e oferecer a maior parte das posses de cada um. Destas últimas deram muitas a Peter e Wendy e Tootles e Gémeos e John (que ficou tão comovido quanto é possível). Infelizmente, e porque não tinham nada de seu para dar, as crianças tiveram de largar mão das prendas que tinham acabado de receber.

Na festa que se seguiu, uma bela Princesa veio e lambuzou-lhes a cara com pintura de guerra, dizendo-lhes que agora eram membros honorários das Oito Nações.

— Olá, Açucena Tigrina — exclamou Peter. Mas a Princesa olhou-o com estranheza e disse que, na realidade, era a Princesa Agapanto.

— Ah! Nunca fui capaz de me lembrar de nomes — retorquiu Peter. — Nem de caras.

— Gémeos! O que é que se passa? — perguntou Tootles. — Lá porque tiveram de devolver aquelas facas de mato...

Mas os Gémeos não estavam a chorar por causa das facas de mato. Tinham era acabado de se lembrar de irem num autocarro para Putney, terem adormecido e acordarem para se verem com pinturas de guerra na cara.

— Será que alguma vez voltaremos a ver Putney, Wendy? — perguntaram eles.

Wendy, afivelando a sua expressão mais sisuda, respondeu:

— Só temos de esperar que as fadas acabem com a sua guerra e que as nossas sombras voltem a crescer. Reparem, as vossas até já estão a começar a despontar.

Os Gémeos animaram-se. Depois, é claro, as sombras pararam outra vez de crescer, o que contrariou bastante os esforços de Wendy.

Prosseguiram viagem no meio de uma nuvem de pó, com uma escolta das Oito Nações (para não mencionar os bisontes), através do Cemitério de Elefantes, para lá do Passo da Embalagem, das ruínas primitivas da Cidade do Nunca e do Parque da Academia[24]. Se acaso havia Rugidores ou leões emboscados, os bisontes e os reboques passaram-lhes por cima, pois de súbito o horizonte estava revestido com as árvores da Floresta do Nunca e as Tribos despediam-se e partiam em oito direcções diferentes, para *tepees* de peles, *hogans* de barro e vimes, *kivas* subterrâneas, ou para casas longas, casas redondas, bivaques e estacadas, e alguns mesmo para dormirem à luz das estrelas.

— E onde iremos *nós* dormir? — perguntou Tootles.

⋆ ⋆ ⋆

A Árvore do Nunca continuava onde tinha caído durante a tempestade, como um passadiço gigante. Todas as suas folhas tinham ardido no incêndio. Que longo caminho tinham percorrido para voltar a casa, quase esquecidos de que a casa não estava onde a tinham deixado.

— Amanhã, podemos começar todos a construir o Forte Pan — anunciou Peter. Mas isso não era bem resposta para a questão de onde dormir.

Por fim, foi Béu-Béu que lhes serviu de cama. Deitou-se de lado e os Exploradores enroscaram-se entre as patas da frente e as de trás, bem metidos no pêlo. Béu-Béu não era lá grande coisa como ama. Deu-lhes uma lambidela antes de se deitarem, mas esqueceu-se do lavar dos dentes e das orações. Secretamente, sentia a falta de Slightly e de Curly, bem como daquele homem interessante e bom de mastigar, e que cheirava a ovos, rebuçados para a tosse e medo. Enquanto a Companhia de Pan

[24] Na antiga Grécia, este era um parque público onde o filósofo Platão ensinava os seus discípulos.

mirava as estrelas lá no alto, Wendy contou-lhes uma história acerca de um pequeno pássaro branco nos Jardins de Kensington. Uma brisa morna soprou através da Floresta do Nunca.

De repente, sem uma palavra de aviso e com um impulso que lançou toda a gente à reboleta uns por cima dos outros, Béu-Béu pôs-se de pé. Meteu pelo meio das árvores no seu passo balouçante e não parou até descobrir o velho abrigo subterrâneo de Peter. Depois, começou a cavar.

É certo que Béu-Béu, quando era um cachorrinho e depois de cair no abrigo de Peter Pan, só queria era sair de lá o mais depressa possível. Mas agora que tinha um metro e vinte de altura na espádua era mais ambicioso. Conseguia ouvir e cheirar Alguma-Coisa debaixo do chão e estava decidido a deitar-lhe a pata. Ou o dente. Quando os Exploradores chegaram ao local, Béu-Béu tinha escavado um buraco suficientemente grande para enterrar uma arca do tesouro.

John avisou:

— Cuidado, Béu-Béu! Olha que cais pelo...

— G

r

r

u

n

f! — respondeu Béu-Béu (ou algo parecido) e fez uma súbita entrada no abrigo onde Peter em tempos vivera com os Rapazes Perdidos. Agora o Alguma-Coisa não podia deixar de emergir, fosse ele texugo, espectro ou trufa gigante, e os cansados viajantes ficaram ali, como que petrificados, esperando a terrível visão.

De facto, foram várias as coisas que emergiram do buraco no tecto do refúgio, algumas mais rápidas que outras:

— luz de vela

— latidos

— música (logo interrompida)

— gritos de susto

— o ruído de mobília partida

— Béu-Béu resfolegando

— falta de luz de vela
— aquele som característico que as pessoas fazem quando são lambidas no pescoço às escuras
— depois a bandeira branca da rendição. (Bem, na verdade era cor-de-rosa e atada a uma bengala, mas era o único lenço à mão e, no escuro, é difícil distinguir o cor-de--rosa do branco.)
— depois Slightly-more
— e o Dr. Curly
— e Smee, antigo Imediato de Gancho, o pirata mais sanguinário que alguma vez sulcou os sete mares.

— Bravo, Curly! Bravo, Slightly! Fizeram-no prisioneiro, fizeram? Combateram-no com as mãos nuas? — bradou John, quebrando a bengala com a bandeira rosa de Smee num joelho.

— Claro que não — retorquiu Slightly, voltando a acender as velas. — Ele fez-nos um belo chá. Ao que parece, Sr. Smee vive aqui há anos. E tornou o lugar muito acolhedor.

— O quê? Então agora é o esconderijo de um bandido? — perguntou John, esfregando o joelho.

— Creio que será antes um lar para reformado — esclareceu o Dr. Curly.

Ninguém teve a menor dúvida em falar com Slightly ou Curly, apesar de serem crescidos. (O que deve ter tido algo a ver com o arrombar da porta de dois batentes.) Quanto a Smee, atarefou-se a endireitar mesas e a consertar cadeiras em número suficiente para todos se sentarem.

— Julguei que o Gancho te tinha mandado embora para prestares serviço na Grande Guerra! — disse-lhe Tootles.

— Eu e os restantes de nós, e fomos, sim. Os outros... perderam-se. No fim, dei comigo sozinho. De maneira que me pus a andar por aí, a fazer palestras sobre a vida a bordo do *Jolly Roger* e como Smee era o único homem que James Gancho alguma vez temeu.

— Acho que vi um cartaz — considerou Curly.

— Isso é verdade, Sr. Smee? James Gancho tinha medo de si?

— Claro que não, rapaz! O que é que a verdade tem a ver com o mundo do espectáculo? Mas um homem tem de viver, nã é? No fim, tive muita medo... que o Gancho ouvisse falar da coisa e viesse atrás de mim e me cortasse a língua mentirosa, ou qualquer coisa assim. Pateteira, eu sei, mas costumava sonhar que ele rastejava pra fora daquele dianho de crocodilo e vinha a perseguir-me, com o gancho a brilhar e o meu nome todo torcido na boca dele: *Smeeee!*

(Os Exploradores entreolharam-se, mas ninguém deu a Smee a má notícia de que os seus sonhos não andavam assim tão longe da verdade.)

— Deram-me os tremeliques, de maneira qu'acabei co'circuito das palestras e passei a vender produtos de limpeza de porta em porta. Escovas. Esponjas. Esfregões. Esse tipo de coisas. — (Não havia dúvida de que o abrigo subterrâneo tinha um aspecto muito limpo e arrumado, e estava bem provido de esponjas, esfregões, vassouras e esse tipo de coisas.) — ... Mas sentia a falta disto aqui. Da Terra do Nunca, quer'eu d'zer. — Olhou em volta como se a pequena toca de paredes de terra onde vivia contivesse a Terra do Nunca inteira. — De maneira que deitei a unha a um carrinho de bebé e naveguei até cá.

— Mas tu não és uma criança! — fez notar John, impressionado.

— Ná! Mas havia falta de piratas, graças ao vosso grupo, de maneira que consegui licença. Era capaz de matar por dinheiro de chocolate e acho que isso me torna parecido que chegue com um Rapaz Perdido.

— Mas agora já não trabalha como pirata, pois não?

— Ná! Inda tentei, mas já não estava prà í virado ou assim. Sem capitão... Sem barco... O Starkey ainda aparece por aí, à procura de rum e *scones*. Contamos umas tretas. No geral nã me falta grande coisa... apesar que sou um doido por pó de talco e não se arranja disso na Terra do Nunca. Pelo menos, por dinheiro a sério. Bom, e nem por dinheiro de chocolate, o que é um granda espanto!

— Havia algum a bordo do *Jolly Roger* — afirmou Wendy.

— Isso era pólvora, menina. Nã é a mesma coisa. Tenho tido uma vida mais ou menos calma desde que para cá vim. Até hoje, intende-se. O qu'é qu'esse vosso horror de cão está prà í a fazer agora? Eu não faço cobertas de mesa de croché para os cães fazerem o qu'ele 'tá a fazer com aquela.

Lá salvaram o trabalho de croché dos dentes do Béu-Béu que se tinha posto a desfiá-lo, lembrando-se do homem bom de mastigar que cheirava a medo

— Aqui Sr. Curly e Sr. Slightly estavam mesmo a contar-me algumas das emoções do caminho até cá. Por favor, cavalheiros, continuem.

De maneira que, apesar da interrupção, com o tecto a cair e a súbita chegada de Peter Pan e C.ª, Curly e Slightly retomaram a sua história.

— Vínhamos do Pico do Nunca em direcção ao Recife, a pensarmos em construir uma jangada ou fazer sinal a algum navio que passasse, sei lá. Ouvimos o som de pés a correr atrás de nós e gritos. A princípio, julgámos que estávamos a ser perseguidos, mas afinal passaram por nós à velocidade de um raio, como coisas possessas, Rugidores a gritar que vinham leões atrás deles, e ursos! Claro que nos pusemos também a correr, mas aqueles rapazes deviam ter sido perseguidos mais vezes que nós, porque em breve nos deixaram para trás. E seguiram de rompante como doidos, sem sequer verem para onde iam, não foi, Slightly?

— Demos um grito de aviso, quando vimos para onde eles se dirigiam. Mas estavam demasiado ocupados a correr... direitos ao Labirinto das Bruxas!

— Nunca chegámos a ver os leões, pois não, Slightly?

— Não, mas vimos as Bruxas!

— Caíram em cima dos Rugidores num piscar de olhos. Foi horrível!

— Aquelas mulheres levantaram homens feitos do chão e seguraram-nos de tal maneira que num minuto já nenhum se debatia! Nós escondemo-nos, não foi, Slightly?

— Devíamos ter tentado libertá-los. Mas escondemo-nos. Eu teria tocado o meu clarinete, só que não tinha fôlego para isso.

— De maneira que nos escondemos.

— Foi.

Tootles não aguentou a espera.

— Então e as Bruxas COMERAM os Rugidores?

Ambos levaram tempo a responder. Estavam de novo a rever mentalmente o horrendo cerco no Labirinto das Bruxas, com os Rugidores a serem capturados um a um. Não conseguiam esquecer os agudos gritos de triunfo das mulheres, os seus rostos que mergulhavam direitos a gargantas, narizes ou orelhas (difícil de determinar àquela distância) e o modo como cada prisioneiro ia gradualmente parando de se debater e ficava inanimado entre as garras da sua captora. Slightly e Curly meteram a cabeça nas mãos e balouçaram-se com a pena de não terem feito mais para os ajudar.

Smee, entretanto, comeu um queque.

— Pobres diabos — comentou, através de uma animada boca cheia de migalhas. — Agora presumo que tenham de passar por essa coisa toda, os banhos, os cortes de cabelo, os beijos, as cantigas pra adormecer por gente que não é capaz de levar uma melodia a bom porto nem com piloto. E todos aqueles sacos da escola e fricções no peito e calções de banho de lã e tias-avós. Tapioca! Mas não percebo porque lhes chamam «bruxas». Aquelas mulheres não são bruxas. — Procurou numa caixa de lápis um tubo de alcaçuz e, depois de o limpar com um limpa-cachimbos, pôs-se a chupar nele como se fosse um cachimbo. Só então reparou que os outros estavam a olhar para ele. — Que é que foi?

— Mas o sítio chama-se Labirinto das Bruxas. Claro que são bruxas! — declarou Tootles.

— Quem foi que lhes disse isso? — perguntou Smee em tom de troça.

— O Capitão G...

— ... Sr. Ravello, o dono do circo, é que nos disse! — respondeu John, abafando a voz de Tootles. E voltou a contar a triste história das amas despedidas, postas fora de casa, enlouquecidas pelo ódio e querendo vingar-se nas crianças da Terra do Nunca. — E foi Labirinto das Bruxas que ele lhe chamou. Talvez esteja a pensar noutro lugar qualquer.

Smee mordeu a ponta do seu cachimbo de alcaçuz e mastigou-a até ficar com a saliva preta.

— Rochas nuas todas trabalhadas pela água? Perto do Recife do Pesar? Esse vosso Sr. Ravello não distingue uma bruxa de uma bota, nem uma tia de uma vigia. Isso aí é o Labirinto dos Lamentos! Quais amas nem meias amas? Com mil bombardas! Nenhuma criada contratada se ia fazer ao mar revolto num carrinho de bebé aberto... nem por ódio, nem por coisa nenhuma! Ná! Aquelas senhoras são as dos Corações Destroçados! Nenhuma outra seria capaz de uma viagem assim. Fazem o que têm de fazer. É o instinto, 'tão a ver? Não se podem livrar disso. Eram capazes de fazer *qualquer* coisa, as Mães.

25
CORAÇÕES DESTROÇADOS

Estavam uma vez mais em terreno elevado, com o mar como um brilho distante e, debaixo dos pés, a erva que ia rareando até aos rochedos mais adiante. O Labirinto dos Lamentos, com os seus estratos listrados e cumes agudos como cotovelos, estendia-se mesmo em frente. Libertava-se dele um som dolorido e uma estranha mistura de velhos perfumes.

— Isto é perigoso — declarou Peter Pan.

Wendy pousou-lhe a mão na manga mas ele sacudiu-a, dizendo:

— Ninguém me deve tocar.

— Mas o Slightly e o Curly têm de voltar para casa — lembrou Wendy pela cinquentésima vez. — São demasiado grandes para viverem no Forte Pan e também não são da massa de que se fazem Rugidores, ou piratas, ou peles-vermelhas.

E ali estava o Caminho de Fuga para eles, a Saída de Emergência da Terra do Nunca. O Labirinto. Era naquele lugar que as mães dos Rapazes Perdidos passavam os anos em busca dos bebés que, em tempos, tinham perdido. As culpas não podiam ser sempre deitadas à falta de cuidado das amas. (Há tantos pais que não têm posses para ter amas.) Mesmo com os pais a tomar conta, há bebés que desaparecem — caem dos carrinhos, vão na água do banho ou são postos lá fora em vez do gato. Os erros acontecem mesmo nos lares mais bem organizados.

Quando tal acontece, o resultado é sempre o mesmo. Nalgum lado, há uma mãe que faz uma mala, empurra o carrinho vazio até às docas locais — seja em Grimsby, em Marselha ou em Valparaíso — e faz-se ao mar. Mantendo as balizas vermelhas à proa e as verdes à popa, lá vai ela em busca do seu rapaz perdido, num lugar desgastado até ficar macio por milhões de lágrimas. Sem possuir a magia necessária para ir mais adiante na Terra do Nunca, é ali que ela se queda, no Labirinto dos Lamentos, vivendo no seu dia-a-dia de sanduíches de ovo e agrião, e da esperança de que o seu rapazinho surja um dia a assobiar, dando a volta à próxima curva do Labirinto.

Os Rugidores, quando involuntariamente foram desembocar no Labirinto, tinham sido agarrados como pechinchas num saldo. Mulheres desgrenhadas, de olhos desvairados, haviam-lhes deitado as mãos e examinado os rostos em busca de feições familiares, os corpos à procura de marcas de nascença. Jovens, que tinham tentado nunca se roçar, ao de leve sequer, uns pelos outros, tinham sido acariciados e beijados e abraçados — lavados com lágrimas e enxugados com lenços de renda. Aquilo a que Slightly e Curly tinham assistido não era um massacre. Era uma reunião!

Entre os Rugidores, uma dúzia de mães tinham encontrado o que procuravam e deixado a Terra do Nunca com os seus filhos amuados, contrafeitos. Ainda a entrarem para os seus carrinhos de bebé afeitos ao mar, no Recife do Pesar, já as mães tinham começado a polir maneiras e a escovar roupas.

É que, cada mãe que descobre o seu Rapaz Perdido é capaz de encontrar infalivelmente o caminho de regresso a casa. Pode a viagem ser longa e perigosa, serem por vezes abalroadas por petroleiros e navios de luxo nas estradas do mar, mas o seu instinto de regresso ao lar é tão forte como o dos gansos-

-do-canadá ou dos pombos-correios. O lar lança-lhes sinais tão nítidos como os de um farol no cimo de uma falésia distante. É quase como se não pudessem deixar de chegar lá.

Agora era a vez de Slightly e Curly entrarem no Labirinto e nenhum dos terrores que haviam enfrentado na sua demanda do Pico do Nunca se comparava com o trémulo temor que sentiam agora. Como eram crescidos, Slightly um jovem de dezoito e Curly um médico já feito, é claro que não podiam deixar de ver esse temor, de maneira que lá compuseram o cabelo, endireitaram os colarinhos e limparam os sapatos à parte de trás das pernas das calças. (Esta parte foi difícil para Slightly, dado que estava de pés descalços e não trazia calças. Mas, pelo menos, a sua camisa de noite estava-lhe boa, ao contrário da camisola que Smee tricotara para Curly durante a viagem desde a Floresta do Nunca.)

— Mas nós já *temos* mãe! — protestou Slightly e também não pela primeira vez. — A Sra. Darling adoptou-nos!

— Sim, meu querido, mas ainda *antes* de a Mãe te ter adoptado, tu e todos os Rapazes Perdidos tinham as vossas próprias mães... nalgum lado.

— A minha não vai estar aqui — lamentou-se Curly, deprimido. — Ela não vinha à minha procura... não assim tão longe.

— Vinha, sim — animou-o Wendy, pondo-se em bicos dos pés para lhe dar um beijo no queixo.

— E mesmo que não viesse — acrescentou Tootles, sem mais aquelas —, uma dessas mulheres é capaz de julgar que és dela e leva-te para casa.

— Bom, então — disse Curly.

— Então, é isso — corroborou Slightly.

— Até Londres — disse John.

— Até Londres — respondeu Curly.

— Uma boa viagem — desejou Wendy. — Dêem os nossos cumprimentos ao Nibs.

— Não se afoguem — recomendou Tootles, derramando uma ou duas lágrimas.

Peter voltou as costas e não quis apertos de mão. Não entendia porque havia alguém de querer deixar a Terra do

Nunca. Tinha-se oferecido para tentar *fingir* Slightly e Curly de volta a um tamanho aceitável, mas eles tinham preferido vir até ali. E agora Peter só queria era voltar para a Floresta do Nunca. Havia jogos à espera. Empilhavam-se as demandas. Era preciso construir um forte.

— Vão lá, então — resmungou. — Se têm de ir, vão.

Curly e Slightly também teriam gostado de ajudar a construir o Forte Pan. Mas a lembrança de lar, mulheres, trabalho, Nibs e autocarros de Londres estava a lançar a sua magia sobre ambos. Endireitaram os ombros e começaram a descer para o Labirinto. Curly voltou-se para trás uma única vez, dizendo:

— Eu era tão novo quando me perderam. Como é que a Mãezinha me vai reconhecer?

E, por um momento, pareceu uma criança mais pequena que qualquer outro ali.

— Mas vai — retorquiu Wendy. — Verás que vai.

Slightly levou o clarinete aos lábios e começou a tocar. Curly ia à frente. Os amigos, ansiosos, foram descendo pela encosta, a ver o que lhes sucedia.

Mulheres atormentadas por anos de preocupação e angústia ergueram as cabeças ao som da música. Pestanejaram, confusas, ao verem um adolescente e um homem feito, porque julgavam ser aquele um lugar só de crianças e por serem as crianças que lhes preenchiam cada pensamento. Não se lançaram sobre Curly porque nenhuma podia imaginar... nenhuma esperara... alguém assim. Ele distribuiu apertos de mão. As mulheres alisaram madeixas rebeldes de cabelo e algumas esboçaram mesmo uma vénia. Pacificadas pela música e surpreendidas pelo inesperado, deixaram que Curly falasse, e as crianças, à espreita, viam como ele explicava, descrevia, apontava para o sítio de onde viera.

Depois deve ter mencionado o seu próprio nome porque, através da crescente aglomeração de mães, veio vindo uma mulher, com impulsos como os de um cavalo em água profunda, ora estendendo-se, ora baixando-se para obter um relance, logo afastando as outras para passar. Tranças, que durante trinta anos tinham permanecido meticulosamente enroladas, soltaram-se e ela veio chocar de frente com Curly. Os membros da Liga de Pan fecharam os olhos e, quando os voltaram a abrir, Curly estava a ajudar a mãe a prender de novo o cabelo.

Slightly ergueu os olhos de uma mudança de clave particularmente difícil no clarinete, para deparar com uma mulher magra, com longos dedos magros e um rosto magro e artístico, que o fitava.

— Não levaste isto contigo, meu querido — disse ela —, quando te perdeste.

E mostrou-lhe uma roca com guizos em ambas as pontas.

E, logo ali, as melodias de Slightly — as da sua cabeça, as do clarinete e as do seu coração — regressaram todas a dó.

Foi esse o momento em que os Gémeos se aproximaram um pouco de mais do Labirinto e ouviram alguém chamar:

— *Marmaduke? Binky?*

Isto arrisca-se a ser um choque para vocês, se pensavam que os dois irmãos tinham recebido realmente os nomes de Primeiro Gémeo e Segundo Gémeo ao nascer. Não tinham. A verdade é que se tinham perdido ainda tão pequenos que os nomes deles não passavam de uma recordação perdida. Mas quando a mãe — de mãos ainda pegajosas de fazer bolos, o cabelo ainda empoeirado de farinha — veio a correr, depois parou a olhá-los, a pestanejar, a chorar, a rir, e largou de novo a correr — *«Marmaduke? Binky?»* — lembraram-se muito bem.

Marmaduke e Binky. Ora, toda a gente faz disparates. Por sorte, os Gémeos habituaram-se aos nomes como mais ninguém o faria e consideraram-se os rapazes mais afortunados do mundo. Porque, agora, tinham *duas* mães! A Sra. Darling seria sempre a verdadeira, porque os tinha acolhido quando eles eram Rapazes Perdidos, e os educara, e os deixara lamber a tigela de bater os bolos, e dar banho ao cão e ir para a cama com pintura de guerra e andar no primeiro andar dos autocarros. Mas ali estava agora uma NOVA mãe de há muito, muito tempo, aquela que lhes pusera os dois melhores nomes do mundo.

Wendy voltou-se para Tootles.

— Sabes, Princesa? Tu também podias voltar assim para casa!

Mas Tootles sacudiu a cabeça com grande decisão.

— Eu não vou, nunca! Vou ficar aqui para sempre e brincar aos casamentos com o Peter!

Uma raposa à solta numa capoeira não teria provocado maior reboliço. Wendy olhou para Peter, e Peter olhou para Wendy, e havia verdadeiro pânico nos olhos dele.

— Tootles! Tu sabes muito bem que tens uma família à tua espera em Grimswater — lembrou John. Mas, infelizmente, Tootles esquecera tudo acerca de Grimswater ou do Clube dos Cavalheiros ou de ser juiz do Supremo.

— Vou ser a Tootles Pan, e o Peter pode apanhar flores para mim e levantar os pés quando eu estiver a varrer, e eu digo aos pequenos: «Quando o vosso pai voltar para casa, vão ver como elas vos mordem!»

Por algum motivo — não vos sei dizer qual — a Wendy escolheu esse preciso momento para correr para dentro do Labirinto, a gritar:

— *Tootles! Há um Tootles aqui! Alguém perdeu um Tootles?*

Um homem com uma cara da cor do marroquim, com uma encaracolada cabeleira de advogado e um grande livro debaixo do braço, surgiu de detrás de um rochedo. Severamente, sacudiu um dedo para Wendy.

— Não diga disparates, menina! — disse ele, mirando Wendy de cima abaixo. — Está a querer fazer-se passar pelo meu rapaz, Tootles? Absurdo! Paspalhice!

Porém, quando ia mesmo a abrir o livro para ver qual a lei que Wendy quebrara, deu com os olhos na Princesa Tootles, que estava a apertar as fitas dos seus sapatos de balé e a praticar o *plié*.

— Ah, aí estás tu, filho — exclamou bruscamente e sem a mínima dúvida. — E também já não era sem tempo!

Depois, num repente de incontrolável alegria, tirou a cabeleira da cabeça, atirou-a ao ar e dançou logo ali uma animada jiga.

— Pais, também? — murmurou Smee. — Quem houvera de dizer!

Às cavalitas nos ombros do pai e com a cabeleira do pai na cabeça, Tootles foi-se embora sem um olhar para trás. Wendy olhou para Peter, e Peter olhou para Wendy, e havia um grande «OBRIGADO» escrito nos olhos dele.

— Também podemos ir, mana? — perguntou John, contagiado por toda aquela alegria. Era um contágio esquisito, que fazia doer as bolsas que temos por baixo do queixo, como a papeira. Começou a olhar para um lado e para o outro, em busca de uma mãe que o quisesse.

Também o coração de Wendy estava cheio a rebentar com o desejo de voltar para casa e ver a sua própria filha, Jane. Mas sabia que aquela não era a *sua* Saída de Emergência, o *seu* Caminho de Fuga da Terra do Nunca.

— Não há aqui ninguém para nós, John. Nós nunca fomos Perdidos, lembras-te? Voámos para a Terra do Nunca por decisão nossa e voltámos antes que a Mãe se fizesse ao mar para nos vir procurar.

Mas bem via que John continuava a olhar em volta, tentando imaginar como teria sido a vida com outra mãe, uma mãe diferente. Talvez aquela do cabelo loiro, ou a outra, do cabelo ruivo.

— Vamos ter de ficar aqui, John, até que as nossas sombras voltem a crescer... e as fadas parem com as patetices para lhes podermos voltar a pedir pó-de-fada... e o Forte Pan estiver construído.

— Óptimo — comentou Peter com decisão. — Com *vocês* tudo bem. Sabem brincar como deve ser.

— Nada os impede de virem comigo! — disse Smee, integrando-se na conversa com o seu passo bamboleado de marinheiro. — Preciso de tripulação para a viagem de volta a casa! Acho que já posso fazer uma visita à minha velha terra, agora que tenho uma mãe a bordo para me dar sorte.

Sendo pequeno como era, Smee arranjara alguém ainda mais pequeno para se lhe agarrar à curva do braço. Uma minúscula velhota, com cabelo branco de neve e um sorriso de anjo.

Wendy bateu as palmas de alegria.

— Oh, que maravilha! É a *sua* mãe, Smee?

Smee segredou-lhe, tapando a boca de lado com a mão:

— Ná! Deitei-lhe a unha. Mas ela já não vê muito bem, de maneira que nunca vai dar por isso. E parece contente por estar comigo. E então, quem mais é que vem, hem? Animem-se! Tudo pra bordo do belo navio *Dirty Duck*[25], em rota para o Serpentine, com passagem por Kirriemuir!

Ataram uns aos outros todos os carrinhos de bebé que penavam sobre os rochedos do Recife do Pesar, fazendo uma grande jangada. Como ovos na embalagem própria, todos os que voltavam a casa se introduziram nos compartimentos vazios. Até o Béu-Béu. E todos couberam.

O único problema foi arranjar espaço para tanta felicidade.

Wendy foi a última a deixar a costa.

— *Vem connosco, Peter!* — gritou ela subitamente, agarrando-lhe a mão. — Sim, *vem*, anda connosco! Eu sei onde podemos encontrar fadas! E quando a tua sombra voltar a crescer, podes voar de novo até aqui e...

Mas Peter tirou a mão das dela.

— Eu não ando com gente crescida — retorquiu, voltando as costas ao belo navio *Dirty Duck*.

Wendy pegou-lhe na outra mão e desviou-se com ele.

— Tenho um murmúrio para ti — afirmou.

— É alguma coisa como um dedal?

De certa maneira, era. Pôs o cabelo de Peter em pé e fez-lhe cócegas no pescoço, e teve vontade — e não teve — de desviar a cabeça, enquanto Wendy lhe murmurava ao ouvido.

— Tenho estado a pensar — disse ela.

— Não vais querer brincar aos *Casamentos*, pois não? — guinchou Peter em pânico total.

Wendy fez cara séria.

— Peter, supõe tu que a *tua* mãe...

O rosto de Peter fechou-se como cortinas numa janela.

— Não!

— Oh, Peter! Mas supõe que ela é tal qual como todas estas, ainda na esperança de te voltar a ver um dia! Talvez até...

---

[25] Só para informar que *Dirty Duck* significa *Pato Sujo*.

Mas a boca delicada de Peter fechou-se numa linha dura e ele meteu os dedos nos ouvidos. Certa vez voara até casa, mas só para encontrar a janela do quarto fechada e com barras, e outro rapaz a dormir na sua cama. Recusava-se a ouvir fosse o que fosse de bom acerca de mães.

Os carrinhos de bebé, libertos dos rochedos, sentiram a atracção distante do Rochedo de Magnetite e o *Dirty Duck* começou a mover-se em direcção ao mar. John, Curly, Slightly e Smee, todos gritaram por Wendy:

— *Anda, vem para bordo depressa! Não te deixes ficar para trás!*

Por um momento, ela pensou que não conseguia deixá-lo, o seu amigo Peter, tão bravio e frágil e belo como uma folha de Outono levada pelo vento. Achava que não podia aguentar perder todos os jogos que a chamavam, todas as demandas que se amontoavam. Lembrou-se de que nem sequer sabia onde ia ser construído o Forte Pan, se no topo das árvores, ou projectando-se das íngremes escarpas, ou apoiando-se em estacas na Lagoa.

Mas, no seu íntimo, a rapariga Wendy era uma pessoa crescida (tal como, no seu íntimo, todas as pessoas crescidas são crianças). O amor pela família estava a puxá-la, à maneira da longínqua atracção do Rochedo de Magnetite. Precisamente quando se diria que o espaço entre jangada e rochedos era demasiado grande até para um artista de circo saltar, Wendy Darling lançou-se do Recife do Pesar e aterrou ao lado do irmão, a bordo de belo navio *Dirty Duck*.

À ordem de Smee, todas as capotas dos carrinhos foram levantadas para aproveitar o vento e a jangada avançou pela rebentação, em direcção à barra. Tomada de um novo pensamento, Wendy pôs-se em pé de um salto, fazendo a jangada inclinar-se e os passageiros gritar, e bradou para o rapaz que ficara na costa:

— *Acho que a tua mãe só fechou a janela para não deixar entrar o NEVOEIRO!*

Viu que Peter levantava as mãos para tapar os ouvidos, mas tarde de mais. Cerrou os dedos em punhos como se tivesse apanhado as palavras dela do ar... apanhado e ouvido, quer quisesse quer não. Wendy acenou um adeus e continuou a acenar, até que o encandeamento da água lhe encheu os olhos de negrume.

Peter ficou a ver a jangada percorrer todo o caminho até à barra, e continuou a olhar até que o encandeamento da água a fez desaparecer. Ao voltar-se, com uma pirueta e um salto, ficou admirado ao dar por uma franja de sombra acabada de nascer a ondular-lhe em volta dos pés. Não havia tempo para pensar que tristeza a fizera crescer de novo. Os jogos chamavam. As demandas amontoavam-se.

Entretanto, não muito longe, um velho inimigo jazia estendido no solo. E tão quieto que se poderia julgá-lo morto.

Porém, apesar dos seus ferimentos, Ravello não morrera. Pela primeira vez em vinte anos, com o seu segundo melhor casaco a servir-lhe de cobertor e o beijo de Wendy na face, Ravello dormia de um sono mais profundo que a Lagoa. E o sono é um grande curativo, como toda a gente está sempre a dizer.

Sonhou com rochas listradas encimadas por cumes agudos como cotovelos, escavadas em canais por um milhão de lágrimas. No alto de um desses cumes, estava uma mulher, com saias listradas e em farrapos, apanhadas para trás, um pescoço longo, de cisne. Fora bela em tempos. Agora, parecia uma estátua num jardim público, desgastada pelo tempo e pelas intempéries. E o seu rosto era tão triste, mas tão triste, os olhos vagueando para aqui e para ali, procurando alguma coisa ou alguém. Numa voz frágil como cristal, chamava e voltava a chamar:

— *James! James? Onde estás tu, James?*

Ravello dormia. O sono é um grande curativo. As pessoas não mentem quando o dizem. Ravello dormia. E o seu velo de lã gordurosa, retalhado por cão e médico e árvores espinhosas... *tricotou-se.* A lã desfiada, sem cor, transmudou-se em carne, em tecido, em cabelo. Os caracóis lustrosos regressaram. As cicatrizes esbateram-se. Até a cor dos seus olhos derivou ao longo do espectro, desde o castanho de terra até ao claríssimo azul.

O que, pelo contrário, se desfiou foi a suavidade do nome que tomara, Ravello, deixando a nu a forma dura, acerada, do nome antigo, Gancho. E quando, após vinte dias, o homem acordou, foi James Gancho que se sentou e amaldiçoou a dureza do chão, James Gancho que apertou ao peito a Taça da Escola num arrebatamento feroz, James Gancho que determinou o seu rumo pela bússola de metal que era o seu coração, James Gancho que enfiou os braços nas mangas da sobrecasaca vermelha

Ficava-lhe bem.

E ele ficou igual a ela.

Há roupas que podem provocar isso.

Mas quando deitou uma olhadela às suas baças botas de crocodilo, o Passado regressou, como um pesadelo que se recorda. «Defende-te ou morres, coquericó!» As palavras emergiram como calor de uma fornalha acesa.

— Doce será a vingança, quando voltarmos a encontrar--nos. *Defende-te ou morres, Peter Pan!*

EPÍLOGO

Têm toda a razão. Houve um montão de coisas a explicar quando chegaram a casa. Imagine-se a surpresa da mãe dos Gémeos quando eles lhe pegaram na mão e a levaram a correr para casa, em Chertsey. Imagine-se o seu espanto quando eles puxaram de chaves da porta principal e entraram em casa, bradando: «Olá! O Papá está de volta!» Imagine-se o que terá dito quando os viu trocar de roupas com os pequenitos e crescerem de imediato — *ó anjos do céu* — até ao tamanho de homens adultos. E os filhos deles também tinham alguma coisa a dizer a esse respeito.

— Levaste-me o uniforme da escola! Foi um problema!

— Devias ter levado o meu pijama verde e não o encarnado! O encarnado é o que eu gosto mais!

— As minhas sapatilhas de balé estão sujas de lama! — (Isto era em casa de Tootles.)

— Esta era a minha *melhor* camisa de râguebi! — (Isto na de Curly.) E ainda: — Olha, Papá! Cresceste o cãozinho!

Na casa de Nibs, este pegou nos filhos ao colo e pediu aos visitantes:

— Contem-nos. Contem-nos *tudo* o que aconteceu.

Podem julgar que as mães do Labirinto se sentiram enganadas ao verem os seus Rapazes Perdidos tornarem-se subitamente adultos, mas não. É muitíssimo melhor encontrar um Filho Perdido, tenha ele a idade que tiver, do que nunca encontrar nenhum.

Slightly, não tendo mulher nem filhos para os quais voltar, permaneceu com a idade que tinha, dezoito. Nem sequer disse à sua mãe da Terra do Nunca que era um baronete, não fosse ela comprar um livro de etiqueta e obrigá-lo a comportar-se como tal. Só uma vez se escapuliu para o clube de *jazz*, para tocar clarinete. Porém, quando as luzes diminuíram e se acenderam os holofotes, descobriu que já não era capaz de tocar os melancólicos *blues*, pura e simplesmente por estar demasiado feliz. De maneira que se integrou num conjunto de música de dança.

Quanto a Wendy e John, reuniram todos os resíduos daqueles perturbadores sonhos — chapéus, setas, sabres, pistolas e ganchos — e deram-nos a Smee, que abriu uma loja de disfarces em Kensington, onde se vendiam «Recordações da Terra do Nunca». Claro que ninguém acreditava que tal lugar existisse, a não ser as crianças que compravam as recordações.

E entretanto, naturalmente, Wendy contou tudo a Jane. Uma recordação aqui, uma aventura além. Jane pensava que eram histórias para adormecer o que estava a ouvir e, quando as contava por sua vez à mãe, mudava pedaços de que não gostava e acrescentava coisas que não tinham acontecido. Wendy nada disse. Era tão encantador tornar a ouvir as palavras a ecoar de parede em parede no quarto: «Terra do Nunca», «Peter» e **«Coquicó!»** (que era o melhor que Jane conseguia fazer, ao cantar de galo).

* * *

Se calhar, o que acontecera à Terra do Nunca não fora nada culpa de Gancho. Claro que ele *adoraria* pensar que sim. Mas talvez não tivesse sido o frasco de maldade que trazia na algibeira de cima que derramara o veneno sobre a Terra do Nunca. Talvez fragmentos volantes da Grande Guerra, como estilhaços, balas e assim, tivessem feito buracos no tecido entre a Terra do Nunca e este mundo. Através desses buracos, escorreram para fora os sonhos, para dentro as confusões da gente crescida. E foi quando as terras do Verão se estragaram. Durante algumas batidas, o Tempo moveu-se onde o Tempo não estava destinado a fazê-lo, e o Verão deu em Outono, e as correntes de ar frio introduziram-se, e a amizade arrefeceu.

Fosse qual fosse a causa, não durou muito.

Vocês sabem como as nódoas negras desaparecem? De preto a púrpura, depois azul-esverdeado e, mesmo no fim, amarelo? Pois bem, a Terra do Nunca sarou precisamente assim. A neve derreteu e foi regar o Deserto Sequioso. As nascentes recuperaram e voltaram a encher os rios. A Floresta do Nunca, queimada, cresceu de novo. Por fim, o Sol amarelo apareceu e ficou, por vezes durante dias e dias porque se estava a divertir tanto que não queria ir para a cama. A Lagoa rebrilhou com peixe e luz do Sol e sereias. Bandidos atracaram. Rapazes e Raparigas Perdidos deram com o caminho para o Forte Pan.

Mães vieram em sua procura (obviamente).

As Tribos fizeram festas de oferendas e deram tudo o que tinham, e até uma data de coisas que não tinham, por pura alegria. As fadas fizeram uma paz, embora, durante muito tempo, bandos de elegantes salteadoras tenham andado a arrancar os arco-íris das cascatas para os coserem nas túnicas. Mas pouco importa porque as cascatas também sararam.

De mãos dadas, Sininho e Fogo-Alado andaram e discutiram por todo o lado na Terra do Nunca, inventando novas cores, jogando às damas chinesas[26] com as estrelas e roendo as

[26] Jogo chinês para duas, quatro ou seis pessoas. Cada jogador dispõe de dez berlindes (peças), colocados em cavidades (casas) na secção que lhe cabe de um tabuleiro em forma de estrela de seis pontas. O vencedor é aquele que primeiro consegue passar todas as suas peças (estrelas, no caso de Sininho e Fogo-Alado) para a secção do jogador em frente, podendo saltar sobre peças (suas ou doutros) a que se siga uma casa vazia ou passar para qualquer casa vazia junto à sua peça.

consoantes que não se pronunciam para tornar mais fácil soletrar as palavras onde aparecem. Montaram um negócio, vendendo sonhos a Rugidores e piratas, em troca de fivelas de cinto e botões. Era uma actividade perigosa, principalmente apanhar os sonhos com uma armadilha e uma rede, mas as duas fadas sentiam-se tão felizes que decidiram não serem mortas durante, pelo menos, cem anos.

Quanto a Pan, levou um ror de tempo para a sombra lhe voltar a crescer completamente, porque era tão raro estar triste. Só quando pensava em Wendy e nos outros é que um pouco mais de negrume se agitava atrás dele, uma perna, uma cintura estreita, um braço...

Assim sendo, estava confinado à Terra do Nunca, incapaz de voar, e os Darling não viram rasto dele desde um Verão até ao seguinte.

Mas não se aflijam. Agora, a sombra já está completa. Pode voar tão alto e tão longe quanto queira, mais rápido que o passar dos sonhos na vossa cabeça, e ainda mais longe que Fotheringdene ou Grimswater.

Nunca perdeu o seu terrível hábito de escutar às janelas. De maneira que aquele ruído de passar de folhas, que ouviram enquanto esta história durou, talvez fosse afinal o próprio Peter Pan, à escuta.

Em troca de uma história vossa, talvez vos mostre o seu bem mais precioso. O mapa de James Gancho, da Terra do Nunca.

E, em troca de um sorriso, talvez vos mostre a Terra do Nunca propriamente dita.

Estrela do Mar

1. **Sexta-Feira ou a Vida Selvagem,** Michel Tournier
2. **Olá! Está aí alguém?,** Jostein Gaarder
3. **O Livro de Alice,** Alice Sturiale
4. **Um Lugar Mágico,** Susanna Tamaro
5. **Senhor Deus, Esta É a Ana,** Fynn
6. **O Cavaleiro Lua Cheia,** Susanna Tamaro
7. **Uma Mão Cheia de Nada Outra de Coisa Nenhuma,** Irene Lisboa
8. **Tobias e o Anjo,** Susanna Tamaro
9. **Harry Potter e a Pedra Filosofal,** J. K. Rowling
10. **O Palácio do Príncipe Sapo,** Jostein Gaarder
11. **Harry Potter e a Câmara dos Segredos,** J. K. Rowling
12. **O Rapaz do Rio,** Tim Bowler
13. **Harry Potter e o Prisioneiro de Azkaban,** J. K. Rowling
14. **O Segredo do Senhor Ninguém,** David Almond
15. **No Reino do Sonho,** Natália Bebiano
16. **O Polegar de Deus,** Louis Sachar
17. **Viagem a Um Mundo Fantástico,** Jostein Gaarder
18. **Jackpot – Um Rapaz Cheio de Sorte,** Peter Carey
19. **Harry Potter e o Cálice de Fogo,** J. K. Rowling
20. **Novo Mundo,** Gillian Gross
21. **O Crisântemo, o Golfinho e a Estrela,** Jacqueline Wilson
22. **O Cantor do Vento,** William Nicholson
23. **O Reino de Kensuke,** Michael Morpurgo
24. **O Rio das Framboesas,** Karen Wallace
25. **A Fuga de Xangri-La,** Michael Morpurgo
26. **A Escola de Feitiçaria,** Debra Doyle e James D. Macdonald
27. **O Pássaro da Neve,** Sue Welford
28. **O Segredo da Torre,** Debra Doyle e James D. Macdonald
29. **Os 5 Moklins – A Herança Moklin,** Bruno Matos
30. **Os Reinos do Norte,** Philip Pullman
31. **O Feiticeiro e a Sombra,** Ursula K. Le Guin
32. **Os Mutantes,** Kate Thompson
33. **O Grande Mago do Norte,** Eva Ibbotson
34. **Os 5 Moklins – O Herdeiro Perdido,** Bruno Matos
35. **A Estatueta Mágica,** Debra Doyle e James D. Macdonald
36. **Teodora e o Segredo da Esfinge,** Luísa Fortes da Cunha
37. **Os Túmulos de Atuan,** Ursula K. Le Guin
38. **A Torre dos Anjos,** Philip Pullman
39. **Conspiração no Palácio,** Debra Doyle e James D. Macdonald
40. **A Praia mais Longínqua,** Ursula K. Le Guin
41. **Molly Moon – O Fantástico Livro do Hipnotismo,** Georgia Byng
42. **Teodora e a Poção Secreta,** Luísa Fortes da Cunha
43. **O Telescópio de Âmbar,** Philip Pullman
44. **Tehanu – O Nome da Estrela,** Ursula K. Le Guin
45. **Os 5 Moklins – O Legado Final,** Bruno Matos
46. **A Minha Família e Outros Animais,** Gerald Durrell
47. **O Castelo do Feiticeiro,** Debra Doyle e James D. Macdonald
48. **A Biblioteca Mágica,** Jostein Gaarder e Klaus Hagerup
49. **O Pequeno Cavalo Branco,** Elizabeth Goudge
50. **A Menina das Estrelas,** Jerry Spinelli
51. **A Fonte Misteriosa,** Natalie Babbitt
52. **Teodora e os Três Potes Mágicos,** Luísa Fortes da Cunha
53. **Coraline e a Porta Secreta,** Neil Gaiman
54. **A Filha do Rei,** Debra Doyle e James D. Macdonald
55. **O Passáro de Fogo,** Nicky Singer
56. **O Tempo não Pára,** Michael Hoeye
57. **Os Mistérios da Meia-noite,** Kate Thompson
58. **O Segredo da Plataforma 13,** Eva Ibbotson
59. **Harry Potter e a Ordem da Fénix,** J. K. Rowling
60. **O Mistério do Tempo Proibido,** Michael Hoeye
61. **Teodora e o Livro dos Feitiços,** Luísa Fortes da Cunha
62. **Otto e a Cidade Mágica,** Charlotte Haptie
63. **O Peixe Azul,** Margarida Fonseca Santos
64. **A Ilha do Tempo Perdido,** Silvana Gandolfi
65. **Viagem ao Paraíso Verde,** Eva Ibbotson
66. **Teodora e o Caldeirão Sagrado,** Luísa Fortes da Cunha
67. **A Lista dos Desejos,** Eoin Colfer
68. **O Castelo Encantado – Os Mundos de Chrestomanci,** Diana Wynne Jones
69. **O Grande Jogo,** David Almond
70. **Os Magos de Caprona – Os Mundos de Chrestomanci,** Diana Wynne Jones
71. **A Semana das Bruxas – Os Mundos de Chrestomanci,** Diana Wynne Jones
72. **Milhões,** Frank Cottrell Boyce
73. **Teodora e as Estátuas Misteriosas,** Luísa Fortes da Cunha
74. **As Vidas de Christopher Chant – Os Mundos de Chrestomanci,** Diana Wynne Jones
75. **O Mistério do Quadro Desaparecido,** Blue Balliett
76. **O Ceptro de Fogo – O Portal dos Sonhos,** Catarina Araújo
77. **O Livro Misterioso,** Margarida Fonseca Santos
78. **Teodora e a Ilha Invisível,** Luísa Fortes da Cunha
79. **Lionboy – O Rapaz Leão,** Zizou Corder
80. **O Feiticeiro do Palácio Azul,** Alan Temperley
81. **O Esconderijo Subterrâneo,** Patrick Wood
82. **Charlie Bone e a Escola de Magia,** Jenny Nimmo
83. **Harry Potter e o Príncipe Misterioso,** J. K. Rowling
84. **As Duas Feiticeiras,** Eva Ibbotson
85. **Um Amigo Invulgar,** L. S. Matthews
86. **O Herdeiro Desconhecido – O Portal dos Sonhos,** Catarina Araújo
87. **A Maldição do Relógio,** John Bellairs
88. **Enigma na Escola de Feitiçaria,** Debra Doyle e James D. Macdonald
89. **Encruzilhada no Tempo,** Margarida Fonseca Santos
90. **Teodora e o Relógio Mágico,** Luísa Fortes da Cunha
91. **Voa Comigo!,** Maria Teresa Maia Gonzalez
92. **O Grito do Lobo,** Susan Gates
93. **Boas Férias, Miguel!,** Maria Teresa Maia Gonzalez
94. **A Feiticeira da Luz,** Andrew Matthews
95. **As Fadas do Vento,** Anna Dale
96. **O Mistério do Talismã de Jade,** Blue Balliett
97. **Peter Pan e o Feitiço Vermelho,** Geraldine McCaughrean